OS IRMÃOS TANNER

ROBERT WALSER

Os irmãos Tanner

Romance

Tradução
Sergio Tellaroli

Companhia Das Letras

Copyright © by Verlag Ort Jahr
Todos os direitos reservados e controlados por Suhrkamp Verlag Berlin.

O tradutor agradece o apoio do Colégio Europeu de Tradutores de Straelen (Europäischer Übersetzer-Kollegium, EÜK), da Fundação para as Artes do Estado da Renânia do Norte-Vestfália (Kunststiftung NRW) e do Serviço Alemão de Intercâmbio Acadêmico (Deutscher Akademischer Austauschdienst, DAAD). A tradução d'*Os irmãos Tanner* foi realizada entre os meses de março e junho de 2014, e concluída entre maio e julho de 2016, no Colégio Europeu de Tradutores de Straelen, na Alemanha.

Grafia atualizada segundo o Acordo Ortográfico da Língua Portuguesa de 1990, que entrou em vigor no Brasil em 2009.

Título original
Geschwister Tanner

Capa
Victor Burton

Preparação
Márcia Copola

Revisão
Jane Pessoa
Adriana Bairrada

Dados Internacionais de Catalogação na Publicação (CIP)
(Câmara Brasileira do Livro, SP, Brasil)

Walser, Robert, 1878-1956
    Os irmãos Tanner : romance / Robert Walser ; tradução Sergio Tellaroli. — 1ª ed. — São Paulo : Companhia das Letras, 2017.
Título original: Geschwister Tanner
ISBN 978-85-359-2862-4

1. Romance 2. Romance alemão - Escritores suíços I. Título.

16-00142   CDD-833

Índice para catálogo sistemático:
1. Romances: Literatura suíça em alemão 833

[2017]
Todos os direitos desta edição reservados à
EDITORA SCHWARCZ S.A.
Rua Bandeira Paulista, 702, cj. 32
04532-002 — São Paulo — SP
Telefone: (11) 3707-3500
www.companhiadasletras.com.br
www.blogdacompanhia.com.br
facebook.com/companhiadasletras
instagram.com/companhiadasletras
twitter.com/ciadasletras

OS IRMÃOS TANNER

1

Certa manhã, um jovem rapaz de aspecto infantil entrou numa livraria e pediu que o apresentassem ao proprietário. Seu desejo foi atendido. O livreiro, um velho de aparência muito distinta, olhou bem para a figura algo tímida à sua frente e a exortou a dizer a que vinha: "Quero ser livreiro", disse o jovem principiante, "esse é meu anseio e não sei o que poderia me impedir de pôr em prática meu propósito. Sempre imaginei o comércio de livros como coisa encantadora e não entendo por que tenho continuamente de me consumir à margem dessa atividade tão adorável e bela. Veja, meu senhor, julgo-me, assim como ora me apresento aqui, extraordinariamente apto a vender os livros deste seu estabelecimento, tantos quantos o senhor possa sonhar vender. Sou vendedor nato: galante, ágil, gentil, rápido, de poucas palavras, decidido, calculista, atento e honesto, mas de uma honestidade não tão tola como a que talvez aparente. Sei baixar preços, se me vejo diante de um pobre-diabo, de um estudante, mas sei também elevá-los, a fim de prestar um favor aos ricos, porque suponho que eles por vezes nem saibam o que fazer com seu dinheiro. Apesar de tão jovem, acredito possuir algum conhecimento dos seres humanos e, além disso, amo as pessoas, por mais diversas que elas sejam; portanto, jamais vou pôr esse meu conhecimento dos seres humanos a serviço do engodo, assim como tampouco me ocorre pôr em risco este seu valoroso estabelecimento em razão de uma consideração exagerada para com certos pobres-diabos. Em suma, na balança do comércio, meu amor pelas pessoas há de se equilibrar harmonicamente com o tino para os negócios, de igual peso e, para mim, tão necessário à vida como uma alma repleta de amor: hei de praticar a mais perfeita moderação, isso posso lhe assegurar desde já". O livreiro olhou atento e admirado para o rapaz. Parecia estar em dúvida quanto à impressão que lhe causava seu bem-falante interlocutor, se boa ou má. Não sabia bem, o rapaz de certo modo o confundia e, do fundo dessa perplexidade, perguntou com delicadeza: "Posso, então, meu jovem rapaz, colher informações a seu respeito junto às fontes apropriadas?". O interlocutor respondeu: "Fontes apropriadas? Não sei o que o senhor chama de 'fonte apropriada'! Adequado pareceria a mim que o senhor não colhesse informação nenhuma. A quem o senhor pediria informações e que utilidade isso teria? As pessoas diriam todo tipo de coisas a meu respeito; isso bastaria para tranquilizá-lo no tocante a minha pessoa? O que saberia o senhor a meu respeito se lhe dissessem, por exemplo, que provenho de muito boa família, que meu pai é um homem de respeito, que meus irmãos são gente laboriosa e promissora, que eu próprio posso ser muito útil — um tanto volúvel, talvez, mas capaz de suscitar esperanças —, que um pouco as pessoas podem, sim, confiar em mim, e assim por diante? No fundo, nada ficaria sabendo a meu respeito, nem teria o menor motivo para, mais tranquilo, me acolher como vendedor em seu estabelecimento. Não, meu senhor, colher informações é coisa que em geral não vale um tostão furado; se me é lícito dar um conselho a alguém mais velho como o senhor, eu decididamente o desaconselho a fazê-lo, porque sei que, tivesse eu por tendência ou natureza o desejo de enganá-lo e de, portanto, frustrar as esperanças que o senhor depositaria em mim com base nas informações recebidas, eu o faria em tanto maior medida quanto melhor o resultado dessas ditas investigações, as quais seriam, então, mentirosas, porque só diriam coisas boas a meu respeito. Não, estimado senhor, se pensa em me empregar, eu lhe peço que demonstre mais coragem que a maioria dos demais patrões com os quais já lidei e que me contrate baseado simplesmente na impressão que ora lhe causo. Ademais, para dizê-lo com absoluta sinceridade, informações colhidas a meu respeito diriam apenas coisas ruins".

"É mesmo? E por quê?"

"Por toda parte onde estive", prosseguiu o jovem rapaz, "eu logo deixei meu posto e segui adiante, porque nunca me agradou permitir que minhas força e juventude se estagnassem na estreiteza e na apatia de um escritório, ainda que, na opinião de todos, se tratasse de escritórios os mais distintos, como, por exemplo, precisamente os de instituições bancárias. Mandar-me embora, até hoje nunca o fizeram, sempre saí por vontade própria, pelo prazer de sair, de abandonar empregos e cargos que, por certo, prometiam no mínimo uma carreira mas que teriam me matado, tivesse eu permanecido neles. Por onde quer que tenha passado, sempre lamentaram minha saída e se queixaram de minha decisão, vaticinando-me futuro sombrio, mas sempre tiveram também a decência de me desejar sorte no prosseguimento de minha carreira. Aqui, senhor livreiro" (e de súbito a voz do jovem se revestiu de sinceridade), "eu com certeza lograrei permanecer por muitos anos. Seja como for, são muitos os fatores passíveis de induzi-lo a uma tentativa." O livreiro disse: "Sua franqueza me agrada. Vou empregá-lo em meu estabelecimento por oito dias, a título de experiência. Se você for útil e demonstrar intenção de permanecer, conversaremos". Com essas palavras, que significavam também que o jovem candidato estava momentaneamente dispensado, o velho fez soar uma campainha elétrica, ao que, como se soprado por uma corrente de vento, surgiu um homem baixinho, de certa idade e de óculos.

"Dê a este jovem algo para fazer!" Os óculos assentiram. Simon transformara-se, pois, em ajudante de livreiro. Simon, sim, porque era esse o seu nome.

Por essa época, um dos irmãos de Simon, o dr. Klaus, morador conhecido e renomado da capital, preocupava-se com a conduta do jovem irmão. O dr. Klaus era um homem bom, quieto e cioso de seus deveres, que apreciaria muitíssimo se, como ele, o primogênito, seus irmãos tivessem na vida chão firme e respeitável sob os pés. Esse, contudo, não era bem o caso, pelo menos até aquele momento; o caso era de tal maneira o contrário que, em seu íntimo, o dr. Klaus começava a recriminar-se. Dizia a si mesmo, por exemplo: "Eu é que teria, há tempos, todas as razões para me obrigar a conduzir meus irmãos ao bom caminho. Mas até agora não o fiz. Como pude negligenciar esse meu dever?" — e assim por diante. O dr. Klaus conhecia milhares de pequenos e grandes deveres, e às vezes parecia ansiar por mais deveres ainda. Era daquelas pessoas que, em razão de sua necessidade de cumpri-los, mergulham em todo um edifício quase a desmoronar sob o peso de tantos e tão penosos deveres, por medo de que possa acontecer de um único dever secreto, quase imperceptível, vir a escapar-lhes. Esses deveres não cumpridos lhes rendem muitas horas intranquilas; eles não pensam que cada um desses deveres sempre acarreta outro àquele que assumiu o primeiro, e creem já ter cumprido uma espécie de dever quando, em razão da própria presença sombria desses deveres, se sentem angustiados e inquietos. Imiscuem-se em muitas coisas que, se refletissem com menos preocupação sobre elas, absolutamente não lhes diriam respeito, e gostariam de ver também os outros vergados de preocupação. Costumam olhar com inveja para os despreocupados e livres de deveres e, então, chamá-los de levianos, porque seguem pela vida com tanta graça e com a cabeça tão facilmente erguida. O dr. Klaus obrigava-se com frequência a certa despreocupação, pequena e modesta, mas volta e meia retornava a seus cinzentos e tristes deveres, sob cujo feitiço se consumia como numa prisão escura. Teve talvez, em certo momento da juventude, a vontade de se libertar, mas faltou-lhe a força para deixar de cumprir algo que se parecia com uma exortação ao dever e, então, seguir adiante com um sorriso desdenhoso. Desdenhoso? Não, ele jamais desdenhava de coisa nenhuma! Qualquer tentativa nesse sentido, parecia-lhe, tê-lo-ia talhado de fora a fora; sempre se lembraria dolorosamente do objeto de seu desdém. Jamais desdenhava de coisa nenhuma e perdeu sua juventude explicando e examinando o que jamais seria digno de investigação, análise, amor ou cuidado. Assim, pois, envelhecera e, como não fosse em absoluto homem desprovido de sentimentos e fantasia, recriminava-se amiúde por ter negligenciado o dever de ser ele próprio um pouco feliz. Aí estava, de novo, um dever negligenciado, a comprovar de forma cabalíssima que justamente homens dedicados ao cumprimento de deveres nunca conseguem cumpri-los todos, e até mesmo que lhes pode ocorrer com mais facilidade desconsiderar os principais entre eles, nos quais talvez só tornem a pensar demasiado tarde. Mais de uma vez, o dr. Klaus entristeceu-se consigo próprio ao pensar na doce felicidade que lhe escapara, a felicidade de se ver unido a uma amável jovem, que naturalmente haveria de proceder de família impecável. Por volta dessa época em que se autocontemplava melancólico, escreveu uma carta a seu irmão Simon, a quem amava com sinceridade e cuja conduta no mundo o intranquilizava — uma carta que dizia mais ou menos o seguinte:

Caro irmão. Pareces não querer escrever mais nada a respeito de ti. Talvez as coisas não andem bem e não escrevas por essa simples razão. Para meu desgosto, fiquei sabendo, e aliás por estranhos, que, de novo e como tantas vezes no passado, estás sem emprego fixo, sem uma atividade definida. Ao que parece, não posso mais esperar notícias sinceras de tua parte. Crê que isso me dói. No momento, são tantas as coisas a tão somente me atingir e desagradar; será que tu também, de quem sempre esperei tanto, precisas contribuir para ensombrecer ainda mais meu ânimo, que, por motivos diversos, já não é dos melhores? Minha esperança persiste, mas, se ainda amas um pouco teu irmão, não permitas que eu nutra esperança vã por muito mais tempo. Faz, enfim, alguma coisa que justifique a crença depositada em ti, seja nesse ou em outro âmbito. Tens talento e, como me apraz imaginar, possuis também uma mente clara; és, de modo geral, inteligente, e em todas as tuas manifestações reflete-se aquele cerne bom que desde sempre eu soube haver em tua alma. Por que, então, conhecedor que és dos mecanismos deste mundo, tão pouca perseverança, esse rápido saltitar de uma coisa para outra? Não te provoca angústia essa conduta? Só posso supor em ti uma força interior a te permitir suportar essa troca constante de ofícios, que de nada vale nesta vida. Em teu lugar, eu já teria perdido toda esperança em mim há muito tempo. Realmente não entendo isso, mas, por essa mesma razão, não perco de modo algum a esperança de ver-te um dia abraçar uma carreira, uma vez forçado enfim a perceber que sem paciência e boa vontade não se alcança nada neste mundo. E por certo algo hás de almejar. Pelo menos, não reconheço em ti essa *completa falta de ambição. Meu conselho é, pois: persiste, sujeita--te por três ou quatro breves anos a trabalho árduo, obedece a teus superiores, mostra do que és capaz, mas também que és homem de caráter, e um caminho abrir-se-á que haverá de conduzir-te pelo mundo todo, se viajar é o que desejas. O mundo e as pessoas mostrar-se-ão a ti de um jeito bem diferente, quando fores de fato alguém, quando vieres a significar alguma coisa para o mundo. Assim, parece-me, talvez encontres muito mais satisfação nesta vida, mais até que o acadêmico que, embora profundo conhecedor dos fios de que pendem toda vida e todo fazer, permanece acorrentado à estreiteza de seu estúdio, onde, posso dizê-lo por experiência própria, muitas vezes não se sente bem. Ainda há tempo para que te transformes num comerciante excepcionalmente competente, e mal sabes em que grande medida se oferece precisamente ao comerciante a oportunidade de fazer de sua existência algo absolutamente vivaz. No momento, tudo que fazes é te esgueirar pelos cantos e pelas brechas da vida: isso precisa acabar. Talvez eu devesse ter interferido antes, muito antes, talvez pudesse ter te estimulado com atos em vez de palavras de advertência, mas não sei; com esse teu orgulho, essa tua determinação de sempre e por toda parte querer, sozinho, ajudar-te a ti próprio, é provável que tivesse antes te ofendido que efetivamente te persuadido. Que tens feito ultimamente? Conta-me alguma coisa a esse respeito. Talvez eu mereça, já pelo tanto que me preocupo, que te tornes um pouco mais falante e desejoso de te comunicares comigo. E eu, que tipo de pessoa sou para que alguém precise se precaver de se aproximar de mim com desinibição e confiança? Sentes medo de mim? O que eu tenho que precise ser evitado? Será, talvez, o fato de eu ser "mais velho" e saber, portanto, um pouco mais? Pois saiba, então, que me alegraria ser jovem de novo, insensato e ignorante. Não sou tão alegre, meu caro irmão, como caberia a um ser humano. Não sou feliz. Talvez seja tarde demais para que ainda venha a sê-lo. Cheguei a uma idade em que não é sem a mais dolorosa melancolia que um homem desprovido de um lar pensa naqueles afortunados que desfrutam do prazer de ver uma jovem mulher ocupar-se da condução da casa. Amar uma moça, como é belo, meu irmão. Isso me foi negado. Não, não há por que temer-me. Sou eu que, de novo, te procuro, escrevo, nutro a esperança de que me responda com amizade e intimidade. Talvez sejas mais rico que eu, possuidor de mais esperanças, de um direito muito maior de alimentá-las e de planos e perspectivas com os quais nem sequer sonho — já não te conheço tão bem, e como poderia, após tantos anos de separação? Permite que eu volte a conhecer-te, obriga-te a escrever-me. Talvez eu ainda possa ver todos os meus irmãos felizes. Seja como for, gostaria de saber-te alegre e contente. Como anda Kaspar? Tens notícias? Que é feito de sua arte? Gostaria muito de saber dele também. Até logo, meu irmão. Quem sabe não nos falamos em breve. Teu, Klaus.*

Passados oito dias, Simon entrou no escritório do proprietário da livraria num fim de tarde e fez-lhe o seguinte discurso: "O senhor me decepcionou. E não me faça esta cara de admiração, porque não muda nada: deixo hoje mesmo sua livraria, peço-lhe apenas que acerte minhas contas. Por favor, deixe-me terminar. Sei muitíssimo bem o que quero. Nesses oito dias, todo o comércio de livros transformou-se para mim num suplício, se ele nada mais é que ficar de pé o dia inteiro diante de uma escrivaninha, enquanto lá fora brilha o mais suave sol de inverno; entortar a coluna, porque a escrivaninha é demasiado baixa para minha estatura; e escrever feito um escriturário qualquer, cumprindo uma atividade que não se coaduna com minha inteligência. Acreditei que, trabalhando para o senhor, poderia vender livros, atender pessoas elegantes e fazer uma mesura ao me despedir dos fregueses quando estivessem prestes a deixar o estabelecimento. Pensei também que teria oportunidade de lançar um olhar para a natureza misteriosa do comércio livreiro e vislumbrar o semblante do mundo nos traços e passos dessa atividade. Mas nada disso. Crê o senhor que estou necessitado a ponto de precisar curvar e sufocar minha juventude numa livraria inútil? E se engana também se pensa, por exemplo, que a coluna de um jovem só existe para ser vergada. Por que não me destinou uma boa escrivaninha, uma escrivaninha decente, apropriada a minha pessoa, fosse para trabalhar sentado ou de pé? Não existem escrivaninhas magníficas em estilo americano? Quando se quer ter um empregado, penso eu, é necessário que se saiba também acomodá-lo. Isso, ao que parece, o senhor não soube. Deus é testemunha do quanto se exige de um jovem iniciante: aplicação, lealdade, pontualidade, tato, sobriedade, modéstia, ponderação, consciência do que quer e sabe-se lá o que mais. Mas a quem jamais ocorreria exigir certas virtudes também de um senhor proprietário? Então vou desperdiçar minhas forças, minha vontade de trabalhar, minha alegria comigo mesmo e o maravilhoso talento de ser capaz disso tudo numa velha, mirrada e apertada escrivaninha de livraria? Não, antes de o fazer, por certo pensaria em virar soldado e vender toda a minha liberdade logo de uma vez, apenas para não mais possuí-la. Não gosto, meu caro senhor, de possuir coisas pela metade; nesse caso, prefiro pertencer à classe dos despossuídos, porque aí ainda serei possuidor ao menos da minha alma. O senhor há de pensar que não é muito próprio falar com esta veemência e que este tampouco é o lugar adequado para um discurso. Pois bem, eu me calo. Pague-me o que me cabe, e o senhor nunca mais vai me ver".

O velho livreiro ficou perplexo ao ouvir aquele rapaz jovem, quieto e tímido, que trabalhara tão corretamente por oito dias, falar agora daquela maneira. Da sala contígua, cerca de cinco cabeças aglomeradas de funcionários e auxiliares de escritório observavam e ouviam a cena com atenção. O velho então falou: "Se esperasse coisa semelhante do senhor, sr. Simon, teria hesitado em empregá-lo em meu estabelecimento. Seu humor me parece oscilar de um jeito estranhíssimo. Só porque uma escrivaninha não lhe serve, logo todo o resto também não lhe serve. De que parte do mundo o senhor veio? Os jovens lá são todos assim? Veja como o senhor se comporta diante de uma pessoa mais velha. É provável que nem saiba de fato o que quer nessa sua cabeça imatura. Pois não vou impedi-lo de ir embora daqui. Eis o seu dinheiro, mas, dizendo-o francamente, não foi propriamente um prazer". O livreiro pagou o que lhe devia, e Simon enfiou o dinheiro no bolso.

Ao chegar em casa, viu a carta do irmão sobre a mesa, leu-a e pensou: "É um bom homem, mas não vou lhe escrever. Não sei descrever minha situação, nem é ela digna de relato. Não tenho motivos para me queixar e tampouco para dar pulos de alegria; para me calar, razões não faltam. É verdade o que ele diz e, por isso mesmo, dou-me por satisfeito com essa verdade. Que seja infeliz, isso é coisa que ele tem de resolver consigo mesmo, mas não acredito que seja tão infeliz assim. São as cartas que causam essa impressão. Ao escrever, as pessoas simplesmente se deixam levar a manifestações incautas. Nas cartas, a alma quer sempre tomar a palavra e, em geral, faz má figura. Por isso, prefiro não escrever". Com isso, deu por encerrado o assunto. Simon estava repleto de pensamentos, belos pensamentos. Quando pensava, involuntariamente lhe vinham pensamentos belos. Na manhã seguinte, de um sol claro e ofuscante, apresentou-se na agência de empregos. Sentado lá dentro, um homem que escrevia se levantou. Conhecia Simon muito bem e costumava falar com ele com uma espécie de intimidade zombeteira e simpática. "Ah, sr. Simon! Aí está o senhor de novo! Que assunto o traz agora?"

"Estou à procura de emprego."

"O senhor já veio muitas vezes aqui em busca de emprego. A gente fica tentado a dizer que o senhor procura empregos com incrível rapidez." O homem riu-se, mas baixinho, porque dar uma risada grosseira não era do seu feitio. "Qual foi seu último emprego, se é lícito perguntar?"

Simon respondeu: "Trabalhei como enfermeiro, e o que se revelou foi que possuo todas as qualidades para tratar enfermos. Por que o senhor se espanta tanto com essa revelação? É tão raro assim que um homem da minha idade exerça tantos ofícios diferentes, que busque se mostrar útil às pessoas mais diversas? Eu acho isso bonito em mim, porque fazê-lo demanda certa coragem. Isso não fere meu orgulho de maneira nenhuma; pelo contrário, imagino-me capaz de cumprir toda sorte de tarefas nesta vida e de não tremer ante dificuldades que intimidam a maioria das pessoas. Sou de utilidade para os outros, e essa certeza é suficiente para satisfazer meu orgulho. Quero ser útil".

"E por que, então, o senhor não seguiu exercendo o ofício de enfermeiro?", o homem perguntou.

"Não tenho tempo para permanecer num único e mesmo ofício", respondeu Simon, "e jamais me ocorreria pretender sossegar num único tipo de ofício como se numa cama de molas, como fazem tantos. Não, isso eu não consigo, nem que eu viva mil anos. Prefiro virar soldado."

"Tome cuidado para que isso não venha a lhe acontecer de fato."

"Existem outras possibilidades também. Virar soldado é só um modo de dizer, ao qual me acostumei para dar fecho a meu discurso. Um jovem como eu dispõe de possibilidades infindas. No verão, posso ir ao campo para ajudar um camponês a abrigar a tempo sua colheita. Ele vai me dar as boas-vindas e apreciará minha ajuda. Vai me dar o que comer, boa comida, porque no campo as pessoas cozinham bem, e, quando eu partir, me dará também algum dinheiro vivo, e sua jovem filha, uma moça novinha, bela como uma pintura, se despedirá de mim com um sorriso, de um jeito do qual vou me lembrar por muito tempo durante minhas andanças. Que mal faz andar por aí, mesmo quando chove ou neva, se a gente tem membros saudáveis e nenhuma outra preocupação? O senhor, premido por essa sua estreiteza, não é capaz de imaginar como é delicioso caminhar pelas estradinhas rurais. Se são poeirentas, é porque assim são elas, quem se importa com isso? A gente caminha e, depois, procura um lugarzinho mais fresco para se deitar à beira de um bosque, de onde se desfruta da vista mais magnífica, onde os sentidos repousam de uma maneira natural e os pensamentos podem pensar à vontade e a gosto. O senhor vai argumentar que outras pessoas podem fazer o mesmo — o senhor, por exemplo — durante as férias. Mas férias, o que são elas? Eu só posso rir de uma coisa dessas. Não quero ter nada a ver com férias. Odeio férias! Só não me arrume emprego que tenha férias. Isso não me atrai nem um pouco; eu seria capaz de morrer se me dessem férias. Quero lutar com a vida até cair, se for o caso; não quero gozar nem de liberdade nem de conforto, odeio a liberdade, se ela me é dada como um osso lançado a um cachorro. Isso é o que são suas férias. Se o senhor pensa que está diante de alguém desejoso de férias, está enganado. Mas, infelizmente, tenho todas as razões para supor que é o que o senhor pensa de mim."

"Tenho aqui um posto temporário, de mais ou menos um mês, como auxiliar de advogado. Serve para o senhor?"

"Com certeza, cavalheiro."

E lá estava Simon, no escritório de advocacia. Ganhava bom dinheiro e estava bem feliz. O mundo jamais lhe parecera tão bonito quanto durante esse período em que esteve ali. Fez contatos agradáveis, escrevia com facilidade e sem esforço o dia todo, conferia contas, tomava ditados, o que sabia fazer com destreza extraordinária, comportava-se de forma encantadora, até para seu próprio espanto — e de tal forma que seu chefe cuidava muito bem dele —, bebia toda tarde sua xícara de chá e, enquanto escrevia, sonhava janela afora, à sua janela arejada e clara. Sonhar sem negligenciar os próprios deveres era coisa que ele sabia fazer maravilhosamente. "Ganho tanto dinheiro", pensava, "que poderia ter uma jovem mulher." Enquanto trabalhava, muitas vezes a lua aparecia à janela, o que o encantava sobremaneira.

A sua amiguinha Rosa, Simon disse o seguinte: "Meu advogado tem um nariz grande e vermelho e é um tirano, mas me dou muito bem com ele. Entendo como humor sua natureza rabugenta e autoritária, e admira-me quão bem eu me submeto a todos os seus mandamentos, muitos deles injustos. Adoro quando as coisas se complicam um pouco, isso me convém, porque me alça a certas alturas cálidas e estimula-me ao trabalho. Ele tem uma esposa bela e esbelta, que, fosse eu pintor, gostaria de retratar. Ela possui, creia-me, olhos maravilhosamente grandes e braços magníficos. Com frequência, tem coisas a fazer no escritório; como deve me desprezar, a mim, um pobre-diabo de um escriturário. Eu tremo à visão de mulheres assim e, no entanto, fico feliz. Você ri? Com você, infelizmente estou acostumado a me abrir sem reservas, e espero que goste disso em mim".

Na verdade, Rosa adorava quando se abriam com ela. Era uma moça singular. Seus olhos exibiam um brilho magnífico, e os lábios eram verdadeiramente belos.

Simon prosseguiu: "Às oito horas da manhã, quando vou para o trabalho, sinto-me em perfeita harmonia com todos aqueles que, como eu, têm de se apresentar às oito no trabalho. Que caserna imensa é esta vida moderna! E, no entanto, como é bela e rica em ideias precisamente essa uniformidade. Ansiamos o tempo todo por algo que venha a nosso encontro, algo com que haveremos de deparar. Cada um dispõe de tamanho nada, é em tal medida um pobre-diabo, sente-se tão perdido em meio a tanta cultura, ordem e exatidão! Subo os quatro lanços de escada, entro no escritório, dou bom-dia e começo a trabalhar. Deus do céu, como é pouco o que preciso fazer, como é pequeno o conhecimento que exigem de mim! Como as pessoas parecem não imaginar que eu teria capacidade para muito mais! No momento, porém, me agrada essa encantadora despretensão por parte daquele que me emprega. Assim, posso pensar enquanto trabalho, tenho todas as possibilidades de me tornar um pensador. Penso muito em você!".

Rosa riu: "Você é um patife! Mas continue. Me interessa o que está dizendo".

"Na verdade, o mundo é magnífico", Simon continuou. "Posso me sentar com você e ninguém me impede de passar horas conversando. Sei que você gosta de me ouvir. Não acha desprovido de graça o que falo, e, por dentro, só posso rir muito por ter dito isso. Mas é que digo tudo que me vai pela cabeça no momento, faço até, por exemplo, um elogio a mim mesmo. Com a mesma facilidade, posso também me recriminar, e chego mesmo a me alegrar quando tenho oportunidade de fazê-lo. E por que não haveríamos de poder dizer tudo? Quanta coisa se perde quando submetemos a demorado exame o que vamos dizer. Não gosto de refletir muito antes de falar: seja apropriado ou não o que vou dizer, é necessário dizê-lo. Se sou vaidoso, então que fique clara minha vaidade; se fosse avarento, minhas palavras expressariam essa avareza; se sou uma pessoa decente, minha decência vai sem dúvida ressoar de minha boca; e, se Deus me tivesse feito um homem valoroso, meu valor se manifestaria em tudo que dissesse. Nesse aspecto, nada me preocupa, porque um pouco me conheço e conheço também a nós dois, e porque tenho vergonha de demonstrar receio numa conversa. Se, por exemplo, ofendo, machuco, incomodo ou irrito alguém com minhas palavras, não posso reparar o que disse nas duas ou três palavras seguintes? Só penso sobre o que estou dizendo quando noto rugas de desagrado no rosto do meu interlocutor, como agora, por exemplo, no seu rosto, Rosa."

"Isso é outra coisa…"

"Você está cansada?"

"Vá para casa, está bem, Simon? Agora estou cansada, sim. Você é bonito quando fala. Gosto muito de você."

Rosa estendeu sua mãozinha ao jovem amigo, que a beijou, disse boa-noite e foi-se embora. Tendo ele partido, a pequena Rosa pôs-se a chorar sozinha e em silêncio por um longo tempo. Chorava por seu amado, um rapaz de cabelos cacheados, passo elegante, boca de nobre talhe, mas de vida dissoluta. "Amamos justamente aqueles que não nos merecem", disse a si própria. "Mas é o mérito que queremos avaliar quando amamos? Que ridículo! Que me importa o mérito, se o que quero é a pessoa que amo?" Depois, foi se deitar.

2

Certa vez, ao meio-dia, Simon tocou assaz timidamente a campainha de uma casa com jardim, elegante e isolada. Ao ouvir soar a campainha, pareceu-lhe que um mendigo a havia tocado. Se, por exemplo, na condição de proprietário, estivesse sentado lá dentro, quem sabe à mesa do almoço, teria se voltado com indolência para a esposa e perguntado: "Quem pode ser? Com certeza, algum mendigo!". Enquanto aguardava, Simon pensou: "Pessoas nobres, a gente sempre imagina à mesa ou a bordo de um coche, ou então se vestindo com o auxílio de criados e criadas; os pobres, pelo contrário, sempre do lado de fora, no frio, com a gola do casaco levantada, como eu neste momento, a esperar com o coração disparado diante do portão de um jardim. Os pobres têm, em geral, um coração veloz, palpitante, ardente, ao passo que o dos ricos é gélido, amplo, aquecido, estofado e vedado com pregos! Se pelo menos alguém viesse correndo atender, eu respiraria aliviado. Essa espera diante de um portão de gente rica tem algo de sufocante. Eu próprio, a despeito de possuir certa experiência de mundo, sinto fraquejar as pernas". E, de fato, Simon tremeu quando uma moça veio correndo abrir o portão para o estranho do lado de fora. Ele não conseguia deixar de sorrir quando alguém lhe abria uma porta e lhe dizia para entrar; tampouco agora prescindiu do sorriso, que se estampava em seu rosto como um pedido tímido, um sorriso que talvez muitas pessoas exibam.

"Estou à procura de um quarto."

Simon tirava agora o chapéu diante de uma bela dama, a qual se pôs a examinar com atenção o recém-chegado. Julgou gracioso que ela o fizesse, porque sentiu que era seu direito e porque viu que, ao fazê-lo, a dama não perdeu sua simpatia.

"O senhor me acompanha? Por ali, subindo a escada."

Simon solicitou que ela o precedesse. Era a primeira vez na vida que fazia aquele gesto com a mão. A dama abriu uma porta e mostrou o quarto ao jovem rapaz.

"Que belo quarto!", exclamou ele, surpreso de fato. "Infelizmente, é belo demais para mim, elegante demais para minha pessoa. É preciso que a senhora saiba que sou uma pessoa muito pouco preparada para ocupar tão elegante quarto. E, no entanto, gostaria muito de morar nele, muito mesmo, me agradaria demais. Na verdade, não foi uma boa coisa a senhora me mostrar este aposento. Melhor seria que tivesse me expulsado de sua casa. Como posso dirigir meu olhar para um quarto tão alegre e bonito, um cômodo que parece ter sido criado como moradia para um deus? Que belos espaços habitam os bem de vida, aqueles que possuem alguma coisa. Eu jamais fui possuidor de nada, jamais fui coisa nenhuma e, a despeito das esperanças de meus pais, jamais vou ser nada. Que bela vista das janelas, e móveis tão bonitos, resplandecentes, cortinas encantadoras, que dão ao cômodo o aspecto de um quarto de menina. Aqui, eu talvez me tornasse uma pessoa melhor, mais terna, se é verdade que, como dizem, o ambiente é capaz de mudar o homem. Posso contemplar o quarto um pouco mais, ficar aqui mais um minuto?"

"É claro que pode."

"Eu lhe agradeço."

"O que fazem seus pais e, se me permite perguntar, o que quer dizer com 'não ser nada', como o senhor se expressou há pouco?"

"Não tenho emprego!"

"Eu não daria nenhuma importância a isso. Depende muito!"

"Não, tenho poucas esperanças. Na verdade, para ser sincero, eu não poderia dizer isso. Estou cheio de esperança. Ela nunca me deixa, nunca. Meu pai é um homem pobre mas de bem com a vida, a quem nem de longe ocorre comparar seus atuais dias de escassez àqueles, esplêndidos, do passado. Vive como um jovem de vinte e cinco anos e nunca, de modo algum, se põe a pensar em sua situação. Eu o admiro e procuro imitá-lo. Se, já de cabelos brancos como a neve, ele ainda logra ser alegre, trinta, cem vezes mais é dever de seu jovem filho caminhar com a cabeça erguida e encarar as pessoas com olhos fulminantes como o brilho de um relâmpago. Mas meus pensamentos, herdei-os — e meu irmão ainda mais que eu — de minha mãe. Minha mãe morreu."

Os lábios da dama muito amável à sua frente pronunciaram um lastimoso "oh".

"Era uma mulher boníssima. Nós, os filhos, estamos sempre falando dela, quando ou onde quer que nos encontremos. Vivemos espalhados por este mundo vasto e redondo, e isso é muito bom, porque cada um de nós tem uma cabeça que, a senhora sabe, não se coaduna muito com a do outro. Temos um jeito meio difícil, o que constituiria um obstáculo, caso circulássemos juntos. Isso, graças a Deus, não fazemos, e cada um de nós sabe muito bem por quê. Não obstante, nos amamos, como deve ser. Um de meus irmãos é um homem erudito, figura não pouco conhecida;

outro é um especialista no mercado de ações; e um terceiro nada mais é que meu irmão, porque eu o amo mais que a um irmão e, ao pensar nele, não me ocorreria ressaltar nada além justamente do fato de ele ser meu, de se parecer consigo próprio e nada mais. É com esse meu irmão que eu gostaria de morar aqui, na casa da senhora. O quarto seria amplo o suficiente. Mas é provável que isso não seja possível. Quanto é o aluguel?"

"O que faz seu irmão?"

"É pintor de paisagens! Quanto a senhora pediria pelo quarto? Tudo isso? Por certo, não é muito para um quarto como este, mas, para nós, é muita coisa. Além do mais, pensando bem, e contemplando a senhora com muita atenção, meu irmão e eu não somos as pessoas certas para entrar e sair desta casa como se morássemos aqui. Somos ainda gente grosseira, iríamos decepcioná-la. De hábito, somos também rudes no trato com a roupa de cama, a mobília, a roupa de baixo, as cortinas das janelas, as maçanetas das portas, os patamares das escadas, e isso a assustaria, a senhora ficaria brava conosco, ou talvez nos perdoasse, fizesse vista grossa, o que seria ainda mais vergonhoso. Não quero que, mais tarde, a senhora venha a se desgostar conosco. Sem dúvida, sem dúvida! Não se defenda, por favor. Vejo tudo isso com muita clareza. No fundo, nosso respeito para com tudo que é refinado dura pouco. Pessoas como nós precisam ser deixadas à espera diante das cercas dos jardins ricos, onde poderão gozar da liberdade de troçar de todo esplendor e de todo esmero. Troscistas é o que somos! Adeus!"

Os olhos da bela mulher haviam adquirido um brilho profundo, e, de súbito, ela disse: "Mas eu gostaria de abrigá-los, ao senhor e a seu irmão! Quanto ao preço, decerto poderemos nos entender".

"Não, melhor não!"

Simon já descia os degraus da escada. Mas a voz da dama o

chamou: "Fique, espere, por favor", apressou-se ela em seu encalço. Lá embaixo, alcançou-o por fim, e o fez parar para ouvi-la: "Que ideia é essa, ir-se assim, tão rapidamente? Veja, eu quero, eu gostaria que os senhores morassem aqui, mesmo que não me paguem! Que importância tem isso? Nenhuma, nenhuma mesmo. Venha, por favor, venha. Suba comigo. Marie! Onde está você? Traga-nos logo um café!".

De novo no quarto, a dama disse ainda a Simon: "É meu desejo conhecer melhor o senhor e seu irmão. Como pôde sair correndo assim? Com frequência, fico muito sozinha nesta casa afastada e isso me dá medo. Meu marido está fora o tempo todo, em longas viagens, é pesquisador, navega por todos os mares, mares de cuja mera existência sua pobre mulher nada sabe. Não sou uma pobre mulher? Como o senhor se chama? E como se chama o outro, seu irmão? Meu nome é Klara. Pode me chamar simplesmente de sra. Klara. Gosto de ouvir esse nome simples. Está se sentindo um pouco mais à vontade? Isso me alegraria muito, muito mesmo. Não acha que podemos viver lado a lado e nos dar bem? É claro que vai dar certo. Considero o senhor uma pessoa delicada. Não tenho medo de tê-lo em minha casa. O senhor tem olhos sinceros. Seu irmão é mais velho que o senhor?".

"Sim, é mais velho e uma pessoa bem melhor que eu."

"Se o senhor se permite dizer algo assim, é porque é um homem de valor."

"Eu me chamo Simon, e o nome de meu irmão é Kaspar."

"Meu marido se chama Agappaia."

Ela empalideceu ao dizê-lo, mas recuperou-se depressa e sorriu.

Simon escreveu ao irmão Kaspar:

Somos mesmo tipos esquisitos, nós dois. Andamos à toa por esta Terra como se fôssemos os únicos e ninguém mais vivesse aqui.

Temos uma amizade que é maluca, na verdade, como se fosse impossível encontrar entre os homens alguém mais que valesse a pena chamar de amigo. No fundo, nem somos irmãos, mas amigos, qual duas pessoas que certo dia se encontraram neste mundo. De fato, não fui feito para a amizade nem compreendo o que acho tão magnífico em você e que me obriga a volta e meia me imaginar a seu lado, bem às suas costas, por assim dizer. Não falta muito para que sua cabeça me pareça a minha, tamanha é sua presença em minha mente; se continuar assim, dentro de algum tempo eu talvez passe a apanhar as coisas com a sua mão, comece a andar com suas pernas e comer com sua boca. Nossa amizade decerto tem algo de misterioso; basta eu lhe dizer que não é tão impossível que, no fundo, nossos corações almejem afastar-se um do outro, só que não conseguem fazê-lo. Fico muito contente que você, ainda e sempre, pareça não ser capaz disso, uma vez que suas cartas soam muito gentis, e também o meu desejo, por enquanto, é o de permanecer cativo desse mistério. Afinal, é bom para nós — mas como posso exprimi-lo com tanta secura? Para ser sincero, acho isso simplesmente encantador. Por que, então, dois irmãos não haveriam de ultrapassar todas as medidas? Combinamos muito bem, já no passado combinávamos bem, quando nos odiávamos e surrávamos um ao outro quase até a morte. Você ainda se lembra? Não é necessário mais que essa alusão, misturada a uma boa risada, para revolver, pintar, colar e despertar em você imagens verdadeiramente mais que dignas de lembrança. Já nem sei por que motivo havíamos nos tornado inimigos mortais. Ah, sim, sabíamos nos odiar. Nosso ódio era decididamente criativo, quando se tratava de encontrar tormentos e humilhações a infligir um ao outro. Apenas para dar um exemplo desse estado de coisas lamentável e infantil, certa vez, à mesa, você me jogou um prato de chucrute, tão somente porque precisava fazê-lo, e disse: "Tome, segure aí!". Tenho de dizer que, na época, tremi de raiva, e já porque, para você, foi *uma bela oportunidade de me humilhar terrivelmente, sem que eu conseguisse dizer nada. Apanhei o prato e ainda fui idiota o bastante para engolir a dor da humilhação, entalada em minha garganta. Você se lembra ainda de, um dia, na hora do almoço — era uma tarde quente e quieta de verão, de um silêncio mortal, um domingo à tarde de um silêncio sepulcral e enlouquecedor —, eu ir até você na cozinha, hesitante, para pedir que voltasse a me tratar bem? Foi obra de inacreditável superação, posso lhe dizer, avançar em meio ao sentimento de vergonha e despeito até você, a figura do inimigo inclinado a rechaçar-me com desprezo. Eu o fiz e agradeço a mim mesmo por isso. Se também você me é grato, pouco ou absolutamente nada se me dá. Isso é coisa que só eu posso julgar. Nem venha, não queira você se opor. Impossível, nem pense! Daí em diante, quantas horas deliciosas não passamos juntos. De repente, comecei a achá-lo terno, amoroso, cheio de consideração. Creio que o prazer da alegria ardia em nossas faces. Vagávamos — você como pintor, eu como observador e palpiteiro — pelos prados das vastas montanhas, patinhávamos no perfume da grama, no frescor do orvalho matinal, no calor do meio-dia e no crepúsculo úmido e apaixonado do sol poente. As árvores observavam com atenção o que fazíamos lá em cima, e as nuvens se acumulavam, decerto iradas por não possuírem o poder de romper nosso amor renascido. À noitinha, voltávamos para casa horrivelmente acabados, empoeirados, famintos e quebrados, e de repente você foi embora. Deus sabe que ajudei você a partir, como se obrigado a tanto por algum sinal pago em dinheiro, ou como se tivesse pressa em vê-lo desaparecer. É claro que sua partida me propiciou sagrada alegria, porque você partia em direção ao grande mundo. Mas como é pequeno este grande mundo, irmão.*

Venha logo juntar-se a mim. Posso abrigá-lo como abrigaria a uma noiva que supusesse acostumada a deitar-se em seda e a ser servida por criados. É fato que não disponho de criadagem, mas tenho, sim, um quarto apropriado a um cavalheiro nato. O fato é que ganhamos de presente um aposento esplendoroso, eu e você, um quarto posto a nossos pés. Aqui você pode pintar da mesma forma que aí, nessa sua paisagem espessa e viçosa; afinal, é criativo. Na verdade, bom seria que estivéssemos no verão, para que eu pudesse, em sua homenagem, promover uma festa no jardim com lanternas chinesas e grinaldas só de flores, a fim de, em certa medida, proporcionar-lhe recepção digna de sua pessoa. Venha assim mesmo e trate de apressar essa sua vinda, ou vou aí buscá-lo. Minha senhora e senhoria o saúda. Ela está convencida de que já o conhece, pelas descrições que fiz de você. Tão logo o conheça, não vai querer conhecer mais ninguém neste mundo. Você tem um terno elegante? A calça não está folgada demais ao redor dos joelhos? E o que lhe cobre a cabeça ainda merece ser chamado de chapéu? Do contrário, não apareça na minha frente. É brincadeira, claro, meras tontices que digo. Receba o abraço do seu Simonzinho e até logo, irmão. Tomara que você venha logo.

Passadas algumas semanas, a primavera foi chegando pouco a pouco, o ar se fez mais úmido e brando, surgiram perfumes e sons indeterminados que pareciam emergir da terra, que agora se mostrava macia: caminhava-se por ela como por tapetes grossos e maleáveis. Era como se, forçosamente, se tivesse de ouvir pássaros cantando. "A primavera está querendo chegar", diziam-se as pessoas na rua, tomadas de sentimentos. Mesmo os edifícios mais simples adquiriam certo perfume, cor mais intensa. Era algo muito peculiar, ainda que um fenômeno antigo e conhecido, sentido, porém, como inteiramente novo, algo que estimulava uma forma de pensar estranha e tempestuosa — membros, sentidos, cabeças, ideias, tudo se agitava, como se tornasse a brotar. A água do lago cintilava tão quente, e as pontes que abraçavam o rio pareciam exibir agora arco mais ousado. As bandeiras tremulavam ao vento, e dava prazer a todos vê-las tremular. O sol conduzia as pessoas em filas e grupos às ruas bonitas, brancas e mais limpas, onde, então, se detinham para, ávidas, sentir o beijo caloroso do sol. Muitas delas haviam despido seus muitos casacos. Era possível ver os homens movendo-se com mais liberdade, e as mulheres a fazer expressões tão singulares com os olhos como se alguma bem-aventurança lhes brotasse do coração. À noite, tornava-se a ouvir pela primeira vez o som dos violões vagabundos, e homens e mulheres misturavam-se ao torvelinho das crianças que brincavam alegres. As luzes dos lampiões bruxuleavam como velas em cômodos silentes, e, ao atravessar prados escuros como a noite, dava para sentir as flores brotando e se agitando. A grama logo tornará a crescer, as árvores, a despejar seu verde sobre os telhados mais baixos, bloqueando a vista das janelas. A floresta resplandecerá, exuberante, pesada — oh, a floresta. Simon trabalhava de novo numa grande instituição particular.

Tratava-se de uma importante casa bancária de alcance internacional, um grande edifício que tinha o aspecto de um palácio, no qual trabalhavam centenas de jovens e velhos, mulheres e homens. Todos escreviam com dedos zelosos, faziam contas em suas máquinas de calcular e, vez por outra, também de cabeça; pensavam seus pensamentos e se faziam úteis com os conhecimentos de que eram possuidores. Cuidavam da correspondência muitos jovens elegantes, capazes de escrever e falar em algo como quatro a sete línguas. Destacavam-se dos fazedores de contas por seu caráter mais refinado, estrangeiro. Já haviam cruzado os mares, conheciam os teatros de Paris e Nova York, tinham frequentado casas de chá em Yokohama e sabiam como se divertir no Cairo. No banco, cuidavam das cartas e esperavam pelo aumento de salário, enquanto zombavam da terra natal, que lhes parecia assaz pequena e miserável. A população contadora compunha-se, em sua maioria, de gente mais velha, que se agarrava a seus postos e postinhos como se a vigas ou estacas. Todos tinham nariz comprido, de tanto fazer contas, e vestiam roupas amarrotadas, rotas, remendadas e repletas de pregas e dobras. Mas havia também pessoas inteligentes entre eles, que talvez se entregassem em segredo a distrações estranhas e custosas e, desse modo, levavam uma vida que, embora calma e isolada, ainda assim era digna. Muitos dos jovens, contudo, eram incapazes de se dedicar a passatempos mais refinados; em geral, eram filhos de pequenos proprietários rurais, estalajadeiros, camponeses ou artesãos e, uma vez na cidade, esforçavam-se por assumir logo um caráter urbano e elegante, o que, todavia, lhes era difícil, e não chegavam a superar certo grau obtuso de rudeza. Apesar disso, havia também rapazes quietos, de comportamento delicado, que se distinguiam estranhamente dos grosseirões. O diretor do banco era um homem velho e silencioso, que nunca, jamais, era visto. Em sua cabeça pareciam emaranhar-se os fios e raízes do negócio gigantesco que administrava. Assim como o pintor pensa com cores, o músico com notas, o escultor com pedras, o padeiro com farinha, o poeta com palavras e o camponês com terra, aquele homem parecia pensar com cifras. Um bom pensamento, pensado no momento correto, era capaz de, em meia hora, render meio milhão à empresa. Talvez! Talvez mais, talvez menos, talvez nem um único tostão; e, claro, ele por vezes também perdia dinheiro, em silêncio, e seus subordinados nada ficavam sabendo, iam almoçar quando o relógio dava meio-dia, voltavam às duas, trabalhavam quatro horas, iam para casa, dormiam, acordavam, levantavam-se para tomar o café da manhã, tornavam a se dirigir ao escritório como no dia anterior, retomavam o trabalho e ninguém ficava sabendo de nada, porque ninguém tinha tempo de descobrir coisa nenhuma de todo aquele mistério. E o lugar onde o homem calado, velho e rabugento pensava era a sala da diretoria. Aos assuntos de seus empregados, dedicava apenas um sorriso débil, pela metade. Tinha algo de poético naquilo, de sublime, de maquinador e de legislatório. Em pensamento, Simon muitas vezes tentava se pôr no lugar do diretor. Mas, em geral, o quadro todo desaparecia e, se refletia sobre o assunto, eram as ideias que o abandonavam por completo: "Tem algo de orgulhoso e sublime, mas algo de incompreensível e quase inumano também. Por que, afinal, todas essas pessoas, as que escrevem e as que fazem contas, até mesmo moças na mais tenra idade, dirigem-se todo dia à mesma porta, entram no mesmo edifício, para rabiscar palavras, experimentar penas diversas, fazer contas, gesticular, se esfalfar, assoar o nariz, apontar o lápis e carregar papéis de um lado para outro? Será que fazem isso com prazer ou são forçadas a agir assim? Fazem-no com a consciência de estar realizando algo sensato e frutífero? Provêm de lugares os mais diversos, algumas chegam mesmo a vir de trem, de regiões longínquas; aguçam os ouvidos, ainda há tempo para um passeio antes de entrar? E são tão pacientes quanto um rebanho de cordeiros; esparramam-se quando a noite cai, cada uma tomando sua direção específica, e, na manhã seguinte, na mesma hora, estão todas ali de novo. Veem-se, reconhecem-se pelo andar, pela voz, pelo modo de abrir uma porta, mas têm pouco a ver umas com as outras. São todas iguais e, no entanto, são também estranhas, e, quando uma morre ou dá um desfalque, as demais se admiram por toda uma manhã; depois, a vida segue em frente. Acontece também de alguém sofrer um derrame enquanto escreve. O que ganhou, então, por ter 'trabalhado' cinquenta anos na empresa? Durante cinquenta anos, entrou e saiu pela mesma porta, exercitou milhares e milhares de vezes a mesma formulação em cartas comerciais, alternou vários ternos e muitas vezes se admirou do pouco uso de suas botas ao longo do ano. E agora? Pode-se dizer que viveu? Não é assim que vivem milhares de pessoas? Foram os filhos o conteúdo de sua vida; a esposa, sua alegria? Sim, é possível. Eu prefiro não criticar essas coisas, porque me parece que não me cabe fazê-lo, sendo eu ainda jovem. Lá fora, é primavera, e eu seria capaz de pular da janela, de tanto que me dói essa impossibilidade de me mover. Uma casa bancária é um edifício idiota na primavera. Como se comportaria um estabelecimento bancário em meio a, digamos, um prado verde e opulento? Talvez minha pena me parecesse então uma jovem florzinha, recém-brotada do chão. Ah, não, não quero ser zombeteiro. Talvez tenha de ser assim, talvez tudo isso tenha um propósito. Eu é que não vejo o nexo, porque contemplo demais a vista. E a vista é um tanto desencorajadora: diante das janelas, este céu; no ouvido, a doce cantoria. As nuvens brancas avançam, e eu aqui, obrigado a seguir escrevendo. Por que tenho olhos para as nuvens? Se fosse sapateiro, pelo menos faria sapatos para as crianças, os homens e as damas, que então passeariam pelas ruas primaveris nos meus sapatos. Eu sentiria a primavera ao avistá-los em pés estranhos. Aqui, não consigo sentir a primavera, ela me incomoda".

Simon deixou pender a cabeça e ficou furioso com a brandura de seus sentimentos.

Certo fim de tarde, quando voltava para casa, chamou-lhe a atenção um homem à sua frente que caminhava a passos largos na ponte iluminada pelas luzes do entardecer. A figura, esbelta e encasacada, inspirou-lhe doce temor. Simon acreditou reconhecer aquele andar, a calça, o chapéu característico, que mais parecia uma chaleira, e os cabelos esvoaçantes. O estranho carregava um portfólio leve debaixo do braço. Acometido por trêmulos pressentimentos, Simon apertou o passo e, de súbito, com um grito de "irmão!", precipitou-se com os braços em direção ao pescoço do caminhante. Kaspar abraçou-o. Conversando alto, foram-se para casa, isto é, tinham ainda um caminho íngreme a percorrer, subindo o morro, sobre cuja encosta se espraiavam jardins e casarões. Bem lá em cima, observavam-nos as casinhas decadentes dos subúrbios. O sol poente ardia nas janelas, tornando-as olhos radiantes a contemplar fixa e belamente a distância. Mais abaixo, estendia-se a cidade, que, ampla e lasciva, esparramava-se sobre a planície qual um tapete tremeluzente e brilhante; o som dos sinos do anoitecer, sempre diferente do som dos matutinos, ecoava lá em cima, o lago desenhava-se sutilmente em sua indizível delicadeza aos pés da cidade, do morro e dos muitos jardins. Muitas das luzes ainda não brilhavam, mas as que estavam acesas ardiam com magnífica e estranha nitidez. As pessoas lá embaixo caminhavam e corriam pelas ruas tortuosas e recônditas; não se podia vê-las, mas sabia-se. "Seria magnífico caminhar agora pela elegante rua da estação", disse Simon. Kaspar caminhava em silêncio. Tinha se tornado um rapaz magnífico. "Que belo modo de andar", pensava Simon. Por fim, chegaram defronte da casa. "Como assim? Você mora na beira da floresta?", Kaspar riu. Entraram.

Quando Klara Agappaia divisou o recém-chegado, uma estranha chama iluminou seus grandes olhos cansados. Ela os fechou e inclinou ligeiramente o rosto formoso. Não pareceu que tivesse sentido alegria muito grande à visão daquele jovem; a impressão que deu foi bem outra. Procurou se comportar com naturalidade e sorrir, como é costume quando se dão as boas-vindas a alguém. Mas não conseguiu. "Subam", disse, "estou tão cansada hoje. Que estranho. Eu realmente não sei o que me deu." Os dois foram em busca de seu quarto, que a lua iluminava. "Não vamos nem acender luz nenhuma", Simon disse, "vamos direto para a cama." Então, alguém bateu à porta. Era Klara, que, do lado de fora, perguntou: "Vocês têm tudo de que precisam, não lhes falta nada?". "Não, já estamos deitados, o que haveria de nos faltar?" "Boa noite, amigos", ela disse, abrindo um pouco a porta e tornando a fechá-la. Depois, afastou-se. "Parece uma mulher estranha", Kaspar comentou. E os dois adormeceram.

3

Na manhã seguinte, o pintor apanhou do portfólio suas paisagens; primeiro, retirou de lá todo um outono; depois, um inverno — todos os estados de espírito da natureza voltaram à vida. "Isso é tão pouco de tudo que vi. Se é rápido o olho do pintor, sua mão é lenta, indolente. Ainda tenho muito a fazer! Com frequência, penso que enlouquecer é só o que me resta." Os três, Klara, Simon e o pintor, circundavam as pinturas. Pouco foi dito, e sempre em exclamações de encanto. De repente, Simon correu a apanhar seu chapéu, que jazia no chão do quarto, enfiou-o na cabeça com ímpeto e fúria e precipitou-se porta afora, exclamando: "Estou atrasado!".

"Uma hora de atraso! Um jovem não tem por que atrasar-se assim!", disseram-lhe no banco.

"Mas e se acontecer?", desafiou o repreendido.

"Como? O senhor ainda quer protestar? Por mim... faça como preferir."

O comportamento de Simon foi relatado ao diretor, que, tendo decidido demiti-lo, chamou-o e, em voz baixa e até mesmo benévola, comunicou-lhe a decisão. Simon disse:

"Fico muito feliz que isso tudo tenha fim. Será que alguém aqui acredita que está me golpeando, vergando minha coragem, me aniquilando ou coisa parecida? Ao contrário. O que isso faz é me elevar, me lisonjear, me infundir de novo, depois de tanto tempo, um pingo de esperança. Não fui feito para ser uma máquina de escrever ou de calcular. Gosto muito de escrever e gosto muito de fazer contas, tenho preferência por me comportar decentemente com meus semelhantes, gosto também de trabalhar e, caso não me fira o coração, obedeço com fervor. Saberia me sujeitar a determinadas leis, se isso fosse importante, mas já há algum tempo pouco me importa aqui. Quando me atrasei hoje de manhã, fiquei apenas irritado e furioso; não fui tomado por preocupação nenhuma relativa a minha honra ou consciência, não me fiz recriminações, ou, no máximo, recriminei-me por continuar sendo o mesmo sujeito bobo e covarde de sempre, que, quando dão oito horas, põe-se de um salto em movimento, como um relógio a que se dá corda e que, dada a corda, põe-se também em movimento. Eu agradeço ao senhor por possuir a energia necessária para me demitir e o convido a pensar de mim o que quiser. O senhor com certeza é um grande homem, merecedor de estima e repleto de méritos, mas, veja bem, eu também gostaria de ser assim, razão pela qual é bom que o senhor me mande embora; exatamente por isso, foi uma bênção que, hoje, eu tenha me comportado de forma inadmissível, como se diz. Nos escritórios do senhor, que são objeto de tanto alarde e onde tantos gostariam de trabalhar, não há como um jovem rapaz possa vir a se desenvolver. Pouco me importa gozar da vantagem do pagamento de um salário fixo mensal. Isso só faz de mim um fraco, um frouxo, um néscio, um fóssil. O senhor ficará surpreso ao me ouvir fazer uso de tais palavras, mas haverá de admitir que digo a mais absoluta verdade. Aqui, uma única pessoa pode ser de fato um homem: o senhor! Nunca lhe ocorreu que, entre seus pobres subordinados, talvez existam pessoas que também sentem esse ímpeto de ser homem, um homem atuante, trabalhador, merecedor de respeito? Não posso achar bonito que alguém se ponha inteiramente à margem neste mundo apenas para não adquirir a fama de uma pessoa descontente e pouco capaz de obter emprego. Como é grande aqui a tentação do temor, e quão pouco sedutora a ideia de libertar-se desse temor miserável. Que hoje eu tenha conseguido fazer isso, essa façanha quase impossível, é algo que aprecio em mim, digam as pessoas o que quiserem. O senhor, seu diretor, se entrincheira aqui, jamais se faz visível, as pessoas nem sabem de quem partem as ordens às quais obedecem, não obedecem a coisa nenhuma: vão apenas se embotando com os hábitos débeis que adquiriram e se revelaram apropriados. Que armadilha para os jovens que tendem ao comodismo e à preguiça! Aqui, nada se exige de todas aquelas forças que possivelmente animariam o espírito de um jovem rapaz, nada se demanda que poderia distinguir um homem e uma pessoa humana. Nem a coragem nem a inteligência, nem a lealdade nem o afinco, nem a vontade criadora nem a avidez do empenho podem, neste lugar, ajudar alguém a progredir; demonstrar força e plenitude chega mesmo a ser coisa malvista. E malvista há de ser, claro, nesse sistema de trabalho vagaroso, indolente, árido e deplorável. Até logo, meu senhor, vou-me em busca de trabalho saudável, ainda que seja para escavar a terra ou carregar sacos de carvão nas costas. Adoro todo tipo de trabalho, menos aqueles cuja realização não demanda o emprego de todas as forças disponíveis."

"Embora o senhor não mereça, quer que eu lhe escreva uma carta de recomendação?"

"Uma carta de recomendação? Não, não escreva carta nenhuma. Se o que mereço é, no máximo, uma recomendação negativa, então não quero nenhuma. Eu próprio escreverei, de agora em diante, minhas cartas de recomendação. Doravante, quero recorrer apenas a mim mesmo, quando alguém solicitar uma recomendação; isso causará em pessoas sensatas, de visão clara, a melhor das impressões. Alegra-me deixá-lo sem levar comigo uma tal recomendação, já que uma carta assim, que o senhor houvesse assinado, apenas me lembraria de minha própria covardia e de meu temor, de um estado de indolência e de renúncia a minhas próprias forças típico de quando meus dias transcorriam inúteis, das tardes repletas de furiosas tentativas de libertação, das noites de um anseio belo mas inútil. Agradeço ao senhor a intenção de me demitir de uma maneira amistosa, o que mostra que estive diante de um homem que talvez tenha compreendido parte do que digo."

"Meu jovem, o senhor é impetuoso demais", disse o diretor. "Com isso, está arruinando seu futuro!"

"Não quero futuro nenhum, quero ter um presente. Isso, sim, me parece mais valioso. Um futuro só se tem quando não se tem presente nenhum, e, quando se tem um presente, aí a gente se esquece até de pensar no futuro."

"Até logo. Temo que o senhor vá viver experiências ruins. Estava interessado no senhor e, por isso, ouvi suas palavras. Do contrário, não perderia tanto tempo. Talvez o senhor tenha errado de profissão, talvez ainda venha a ser alguma coisa. Seja como for, passe muito bem."

Com um gesto de cabeça, o diretor dispensou Simon, que logo se viu do lado de fora, na rua. Avistou, então, um homem que, diante de uma confeitaria, caminhava de um lado para outro, era provável que estivesse à espera de alguém, de uma mulher, talvez, Simon não tinha como saber. Mas o homem despertou-lhe interesse. À primeira vista, era assustadoramente feio, dotado de uma cabeça encurvada e de tamanho assaz extraordinário, de barba cerrada e de uma expressão algo cansada e mesmo animalesca nos olhos. Seu modo de andar era afetado mas nobre, suas roupas, refinadas e de bom gosto. Na mão, levava uma bengala amarela; parecia um homem de erudição, mas um erudito ainda jovem. Todo ele, o modo como se movimentava, tinha algo de suave, comovente. Abordá-lo, ao que parecia, era coisa que se podia ousar sem mais, e Simon o fez.

"Perdoe-me, meu senhor, por dirigir-lhe a palavra sem nenhuma cerimônia. Mas é que senti uma simpatia pelo senhor assim que o vi, há pouco. Desejo conhecê-lo. Não haveria de ser esse vívido desejo pretexto suficiente para dirigir a palavra assim, no meio da rua, a um cavalheiro? O senhor dá a impressão de estar à procura de alguém e de ter suposto que o encontraria a esperá-lo neste lugar. É tamanha a quantidade de gente aqui que, sozinho, será difícil localizar a pessoa em questão. Quero ajudá-lo nessa procura, caso o senhor confie em mim e possa me descrever algumas características de quem deseja encontrar. Trata-se de uma dama?"

"É, de fato, uma dama", respondeu ele, sorrindo.

"Como ela é?"

"Está vestida de preto da cabeça aos pés. Uma figura alta e esbelta. Olhos grandes que, quando os fitamos, seguem nos olhando ainda por muito, muito tempo, embora não seja assim de fato. Em torno do pescoço, usa um colar de pérolas grandes e brancas, e, das orelhas, pendem longos brincos. Aros dourados e simples envolvem seus pulsos, e o rosto tem algo de pleno, oval, voluptuoso. O senhor verá. Em torno da boca, embora isto seja enganoso, brincam certas reserva e astúcia, os lábios apertados um contra o outro. No mais, ela gosta de usar um amplo chapéu com plumas dependuradas, um chapéu que parece ter pousado sobre a cabeça e os cabelos. Se essa descrição ainda não lhe for suficiente, chamo a atenção para o galgo que ela leva consigo, preso a uma correia fina e preta. Nunca sai sem o cachorro. Vou ficar aqui e esperar por ela. Agradeço a oferta, à parte o vívido interesse que o senhor me despertou já em razão de suas palavras iniciais. Essa profusão de pessoas está, de fato, se tornando cada vez maior. Parece até que estamos no meio de uma festa."

"Sim, acredito que assim seja. Presto pouca atenção em festas."

"Mas por quê?"

"Cada um segue seu próprio caminho! Até logo!"

E lá se foi Simon através da espessa massa humana, caminhando tão depressa quanto possível. De todos os lados o comprimiam, empurravam, quase o levantavam. Mas também ele empurrava, e achou muito divertido cruzar assim, vagarosamente, toda aquela multidão de corpos e rostos. Por fim, chegou a uma espécie de ilha, ou seja, a um espaçozinho vazio, e, quando olhou em torno, divisou de súbito a sra. Klara. Com efeito, ela levava consigo um cachorro. Desde que se mudara para a sua casa, Simon nunca prestara maior atenção nela e não sabia, portanto, que era seu hábito sair a passear com o animal. "Tem um cavalheiro à sua procura", disse ele, tão logo ela notou sua presença. "Provavelmente é meu marido", Klara respondeu. "Venha, vamos caminhar juntos. Ele voltou de repente de sua viagem, sem me escrever uma única palavra. Sempre faz isso. Como foi que o senhor o conheceu? E desde quando o senhor se incumbe de procurar damas em lugar dele? O senhor é um homem ímpar. Como? Largou o emprego? E o que vai fazer agora? Venha, por aqui. Aqui está mais fácil de passar. Vou apresentá-lo a meu marido."

Decidiram ir ao teatro à noite. Kaspar foi avisado e, na hora combinada, apresentou-se diante do teatro, um magnífico edifício branco que se erguia à beira do lago. Quando subiu o pano, via-se apenas um espaço cinza e vazio. Logo, porém, o espaço ganhou vida com a aparição de uma bailarina com pernas e braços nus, dançando ao som de uma música suave. Envolvia-lhe o corpo uma túnica translúcida, esvoaçante e fluida, que, assim pareceu, reproduzia por si só, no ar que ali pairava, as linhas da coreografia. Sentiam-se as completas inocência e graça daqueles movimentos, e a ninguém teria ocorrido enxergar na nudez da moça algum impudor ou impureza deliberada. Sua dança muitas vezes se dissolvia num mero caminhar, que, no entanto, seguia, também ele, sendo dança; em outros momentos, era como se a erguessem no ar as próprias ondulações que ela descrevia. Quando, por exemplo, levantava uma perna e curvava o pé gracioso, fazia-o de um modo tão novo e desenvolto que todo mundo pensava: onde foi que já vi isso, onde? Ou: terei alguma vez sonhado com coisa semelhante? A dança daquela moça tinha algo de grave e natural. Por certo, se avaliada dentro do rigor das regras do balé, sua arte talvez não fosse de fato grandiosa, e sua capacidade podia deixar a desejar ante a competência e o desempenho de outras bailarinas. Contudo, ela era possuidora da arte de encantar, e isso apenas com sua graça tímida de moça. Seus voos descendentes eram docemente pesados, e, quando se alçava pelo ar em busca de maior impulso, inebriava todas as almas com a ferocidade e a inocência de seu movimento. Ao se movimentar, ela própria se deixava estimular pelo movimento fugaz, e sua própria excitação inventava sempre novas ondulações a combinar com a música. As mãos eram como duas belas pombas brancas batendo as asas. Ela sorria enquanto dançava, devia estar feliz. Sua arte inexistente era percebida como suprema. Em certo momento, qual um cervo em fuga, ela se pôs a voar em grandes e suaves saltos de um compasso a outro. Parecia dançar como uma onda espumante que se quebra na margem rasa e se esparge; ora fluía como uma grande onda ensolarada e poderosa no meio de um lago, ora lembrava um chuvisco de flocos e pedrinhas, sempre de um jeito diferente, sempre com muita alma. A sensibilidade dos espectadores dançava com ela, tomada de prazer e dor. A alguns, vinham lágrimas aos olhos, puras lágrimas de um encanto e de um dançar compartilhados. Que belo foi ver, tendo a moça terminado sua dança, senhoras idosas e severas levantarem-se de um ímpeto e agitarem seus lenços, atirarem flores no abismo do palco, lá embaixo. Cada sorriso parecia pedir "seja nossa irmã". "Com que alegria eu a chamaria de minha filha, se você assim desejasse", era o que parecia dizer o júbilo das damas. O público de uma centena de espectadores via a pequena no palco e se esquecia de toda e qualquer separação, da parede a apartá-lo dela. Muitos braços se arqueavam no ar, como se quisessem acariciá-la; as mãos a acenar tremiam. As pessoas gritavam palavras que sua mera alegria ia inventando. Mesmo as figuras frias e douradas do cenário pareciam querer ganhar vida e, por uma vez, depositar numa cabeça a coroa de louros que tinham nas mãos. Simon jamais vira tamanha beleza no teatro. Klara estava absolutamente encantada, e quem não estaria numa noite como aquela? Apenas o sr. Agappaia permaneceu em silêncio, sem pronunciar uma só palavra. Kaspar disse: "Quero pintar uma ovação como essa, que só poderia resultar num quadro magnífico". "Mas difícil de pintar", atalhou Simon. "O perfume e o esplendor da alegria, a cintilação do encanto, o frio e o calor, o definido e o difuso, as cores e as formas desse perfume, o dourado e o vermelho profundo desfazendo-se em todas as cores, e o palco, esse ponto focal tão pequeno, e, sobre ele, a bem-aventurada mocinha, as roupas das senhoras, os rostos dos homens, os camarotes e tudo o mais — seria mesmo muito difícil, Kaspar."

Klara comentou: "Quando pensamos numa paisagem serena, estão lá fora as florestas, colinas, os amplos prados, e nós sentados aqui dentro, num teatro resplandecente. Como isso é singular. Mas talvez tudo seja natureza. Não apenas a grandeza e o silêncio lá de fora, mas também tudo que é móvel e pequeno, tudo que os seres humanos criam. Um teatro também é natureza. O que a natureza nos chama a construir só pode ser, também, natureza, ainda que uma variação dela. Por mais refinada que a cultura se torne, ela permanece sendo natureza, porque não é mais que uma lenta invenção ao longo dos tempos, e por parte de seres ainda e sempre vinculados a ela. Quando o senhor, sr. Kaspar, pinta um quadro, ele será natureza, porque o senhor o pinta com os sentidos e os dedos, os quais, afinal, lhe foram dados por ela. Não, fazemos bem em amá-la, em pensar na natureza com o devido respeito, em venerá-la, se me é lícito dizê-lo dessa maneira, porque em alguma parte os homens precisam orar, ou se tornam maus. Se, pois, amamos o que nos é mais próximo, isso é uma vantagem que confere mais ímpeto ao avançar de nossos séculos, que nos faz girar pensativos com a Terra, que nos faz sentir a vida mais rápida e bem-aventurada, uma vantagem, portanto, que temos de agarrar e segurar firme, mil vezes, em milhares de momentos. Que sei eu?".

Ela se empolgara ao falar. "Eu disse algo de sensato?", perguntou a ele.

Kaspar não respondeu. Haviam deixado o teatro fazia tempo e estavam agora a caminho de casa. Simon seguia um pouco à frente com o sr. Agappaia.

"Conte-me alguma coisa", pediu Klara a seu acompanhante.

"Tenho um colega que se chama Erwin", principiou Kaspar, caminhando ao lado dela. "Seu talento é pequeno, ou talvez ele tenha sido mais talentoso nos primeiros anos de juventude. Apesar disso, e de a pintura não lhe prometer o menor sucesso, é completamente apaixonado por sua arte. Afirma serem ruins todos os seus quadros, e eles o são de fato, mas trabalha neles anos a fio. Volta e meia, raspa a tinta de uma pintura e a refaz. Amar a natureza dessa maneira, como ele a ama, há de ser um tormento e uma vergonha. Sim, porque um homem sensato não se deixa zombar, abusar e martirizar tanto tempo por um mesmo objeto, ainda que se trate da própria natureza. É claro que não é a arte que o martiriza, e sim ele próprio, com sua concepção pobre da arte e do mundo. Esse Erwin me adora. Quando éramos os dois iniciantes, eu pintava junto com ele. Corríamos pelos prados, debaixo das árvores de que sempre me lembro apenas na mais plena e esplendorosa florescência, quando penso naquela época divina. Essa palavra, 'divina', Erwin a utilizava quando, em sua exaltação cega, se via diante de paisagens cuja beleza ultrapassava sua capacidade de compreensão. 'Kaspar, veja só essa paisagem divina', disse-me ele não sei quantas centenas de vezes. Já naquela época, embora ele pintasse quadros muito bonitos, pinturas elaboradas com talento, fazia críticas mordazes e impiedosas a si próprio. Destruía as pinturas bem-sucedidas e guardava apenas as malsucedidas, porque julgava que somente estas tinham valor. Seu talento sofreu terrivelmente com essa desconfiança constante, até que, por fim, submetido a semelhante tratamento, secou, exauriu-se como uma fonte que o sol queima e absorve por completo. Muitas vezes, eu o aconselhei a vender a preço modesto as pinturas acabadas, mas ele quase deu por terminada a amizade em razão dessa minha impertinência. Em mim, espantava-o mais e mais a cada dia a grande facilidade e a relativa leviandade com que eu simplesmente saía pintando, mas ele respeitava meu talento, que teve de reconhecer. Queria que eu praticasse minha arte com mais seriedade, ao que lhe respondi que, para obter algum resultado, o exercício da arte demandava apenas aplicação, alegre entusiasmo e a observação da natureza, assim como chamei sua atenção para os danos que a seriedade exagerada e sacrossanta para com uma coisa podia acarretar, e haveria mesmo de fazê-lo, a essa mesma coisa. Na verdade, ele acreditava naquelas minhas palavras, mas era demasiado fraco para se libertar da seriedade obstinada à qual se aferrara. Então, viajei para longe e recebia dele as cartas mais saudosas, que soavam cheias de pesar por minha partida. Eu havia sido aquele que ainda o animava um pouco. Devia voltar ou, do contrário, ele me pedia que o deixasse acompanhar-me em minha viagem. Foi o que ele fez. Estava sempre atrás de mim, como se fosse minha própria sombra, por mais que eu o tratasse com frieza, zombarias e superioridade. Evitava as mulheres, detestava-as mesmo, porque temia que elas o desviassem da santidade de sua missão na vida. Por isso, eu ria dele, e pode ser que o tenha tratado com considerável desdém. Pintava com inabilidade crescente e dedicava-se com obsessão cada vez maior a seus estudos. Aconselhei-o a não estudar tanto, mas, antes, a acostumar a mão ao pincel. Ele tentou e chorava ao me ver pintar despreocupadamente o dia todo. Então, fizemos juntos uma viagem a minha terra natal e lá, a senhora sabe, sobe-se pelas montanhas amplas e altas, desce-se por caminhos íngremes ao fundo dos vales e, de pronto, sobe-se de novo. Para mim, era diversão ao alcance da mão, um prazer, a respiração um pouco mais acelerada, uma exigência um pouco maior das pernas e nada mais. Erwin mal conseguia avançar. De fato, o anseio artístico excessivo já havia acabado com suas forças. Um dia, à noitinha, do alto de um prado na montanha, divisamos à nossa frente, por entre galhos de abeto, os três lagos da minha terra natal. Erwin soltou um grito à visão daquele espetáculo. Era mesmo de uma beleza inesquecível. Ouvia-se o barulho dos trens lá embaixo, e o som de sinos ressoava montanha acima. Não se podia ainda ver a cidade, mas, com a mão esticada, apontei para onde ela deveria estar. Suaves e reluzentes, os lagos espraiavam-se como mantos de princesa, circundados pelos nobres contornos das montanhas; suas margens eram de graça encantadora, tão distantes e, no entanto, tão próximas. Naquele mesmo princípio de noite, chegamos à casa, empoeirados e famintos. Minha irmã ficou contente com o hóspede calado que eu trazia comigo. Isso foi há três anos, talvez. Com o tempo, ela se aproximou dele, e creio ser lícito imaginar que ardia nela um amor silente por Erwin. Doía-lhe ver como eu tratava seu protegido. Pedia-me que me referisse a ele de maneira mais amigável e respeitosa, quando, em tom jocoso, eu lhe contava alguma coisa a respeito dele. De resto, o pobre rapaz não aguentou muito mais tempo. Um belo dia, despediu-se. Precisou escrever uma frase no diário de minha irmã. Como tudo isso é engraçado, mas como é profundo também. Ao escrever no diário, talvez tenha repousado a mão, pensativo, e imaginado um futuro ao lado dela. O que lhe prometia a arte? Tive certa preocupação de que minha irmã fosse fazer uma espécie de cena. Mas, ao se despedir dele, ela apenas o contemplou com afeto e bondade. Erwin não pôde olhar para ela, não ousou fazê-lo. Acreditava-se um coitado? É bem possível. Talvez não conseguisse crer que moças pudessem amá-lo e desejá-lo como marido, porque tinha uma marca de nascença que lhe atravessava o rosto todo. A meus olhos, porém, aquilo sempre o enobrecera. Gostava muito de olhar para ele. Partimos, e certa ocasião ele me perguntou se podia escrever para minha irmã. 'E eu com isso?', retorqui. 'Se sente vontade, escreva!' Erwin voltou para casa, para o ambiente sombrio e sem vida de seus acadêmicos. Senti pena, mas me despedi dele com frieza, ou pelo menos demonstrei frieza, porque me era desagradável despedir-me calorosamente de alguém digno de pena. Ele me escreveu algumas cartas, que não respondi, e continua a fazê-lo ainda hoje, cartas que tampouco respondo. Seu apego a mim é desesperador. Nesse caso, é preciso responder? Está perdido, não faz absolutamente nenhum progresso. Os quadros que hoje pinta são horrorosos. E, no entanto, ninguém jamais teve tamanha ligação comigo como ele. Quando me lembro dos tempos em que andávamos pela natureza! Como tudo passa neste mundo. O que nós precisamos fazer é criar, criar e, de novo, criar. É para isso que estamos aqui, e não para sentir pena dos outros."

"Pobre rapaz", disse Klara. "Sinto pena dele. Gostaria que ele estivesse aqui, e, se estivesse doente, gostaria muito de cuidar dele. Um artista infeliz é como um rei infeliz. Como lhe há de doer fundo na alma saber-se tão carente de talento. Posso imaginar tão bem. Pobre rapaz. Gostaria de ser amiga dele, já que o senhor não tem tempo para isso. Eu teria. Quantas pobres criaturas há neste mundo!"

Kaspar pegou na mão dela pela primeira vez e lhe disse baixinho: "Como a senhora é boa!". A floresta estava um breu, tudo estava escuro, e a casa era um ponto negro em meio à escuridão. Simon e Agappaia esperavam pelos dois na porta de entrada.

"Eles não vêm. Venha o senhor, vamos entrar."

"Eu gostaria de ir dormir agora mesmo", disse Simon.

Já deitado em sua cama e prestes a fechar os olhos, ele de súbito ouviu um tiro. Muito assustado, levantou-se de um salto, escancarou a janela e olhou para fora. "O que é isso?", gritou lá para baixo. Mas ouviu apenas o eco da própria voz, refletida na floresta e envolta em silêncio mortal e horripilante. De repente, Simon ouviu uma voz masculina na rua: "Não é nada, o senhor pode ir dormir. Perdoe-me por tê-lo assustado. À noite, costumo atirar na floresta, porque me dá prazer ouvir o tiro estalar e ecoar. Tem gente que, quando tudo à volta está em silêncio, gosta de assoviar uma melodia para se distrair; eu atiro. Tome cuidado para não se resfriar, assim, com a janela aberta. À noite, ainda faz um friozinho. Logo o senhor vai ouvir outro tiro, mas aí, decerto, não vai mais se assustar. Ainda sigo esperando minha mulher. Boa noite. Durma bem". Simon tornou a deitar-se. Contudo, não conseguiu dormir. A voz daquele homem lhe soara tão esquisita, tão calma, e era isso que lhe parecera singular. Tão gélida; na verdade, tão amistosa e normal, mas precisamente nisso residia seu caráter gélido. Devia haver algo por trás daquilo. Mas talvez ele apenas desconhecesse os hábitos daquele homem. "Hoje em dia", pensou, "tipos esquisitos não faltam. Afinal, a vida é tão tediosa que estimula o aumento do número desses esquisitões. Sem nem mesmo perceber, o sujeito se transforma num tipo esquisito. Por isso, é possível que esse Agappaia já não veja nada de extravagante em suas extravagâncias. Basta chamar a coisa de esporte para pôr fim a toda estranheza. Seja como for, vou tentar dormir." Outros pensamentos, porém, vieram-lhe à mente, todos eles relacionados à noite. Pensou nas crianças pequenas, que não ousam entrar em quartos escuros nem conseguem dormir no escuro. Os pais incutem nelas o medo terrível da escuridão e, depois, como castigo, enfiam as malcomportadas em quartos silenciosos e negros. A criança tateia, então, no escuro, numa escuridão profunda, e escuridão é tudo que ela encontra. Seu medo e a escuridão se dão muito bem, mas o mesmo não acontece entre a criança e seu medo. O talento dela para sentir medo é tão grande que o medo se torna cada vez maior. Apodera-se dela, porque é tão grande, tão profundo, respira tão pesadamente. A criança gostaria muito de gritar, por exemplo, mas não ousa fazê-lo. Essa falta de ousadia aumenta ainda mais o medo; afinal, quando não se pode nem gritar de medo quando se tem medo, então é porque se está diante de algo medonho. A criança acredita que tem alguém a escutá-la no escuro. Como é triste imaginar essa pobre criança. Como suas pobres orelhinhas se esforçam para captar algum ruído, ainda que seja a milésima parte de um barulhinho. Não ouvir nada dá muito mais medo que ouvir alguma coisa, quando já se está no escuro e à escuta. Ou pior: quando se está à escuta e quase se pode ouvir o próprio escutar. A criança não para de ouvir. Às vezes, põe-se a escutar, às vezes, simplesmente ouve. Sim, porque, nesse seu medo sem nome, ela sabe diferenciar uma coisa da outra. Ouvir significa, de fato, ouvir alguma coisa, ao passo que pôr-se à escuta é escutar em vão, não se ouve coisa nenhuma, apenas gostaríamos de ouvir. Pôr-se à escuta é o que faz a criança trancada num quarto escuro, como castigo por sua má-criação. E pensar, então, que alguém se aproxima, em silêncio, um silêncio terrível... Não, melhor é não pensar nisso. Melhor nem pensar em algo assim. Fazê-lo pode nos matar de susto juntamente com a criança. Crianças têm alma tão tenra — submeter almas assim a tamanhos pavores? Pais, não façam isso, não tranquem seus filhos em quartos escuros, depois de tê--los ensinado a sentir medo da, em geral, tão adorável escuridão.

Agora, Simon já não sentia medo de que algo pudesse acontecer ainda naquela noite. Adormeceu e, ao acordar pela manhã, viu seu irmão deitado na cama ao lado dele, tranquilo, dormindo. Poderia tê-lo beijado. Para não acordar o adormecido, vestiu-se com a maior cautela possível, abriu a porta sem fazer barulho e desceu a escada. Deparou com Klara. Ela parecia estar ali, à espera, havia já um bom tempo. Simon mal lhe dissera "bom dia", quando a mulher, aparentemente muito comovida, agarrou-lhe o pescoço, puxou-o para si e o beijou, cheia de amor. "Quero beijar você também, que é, afinal, irmão dele", disse ela em voz baixa, abafada e feliz.

"Está dormindo", disse Simon. Era um hábito seu recusar com suavidade toda ternura de que não fosse ele próprio o objeto. Essa tranquilidade agitou então, a valer, a alma de Klara, que não o deixou seguir adiante; pelo contrário, apertou-o ainda mais contra si, tomando-lhe a cabeça entre as mãos e beijando-o na testa e nas faces. "Gosto tanto de você como de um irmão. Agora, você é meu irmão. Tenho tanto e, não obstante, tão pouco, você compreende? Não tenho nada, dei tudo que tinha. Você vai me evitar? Não vai, vai? Seu coração é meu, eu sei. Um confidente assim me faz rica. Você ama seu irmão como ninguém mais é capaz de amá-lo, com tanta força, tanta vontade. Ele me contou a seu respeito. Como eu acho você bonito. É bem diferente dele. Descrever você é impossível. Foi o que ele me disse também: que você é difícil de compreender. E, no entanto, com que confiança a gente se entrega a você. Beije-me. Sou sua, da maneira que seu coração desejar. Seu coração é o que você tem de mais belo. Não diga nada. Eu compreendo que ninguém o entenda. Você entende tudo. Você é bom para mim, diga, diga que sim. Não, não diga que sim. Não é necessário, não é nem um pouco necessário. Seus olhos já me disseram que sim. Eu já sabia há muito tempo. Sabia há muito tempo que existem pessoas assim. Só não se obrigue a ser frio. Ele está dormindo? Ah, não, não vá embora. Preciso ainda brigar um pouquinho com você. Sou uma mulher tola, muito, muito tola, não sou?"

E, nesse tom, ela teria prosseguido, mas Simon se esquivou, muito suavemente, como lhe era próprio. Disse que queria ir dar um passeio. Klara ficou olhando para ele, que se afastava, mas Simon não se preocupou nem um pouco com aquele olhar. "Vou servi-la, se ela precisar de mim, é claro!", disse a si mesmo. "Provavelmente, abriria mão de minha vida, se demandá-lo servisse ao bem-estar dela. Seria bem provável que eu o fizesse! É praticamente certo que o faria, ainda mais para uma mulher assim. Ela tem algo de tão singular. Em resumo, ela me domina, está claro, mas o que há aí a merecer maior reflexão? Tenho outras coisas em que refletir. Por exemplo, hoje de manhã me sinto feliz, sinto meus membros como fios delgados e flexíveis. Quando sinto meus membros, fico feliz e não penso em mais ninguém neste mundo, seja mulher ou homem, não penso em absolutamente nada. Ah, como é bom estar aqui, na floresta, numa manhã tão cheia de sol. Como é bom ser livre. É possível que alguma alma esteja pensando em mim, mas, esteja ela ou não, minha alma não pensa em nada. Uma manhã como esta sempre desperta em mim certa brutalidade, o que, ao contrário de ser prejudicial, constitui a base para a fruição desinteressada da natureza. É magnífico, magnífico. Como a grama cintila ao sol. Como arde o céu branco ao redor da terra. É bem possível que a suavidade se instale ainda hoje. Quando penso em alguém, faço-o intensamente. Mais gostoso, porém, é me sentir como me sinto agora. Manhã adorável. Devo cantar uma canção para você? Ora, você própria é uma canção. Eu preferiria gritar e correr como o diabo, ou disparar tiros, como o pobre-diabo do Agappaia."

Simon deitou-se na grama e pôs-se a sonhar.

4

Naquela manhã, Kaspar e Klara passeavam no lago a bordo de um barquinho colorido. O lago estava bem tranquilo, como um espelho sereno e cintilante. Vez por outra, cruzavam com um pequeno vapor, quando, então, por um breve período, se formavam ondas largas e suaves, e eles as sulcavam. Um vestido branco como a neve a envolvia, as mangas largas pendendo preguiçosamente dos belos braços e mãos dela. O chapéu, Klara o havia tirado; soltara os cabelos involuntariamente, com um belo movimento da mão. Sua boca sorria para a do jovem rapaz à sua frente. Ela não sabia o que dizer, não queria dizer nada. "Como é bonito o lago, parece um céu", disse. Sua testa exibia a mesma serenidade de tudo ao redor, do lago, de suas margens e do céu sem nuvens. Um branco vaporoso e brilhante perpassava o azul do céu, um branco que turvava um pouco o azul, refinava-o, tornava-o mais nostálgico, oscilante e ameno. O sol brilhava parcialmente, como costuma fazer nos sonhos. Tudo se revestia de certa hesitação, o ar abanava-lhes os cabelos e o rosto; o de Kaspar mostrava-se sério, mas livre de preocupações. Por um tempo, remou com vigor; depois, soltou os remos, e o barco seguiu adiante sem ninguém a conduzi-lo. Ele se voltou para a cidade a submergir, viu as torres e os telhados cintilando levemente ao brilho parcial do sol e viu também as pessoas, ocupadas, atravessando as pontes. Carroças e carros vieram em seguida, o bonde elétrico passou sacolejante, produzindo seu ruído singular. Os fios zuniam, chicotes estalavam, ouviam-se assovios e retumbavam sons portentosos, provindos de alguma parte. De repente, os sinos das onze horas ecoaram, atravessando o silêncio e o ruído vibrante à distância. Kaspar e Klara sentiam uma alegria indizível com o dia, a manhã, os sons e as cores. Tudo se fez uma coisa só, um único som! Amantes que eram, ouviam tudo fundir-se num som único. Um ramalhete de flores simples repousava no colo de Klara. Kaspar despira o casaco e tornava a remar adiante. Então, bateram as doze horas, e as pessoas todas, trabalhadores e profissionais diversos, se dispersaram em todas as direções, como bandos de formigas. A ponte branca pululava de pontos pretos em movimento. Ainda que sem querer, só se podia rir ao pensar que cada um daqueles pontos pretos tinha uma boca, com a qual pretendia agora almoçar. Como era única uma tal imagem da vida, sentiram os dois, e se riram disso. Também eles voltaram, uma vez que, afinal, eram seres humanos e, como os demais, estavam com fome. Quanto mais perto chegavam da margem, maior se faziam as formigas; então, desembarcaram e eram agora pontos também, como os outros. Mas passeavam felizes sob as árvores de um verde claro, de um lado para outro. Muitos curiosos se voltavam para observar o estranho casal: a mulher que arrastava atrás de si seu longo vestido branco e o rapaz grosseiro, que nem sequer vestia uma calça decente e que diferia com insolência tão singular da dama a quem acompanhava. Assim as pessoas costumam se indignar e se enganar com seus semelhantes. De súbito, alguém caminhava a passos animados na direção de Kaspar. De fato, era alguém que tinha motivo para saudá-lo daquela maneira: era Klaus, que não via o irmão fazia muitos anos. Atrás dele, vinha a irmã e outro cavalheiro, e todos se cumprimentaram. O cavalheiro desconhecido chamava-se Sebastian.

Enquanto isso, a cerca de mil passos dali, Simon estava sentado num refeitório, uma sala pequena mas lotada de comensais. Lá, ia todo tipo de gente em busca de uma refeição barata e rápida. Simon adorava justamente aquele lugar, ao qual faltavam todo conforto e toda elegância. Além disso, com o dinheiro que tinha, precisava fazer contas. O refeitório havia sido fundado por um grupo de mulheres que, juntas, formavam a Associação pela Moderação e pelo Bem-Estar Popular. Com efeito, quem entrava ali tinha de se dar por satisfeito com uma comida moderada e rala. E, em geral, todos ficavam satisfeitos, descontando-se uma ou outra insatisfação, pequena e obtusa. A todos que circulavam por aquele lugar, parecia agradar a refeição, consistindo em um prato de sopa, um pedaço de pão, uma porção de carne, outra de legumes e uma sobremesa minúscula e graciosa. O serviço nada deixava a desejar, a não ser um pouco mais de agilidade, mas, no fundo, era rápido o suficiente, tendo em vista a enorme quantidade de famintos. Cada um recebia sua comida rápido o bastante, embora todos se sentissem impacientes e desejosos de recebê-la ainda mais depressa. O tempo todo ela era distribuída, recebida e engolida. Alguns, tendo-a já deglutido, podiam sentir o desejo de ainda não o ter feito, quando, então, olhavam com inveja para aqueles à espera daquilo que, na verdade, era muito bom de engolir. Por que comiam tão depressa? É um hábito absurdo esse, comer depressa demais. O serviço estava a cargo de moças muito graciosas, provenientes das cercanias rurais da cidade. Bastante inábeis ao longo de um curto período, essas criaturas logo aprenderam a se defender e, com isso, a ganhar tempo para satisfazer desejos assaz prementes e ardorosos. Onde havia tantos desejos, era preciso diferenciá-los e escolhê-los muito bem. Vez por outra, aparecia uma das idealizadoras do estabelecimento, ou seja, uma das benfeitoras, para contemplar o povo, enquanto este comia. A dama em questão aproximava dos olhos o pincenê e examinava a comida e os que a consumiam.

Simon tinha certa predileção por aquelas damas e, sempre que elas apareciam, alegrava-se, porque, para ele, era como se as bondosas senhoras visitassem um salão cheio de criancinhas pobres, a fim de observar como elas se deleitavam com um banquete. "Afinal, o povo não é uma grande criancinha pobre, que precisa ser tutelada e vigiada?", ouvia dentro de si. "E não é melhor que ele seja vigiado por mulheres, damas nobres decerto, e de bom coração, que por tiranos, no sentido antigo, ainda que sem dúvida mais heroico, da palavra?" Todo tipo de gente comia naquela sala de refeições, pessoas reunidas numa família pacífica! Acima de tudo, moças estudantes — e estudantes lá tinham tempo e dinheiro para ir comer no Hotel Continental? Além delas, vinham os mensageiros de hotel em seus aventais leves e azuis, calçando botas e exibindo bigode grande e eriçado na boca deveras angulosa. Que culpa tinham de possuir uma boca angulosa? No Hotel Royal, muitos ostentavam por certo, ao redor do bigode, um aspecto anguloso. Lá, porém, os ângulos eram dissimulados por um arredondamento, mas que importância isso tinha? No refeitório, havia também criadas desempregadas, pobres escriturários e, sobretudo, excluídos, gente sem pão e sem pátria, assim como aqueles que nem sequer possuíam endereço fixo. Mulheres de vida duvidosa circulavam igualmente por ali, com seus penteados estranhos, seus rostos azulados, mãos gordas e um olhar atrevido mas envergonhado. Todas essas pessoas — tendo à frente, é claro, os santos beatos, que também podiam ser vistos ali — se comportavam de forma tímida e solícita. Todos se olhavam no rosto durante a refeição, não diziam nada; apenas, de vez em quando, uma palavra gentil em voz baixa. Aquela era a face feliz e visível do bem-estar e da moderação popular. Naquelas pobres criaturas, com seus modos variegados como as cores dos pássaros de verão, havia algo de burlesco e de simples, de opressão e de liberdade também. Alguns se comportavam com mais refinamento que o mais refinado frequentador de lares elegantes. Quem podia saber quem eram, quem tinham sido, antes de ir parar naquele refeitório popular? Afinal, a vida não misturava os destinos das pessoas como quem chacoalha com força o copinho dos dados? Simon encontrava-se sentado a um cantinho, uma espécie de sacada junto da janela, comendo um pedaço de pão com manteiga e mel e bebendo uma xícara de café. "Por que comer mais que isso num dia tão lindo? O céu azul do princípio de verão não espia gracioso, através da janela, minha dourada refeição? A comida é por certo dourada. Basta olhar para o mel: não possui ele um aspecto amarelo-claro, de um doce dourado? Esse ouro flui tão agradavelmente ao redor do pratinho branco, e, quando o separo com a ponta da faca, sinto-me como o garimpeiro que descobriu um tesouro. Ao lado jaz, encantador, o branco da manteiga; em seguida, a cor marrom do pão saboroso e, mais belo que tudo, o marrom-escuro do café, na xícara graciosa e limpa. Existe comida neste mundo que poderia ter aspecto mais belo e apetitoso? E, com ela, mato primorosamente minha fome. Que outra necessidade tenho, a não ser a de matar a fome e poder dizer: comi? Diz-se que há pessoas que fazem do ato de comer uma cultura, uma arte; pois bem, será que não posso dizer o mesmo de mim? Com certeza! Só que minha arte é modesta, e minha cultura, mais saborosa, porque desfruto desse pouco com mais ímpeto e voluptuosidade que outros do muito e do sem-fim. Ademais, não gosto de me alongar tanto em minhas refeições, porque poderia facilmente perder o apetite. Importante para mim é estar sempre, ou volta e meia, com vontade de comer, e é por isso que como pouco e somente com refinamento. E desfruto ainda de algo a mais: a saborosa conversa com pessoas sempre novas."

Mal Simon murmurara ou pensara essas palavras, um velho de cabelos brancos sentou-se na cadeira vazia a seu lado. O rosto do velho era de uma palidez cinzenta e emagrecida, o nariz pingava, ou antes um grande pingo lhe pendia do nariz, incapaz de cair mas pesado o bastante para tanto. A todo momento, parecia prestes a cair, mas seguia pendurado ali. O homem pediu um prato de batatas no vapor e mais nada; comeu-as, então, esparramando sal sobre as batatas com a ponta da faca, o que fez com todo o cuidado e com cerimoniosa satisfação. Antes, porém, havia juntado as palmas das mãos, a fim de dirigir uma prece ao bom Deus. Simon permitiu-se a seguinte brincadeirinha: em segredo, pediu um pedaço de carne assada à moça que atendia a todos, e, quando o pedido chegou, só pôde rir a valer do espanto do homem, quando a carne lhe foi servida, apenas a ele e a mais ninguém.

"Por que o senhor reza antes da refeição?", Simon perguntou-lhe.

"Rezo porque preciso", respondeu o velho.

"Então fico feliz de tê-lo visto rezar. Meu interesse era apenas saber que sentimento poderia ter levado o senhor a fazê-lo."

"São muitos os sentimentos, meu jovem! O senhor, por exemplo, com certeza não reza. Os jovens de hoje não têm mais tempo nem necessidade de orar. Eu compreendo. Quando rezo, estou apenas dando continuidade a meu hábito, porque me acostumei a fazê-lo e porque orar me consola."

"O senhor sempre foi um homem pobre?"

"Sempre."

Enquanto o velho assim respondia, apareceu no úmido refeitório, limpo mas miserável, a bela figura da sra. Klara. Todas as mãos que seguravam um garfo, uma colher, uma faca ou a asa de uma xícara hesitaram por um instante, antes de dar prosseguimento ao que faziam. Todas as bocas se abriram, todos os olhos fitaram uma aparição que parecia pouco ou nada ter a ver com aquele salão. Era uma dama consumada e, naquele momento, tanto mais consumada ainda. Até para os olhos e os sentidos de Simon foi como se, de um céu aberto e esvoaçante, houvesse se soltado um anjo, o qual descia agora, flutuando, em direção à terra em busca de algum buraco escuro, a fim de, ali, fazer felizes seus moradores com a mera e bem-aventurada visão de si próprio. Era como Simon sempre imaginara uma benfeitora indo até os pobres e miseráveis, aqueles que nada possuem além do duvidoso privilégio de, a todo momento, serem chicoteados tanto por preocupações como por açoites. Como se fosse a coisa mais natural, Klara comportava-se naquela casa do povo como um ser superior, distante, que chegara voando de outras paragens, de outra camada, de outro mundo. E precisamente isso era o magnífico, o esplêndido, o que levava todas aquelas pessoas tímidas a arregalar os olhos, a perder o fôlego e a segurar com uma das mãos a outra, para evitar que o tremor violento fizesse cair a faca. De súbito, a beleza de Klara deu às pessoas, dolorosamente, o que pensar. A todos ocorreu de repente o que mais havia no mundo, além da dureza do trabalho e da preocupação com o pão de cada dia. Daquela espécie de saúde, daquele encanto pleno, exuberante e sorridente, já quase ninguém ali se lembrava, de tanto que a vida se desfazia para todos num cotidiano negro e insalubre, de tanto que se desgastava em tribulações e se agarrava a ninharias. Isso tudo lhes vinha à mente agora, atormentando-os, embora talvez não a todos com a mesma nitidez. Sim, porque é um tormento avistar uma beldade em cujo mero perfume acreditamos nos embriagar, que nos mata já quando nos atrevemos a pensar em sorrir com ela, quando ela sorri. Por isso, ainda que sem querer, as pessoas faziam caretas, erguiam semblantes distorcidos para a mulher que as sobrepujava, já que todos ali se encontravam sentados em cadeiras mais baixas, atrelados e apertados uns aos outros, ao passo que ela, sublime, pairava ereta sobre todos. Parecia procurar alguém. Simon mantinha-se quieto em seu canto e sorria, fitando-a sem cessar. Demorou para que Klara notasse sua presença, embora a sala fosse relativamente pequena; fatigou-a por certo ter de habituar os olhos àquela imagem escura e aleatória, àquela mistura, e, ademais, fixá-los em figuras nas quais eles estavam acostumados a, em geral, não prestar a menor atenção. Já algo irritada, ela tencionava afastar-se, quando seu olhar roçou em Simon e o reconheceu. "Ah, aí está você, e ainda por cima apertado nesse cantinho?", disse, sentando-se ao lado dele com grande alegria, no lugar vazio entre seu jovem amigo e o velho cujo nariz ainda e sempre carregava o enorme pingo reluzente. O velho dormia. Não era permitido dormir em lugares como aquele, mas acontecia todo dia de pessoas idosas, depois de terem comido, adormecerem, em razão do simples cansaço que não conseguiam mais vencer. Aquele velho havia, talvez, feito uma longa e inútil caminhada por todas as ruas da cidade. Talvez tivesse procurado trabalho por todos os lugares aos quais seus pensamentos, tão somente em voz baixa, houveram de tê-lo remetido. Embora cada vez mais exausto, era possível, pois, que ainda tivesse tentado conseguir alguma coisa naquele dia; talvez houvesse juntado todas as suas forças para escalar o morro, porque a cidade subia pelo morro, e, ao chegar lá em cima, o tivessem dispensado com a mesma rapidez com que o dispensavam cá embaixo; então, combalido, com a morte no coração, descera até ali. Que, como é lícito supor, aquele velho tivesse ainda procurado trabalho, que, velho como era, tivesse ainda disposição para trabalhar, já esse pensamento tinha algo de lastimável e apavorante. Mas era bem possível imaginar que assim tivesse sido. Um lar, ele não possuía em parte alguma a não ser ali, e, também naquele refeitório, ele só o tinha por certo número de horas, depois das quais o salão fechava. Talvez por isso rezasse, para revestir de uma melodia suave e mitigadora a terrível gravidade de sua situação. Por isso dizia precisar rezar. Não era em absoluto um pendor para a beatice, e sim a necessidade, de uma tristeza profunda, de sentir uma mão a acariciá-lo, sentir a mão de uma criança ou de uma filha a deslizar, suave e consoladoramente, por sua testa pobre e cheia de rugas. Talvez aquele velho houvesse tido filhas — mas e agora? Para qualquer um que estivesse sentado a seu lado, que o visse dormir com a cabeça estranhamente imóvel, apoiada nas mãos, era fácil entregar-se a pensamentos assim. Klara disse: "Seu irmão chegou, Simon, trajando uniforme de oficial. Sua irmã também, e ainda um cavalheiro chamado Sebastian". Simon, então, pagou o que devia e, juntos, os dois se foram. Tão logo partiram, uma das moças que cuidavam do serviço notou o homem adormecido e se pôs a sacudi-lo e chacoalhá-lo, dizendo com cômico rigor: "Nada de dormir! Está me ouvindo, senhor? O senhor não pode dormir aqui!". O velho acordou.

 A esse dia seguiu-se um magnífico anoitecer. O mundo todo passeava à bela margem do lago, sob as amplas árvores de folhas grandes. Quem caminhava por ali, em meio a tantas pessoas alegres a conversar baixinho, sentia-se como se transportado para um conto de fadas. De início, a cidade ardeu no fogo do crepúsculo; mais tarde, fez-se negra e escura, incinerada em meio à brasa do sol já posto. No verão, o sol tem algo de maravilhoso e arrebatador. O lago rebrilha na escuridão, e as muitas luzes cintilam no fundo das águas calmas. Magnífica era a visão nas pontes e, ao atravessá-las, viam-se lá embaixo, na água, os barquinhos escuros a passar depressa. Sentadas nos barcos, iam moças em vestidos claros e, com frequência, ouvia-se o som quente, afinado com a noite, de um acordeão, proveniente de um barco chato, maior, que deslizava adiante com vagar e solenidade. O som perdia-se no negrume e, depois, tornava a ressoar, agudo e cálido, grave e comovente. Que distância alcançava a música daquele instrumento tocado por algum barqueiro! Levava a noite a parecer ainda maior e mais profunda. Vindas das margens distantes, brilhavam as luzes dos povoados rurais, como as pedras reluzentes e avermelhadas nos trajes escuros e pesados de rainhas. A terra toda parecia exalar um perfume, deitada quietinha qual uma moça adormecida. A grande esfera escura do céu noturno espraiava-se sobre todos os olhos, sobre as montanhas e as luzes. O lago adquirira o caráter de algo que transcendia o espaço, e o céu, de algo que abarcava e envolvia o lago, arqueando-se sobre ele como uma abóbada. Grupos inteiros de pessoas formavam-se. Jovens rapazes pareciam acorrer aos montes, e por todos os bancos as pessoas se apertavam, sentadas quietas e calmas. Tampouco faltavam mulheres volúveis, orgulhosamente coquetes, ou homens que só tinham olhos para elas e que as seguiam, de início sempre algo hesitantes, depois mais decididos a avançar, até por fim encontrarem a coragem ou as palavras para abordar sua dama. Naquela noite, alguns deles levaram um belo sabão, como se costuma dizer.

 Simon caminhava ao lado de Klaus, feliz por, com respostas acertadas e simples, ter conseguido convencer o irmão — que não parava de fazer perguntas — de que não era, em absoluto, um caso perdido. Falava com certo orgulho e, ao mesmo tempo, com alguma humildade ao irmão mais maduro, o qual, embora lhe fizesse certas perguntas típicas de uma criança ainda em idade pré-escolar, demonstrava amorosa apreensão. Conversavam em orações belas, longas e tortuosas, como se o fizessem com naturalidade, e Klaus ficou contente com a capacidade de percepção do irmão para temas dos quais, supusera a princípio,

Simon, dada a situação em que se encontrava, zombaria e riria. "Nem de longe eu imaginaria que você fosse tão sério como está se mostrando!" Simon respondeu: "Não é meu hábito demonstrar o respeito que tenho por muitas coisas. Isso é algo que costumo guardar para mim, porque penso ser inútil fazer uma cara séria, se o destino determinou que a mim cabe o papel de bufão — e penso mesmo que ele talvez me tenha escolhido para tanto. São muitos e muitos os destinos, e, diante deles, minha postura é, acima de tudo, a de baixar a cabeça. Não há outra coisa a fazer. Mas, tirando isso, quero ver quem se atreve a vir me dizer que me resigno, perplexo e desanimado. A esse respeito, já disse a muita gente o que se passa dentro de mim". Quando Simon assim falava, ele o fazia em frases fluidas, entoadas corretamente, mas com perfeitas calma e simpatia, de modo que Klaus não sentia essas manifestações como rancorosas em relação ao mundo, e sim como se seu irmão caçula procurasse na própria alma uma explicação para sua situação no mundo. Convenceu-se, pois, de que Simon era possuidor de boas qualidades, mas temia um pouco que essas qualidades fossem superficiais, que apenas o circundassem em aparência, brincando, seduzindo, dançando, ao passo que seu desejo era que o irmão as abrigasse de fato. No ardor do discurso, uma alma assim se transportava com facilidade para um mundo de valentia e de belas qualidades, inebriando-se por horas a fio com as próprias palavras, sobretudo naqueles momentos de reencontro, depois de transcorrido tanto tempo. Não obstante, Klaus alegrou-se com Simon e, com visível prazer, disse-lhe toda sorte de coisas belas e consoladoras. Atrás deles, a certa distância, vinham Klara e Kaspar, bem juntos um do outro. A beleza e a música da noite extasiavam o pintor. Ele imaginava cavalos galopando por jardins noturnos e portando belas, esbeltas amazonas, cujos vestidos brincavam no chão com os cascos do animal. Depois, pôs-se a rir de tudo, com um riso atrevido e irrefreável — riu das pessoas, da paisagem, de tudo, enfim, que desfilava diante de seus olhos. Klara nem sequer buscou tranquilizá-lo; pelo contrário, alegrava-se com aquele caráter indômito de um belo espírito. Como ela amava a juventude, o atrevimento e mesmo a soberba daquela natureza juvenil que se esforçava para transformar-se na de um homem. Kaspar podia dizer os maiores disparates, os quais, provenientes da boca de qualquer outra pessoa, ela julgaria ridículos e tolos, mas nele amava aquilo. O que tinha aquele homem que a obrigava a achá-lo tão incondicionalmente belo, em todas as situações, em cada gesto, em seu comportamento, no que fazia, deixava de fazer, no que dizia ou em seu silêncio? Parecia-lhe à altura de todos os demais seres humanos, superior a todos os homens e, no entanto, nem bem era um homem ainda. Seu passo — como podia ela dizê-lo? — tinha algo de ridículo e, ao mesmo tempo, de soberano. Todo ele, em sua juventude, não apresentava nem sinal de inquietação e, no entanto, possuía certa timidez, parvoíce, algo de profundamente infantil. Era tão calmo, mas com que rapidez se inflamava! Ela via o brilho claro de seus cabelos resplandecendo no escuro, juvenis e ondulados. Àquilo juntava-se o modo de andar e a cabeça erguida com orgulho modesto, inquiridor e pensativo. Como devia sonhar aquele jovem, quando pensava em alguém! Kaspar estava mais calmo agora. Ela o observava sempre, sem cessar! Ali, naquela noite tão cheia de gente a passear de um lado para outro, contemplá-lo era belo, incrivelmente belo — para ela, ainda mais bonito que beijá-lo. Klara via sua boca dolorosamente aberta, e decerto ele não mais pensava em coisa alguma, não, de modo algum: era a posição dos lábios que despertava a impressão de dor. Os olhos de Kaspar, frios e serenos, divisavam a distância, como se soubessem haver nela coisa melhor para ser vista. Pareciam dizer: "Nós, nós vemos coisas belas. Quanto a vocês, demais olhos humanos, não se atormentem: nunca, jamais verão o que vemos!". Qual anjos debruçados, as sobrancelhas curvavam-se com encantadora leveza sobre suas crianças, os olhos, que assim pareciam ao contemplar o mundo como se algo pudesse feri-los a qualquer momento. "Por certo, é fácil ferir o olho humano, mas, quando vejo os dele, isso me dói tanto como se já os visse feridos por estilhaços. São tão grandes, tão saltados, parecem não se preocupar com coisa nenhuma, tão desatentos e sempre tão abertos. Seria tão fácil feri-los!", lastimou ela. Não sabia nem sequer se ele a amava, mas que diferença fazia? Ela o amava certamente, e aquilo bastava, assim havia de ser; estava quase chorando. Então, Simon e Klaus voltaram, em busca dos demais. Klara se controlou o mais que pôde, tomou o braço de Simon e foi à frente com ele. "Deixe-me ver seus olhos, Simon, são tão bonitos. Vê-los é como deitar na cama e, quando tudo está calmo, rezar", disse-lhe ela.

Klaus e Kaspar caminhavam em silêncio. Já não pretendiam compreender um ao outro, desde que, alguns anos antes, uma pequena desavença irrompera entre eles. Desde então, nunca mais tinham se visto nem trocado cartas. Para Klaus, era motivo de grande aflição, ao passo que Kaspar via aquilo simplesmente como uma espécie de necessidade. Disse a si mesmo que era perfeitamente normal acontecer de alguma vez não ser compreendido nem pelo próprio irmão. Não queria voltar a mente para assuntos passados, nos quais, justamente por serem passado, não valia a pena seguir pensando. Marchar adiante era sua postura; considerava danoso voltar os olhos para velhas questões. Como, porém, seu silêncio diante de Kaspar se tornou insuportável, Klaus começou a falar da arte do irmão e o incentivou a ir à Itália algum dia, para lá adquirir a devida maturidade artística.

Kaspar exclamou: "Prefiro que o diabo me carregue agora mesmo! Itália? Por que Itália? Por acaso estou doente e vou, talvez, me restabelecer na terra das laranjas e dos pinheiros? Por que preciso ir à Itália, se posso ficar aqui e se gosto muitíssimo daqui? Será que lá eu poderia fazer algo melhor que pintar, e não posso fazê-lo aqui mesmo? Você acha que, como a Itália é muito bonita, eu precisaria ir para lá. Quer dizer que aqui não há beleza suficiente? É possível que lá seja mais bonito que aqui, que este lugar onde estou, onde crio e onde vejo milhares de coisas bonitas, que seguirão vivendo quando eu já tiver apodrecido há muito tempo? É possível ir à Itália quando se quer criar? As belezas de lá são mais bonitas que as daqui? Elas são, talvez, mais ambiciosas, e é justamente por isso que prefiro nem vê-las. Quando, daqui a sessenta anos, eu for capaz de pintar uma onda ou uma nuvem, uma árvore ou um campo, aí, então, vamos ver se fiz bem em não ter ido à Itália. Terei perdido alguma coisa por não ter visto as colunas dos templos, os palácios comunais encontráveis em toda parte, as fontes e os arcos, os pinheiros e loureiros, os trajes e as suntuosas construções dos italianos? É necessário mesmo que queiramos devorar tudo com os olhos? Sou capaz de perder as estribeiras toda vez que alguém me imagina disposto a ir à Itália para me tornar um artista melhor. A Itália é a armadilha na qual chafurdamos, quando imensamente burros. Os italianos vêm até nós quando querem pintar ou escrever versos? De que me serve extasiar-me com culturas do passado? Se pretendo ser honesto comigo mesmo, posso dizer que terei assim enriquecido meu espírito? Não, eu o terei arruinado e acovardado apenas. Por mais magnífica que uma cultura antiga e decaída tenha sido, embora ela sobrepuje a nossa em força e esplendor, isso ainda está longe de significar que vou enfiar meu nariz nela feito uma toupeira; vou, antes, se possível e se me der prazer, examiná-la nos livros que a todo momento tenho à minha disposição. De resto, o que está perdido, o que passou, nunca é assim, tão valoroso. Sim, porque vejo à minha volta, em nosso presente tantas vezes desacreditado como falto de beleza e graça, quantidade imensa de imagens que me encantam, tanto quanto belezas a inundar todo par de olhos. Sou capaz de sair do sério e me enfurecer com essa mania de viajar para a Itália, mania que, para nós, tem algo de estranhamente vergonhoso. Pode ser que me engane, mas nem vinte demônios hirsutos, ainda que infestassem o ar à minha volta e brandissem seus horríveis tridentes, seriam capazes de me levar à Itália!".

Klaus ficou surpreso e triste com a veemência com que Kaspar avaliava as coisas. Sempre fora assim, e dessa maneira era impossível imaginar como se poderia estabelecer com ele uma relação proveitosa. Silenciou, pois, e estendeu a mão ao irmão, porque haviam chegado à casa onde Klaus estava hospedado.

Uma vez em seu quarto monótono, Klaus disse a si mesmo: "Acabo de perdê-lo pela segunda vez, e graças a uma declaração absolutamente inocente e bem-intencionada, ainda que, na realidade, algo imprudente. A verdade é que o conheço muito pouco, isso é tudo, e talvez jamais chegue a conhecê-lo de fato. Nossas vidas tomaram caminhos muito diversos. Mas talvez o futuro, que afinal nunca se pode sondar a fundo, venha a nos unir de novo. Há que esperar, suportar e, pouco a pouco, buscar ser uma pessoa mais madura e melhor". Sentindo-se muito sozinho, ele decidiu partir em breve, de volta à cidade onde vivia e trabalhava.

5

Sebastian era um jovem poeta que, de cima de um palquinho, recitava seus versos para o público. Nessas ocasiões, seu arrebatamento sempre o fazia parecer algo ridículo. Fugira muito cedo da casa dos pais, tinha morado em Paris aos dezesseis anos de idade e para lá retornara aos vinte. O pai era o diretor da orquestra municipal da cidadezinha onde também morava Hedwig, a irmã dos três rapazes. Ali, Sebastian levava a vida em curiosa vadiagem, sentado ou deitado dias a fio em seu poeirento quartinho de sótão, esticado numa cama estreita, a mesma em que dormia à noite, sem se dar o trabalho de arrumá-la para tanto. Os pais o davam por perdido e deixavam que fizesse o que bem entendesse. Dinheiro, não lhe davam, porque julgavam inadequado favorecer com somas em dinheiro os excessos do filho, excessos aos quais sabiam estar ele entregue. Movê-lo a iniciar algum estudo sério já não era possível; com um livro debaixo do braço ou no bolso, ele se ia para as montanhas, circulava pelas florestas, desaparecia de casa por vários dias; se em alguma pequena medida o tempo o permitia, ele dormia em cabanas em ruínas de que nenhum ser humano, nem mesmo pastores selvagens e grosseiros, fazia uso, em pradarias mais próximas do céu que de qualquer civilização humana. Vestia sempre o mesmo traje sovado de tecido amarelo-claro e deixou crescer a barba, ainda que, em geral, desse grande importância a causar impressão agradável e asseada. Cuidava mais das unhas das mãos que do juízo, o qual simplesmente negligenciava. Era um homem bonito e, como era sabido que escrevia versos, envolveu-o uma aura de magia em parte ridícula, em parte melancólica, e havia muitos homens sensatos na cidade que se compadeciam com sinceridade do jovem rapaz e, sempre que podiam, o acolhiam calorosamente. Como era excelente companhia, convidavam-no com frequência para reuniões noturnas, ressarcindo-o assim, ao menos um pouco, do fato de o mundo não mais lhe propor tarefa nenhuma capaz de satisfazer seu afã por alguma atividade. Esse afã, Sebastian o possuía em alto grau, mas desviara-se demasiado dos anseios estabelecidos e aceitos por todos. Ansiava com excessiva ferocidade, talvez, e agora, tendo compreendido que seu anseio de nada lhe ajudava, já não ansiava por coisa nenhuma. Tocava ao alaúde as canções que ele próprio escrevera, cantando-as com voz suave e agradável. A única injustiça que haviam cometido contra ele — por certo uma grande injustiça — consistia no fato de, já na época escolar, o terem amimalhado e ajudado a se pretender uma espécie de garoto genial. E como essa orgulhosa pretensão ficara cravada em seu coração tão suscetível de menino! Mulheres adultas preferiam a companhia daquele garoto precoce, sabedor de tudo, que lhes inspirava encanto incomparável, à custa, porém, de seu próprio desenvolvimento humano. Sebastian costumava dizer: "Minha época áurea já passou faz muito tempo". Era terrível ouvir um rapaz tão jovem falar daquele jeito. Na verdade, o que quer que fizesse, pretendesse, começasse ou acabasse, ele o fazia de coração gélido, cansado, sem grande entusiasmo; assim, não fazia mesmo coisa nenhuma, apenas brincava consigo próprio. Certa feita, Hedwig lhe disse: "Sebastian, escute, eu acho que muitas vezes você chora por você mesmo". Ele assentiu com a cabeça, confirmando a suspeita. Hedwig sentia pena dele e por vezes lhe dava algum dinheiro e coisas assim, a fim de tornar-lhe a vida mais simpática. Por isso, também daquela vez o levara consigo na pequena viagem ao encontro dos irmãos. Naquele anoitecer em que Klara se sentia tão bem-aventurada, Klaus, triste e solitário, Simon, feliz, e Kaspar, indignado e altivo, também os dois — Hedwig e seu poeta — caminhavam silentes e com vagar pela beira do lago. O que podiam dizer? Iam calados, pois. Kaspar foi ao encontro de ambos:

"Pelo que ouvi, você está trabalhando num poema que pretende reproduzir o conteúdo de sua vida. Como pode querer reproduzir uma vida que ainda mal viveu? Olhe para você: uma pessoa forte e jovem assim vai querer se esconder atrás de uma escrivaninha e cantar a própria vida em versos? Deixe para fazer isso quando tiver cinquenta anos. Aliás, acho vergonhoso um jovem escrever poemas. Isso não é trabalho, e sim um refúgio para gente ociosa. Eu não diria nada se sua vida estivesse pronta e acabada, marcada por alguma grande experiência apaziguadora, capaz de dar a uma pessoa o direito de olhar para trás, para os erros, virtudes e deslizes. Mas você parece não ter cometido nenhum erro nem praticado nenhuma boa ação. Deixe para escrever versos quando for pecador ou anjo. Aliás, de preferência não escreva verso nenhum."

Kaspar não tinha uma boa opinião de Sebastian e, também por isso, decidiu zombar dele. Tampouco possuía a menor compreensão para pessoas trágicas; ou melhor, como as entendia muito bem e com demasiada facilidade, não as respeitava. Além disso, estava num humor diabólico naquele dia.

Em nome do pobre ofendido, que não podia se defender,

Hedwig tomou da palavra: "Não é nada bonito o que você disse, Kaspar", dirigiu-se ela ao irmão, com o calor que lhe emprestava o prazer da defesa. "E tampouco inteligente. Você sente alegria ao ferir uma pessoa que todos, em razão de sua infelicidade, deveriam poupar e respeitar. Ria quanto quiser. Na certa, já se arrependeu do que disse. Se eu não o conhecesse tão bem, teria de tomar você por um rapaz rude, um atormentador. Quem é capaz de atormentar um pobre homem indefeso é capaz também de torturar um pobre animal. Os indefesos despertam facilmente nos fortes o desejo de infligir dor. Fique feliz de poder se sentir forte e deixe os mais fracos em paz. Abusar de sua força para atormentar os fracos é algo que lança um brilho ruim sobre ela. Não basta a você poder erguer-se sobre dois pés e duas pernas sólidas? Precisa ainda pisar nos que vacilam, nos que buscam, para que se sintam ainda mais confusos consigo mesmos e mergulhem fundo nas ondas do desespero? A autoconfiança, a coragem, a força e a determinação precisam sempre cometer o pecado de agir com grosseria, sem nenhuma compaixão ou tato, contra aqueles que nem sequer lhes impedem o caminho, que apenas estão ali, ávidos à escuta dos sons da glória, do respeito e do sucesso de que desfrutam os outros? É nobre e bom ofender uma alma que anseia? Poetas são tão suscetíveis; ah, jamais machuque os poetas. De resto, nem é de você que falo, meu querido Kaspar. Afinal, quem é você neste mundo? Talvez ainda não seja nada e não tenha motivo para zombar daqueles que também não são nada. Lute contra o destino, mas deixe que outros também o façam como entendem que devem. Vocês dois são lutadores e vão querer brigar entre si? Isso é muito tolo, muito pouco inteligente. Na arte de vocês já há dor suficiente para ambos, seja pela via das perfídias, dos erros, das promessas ou dos insucessos. É necessário que, além disso, queiram infligir mais dor um ao outro? Eu, na verdade, se fosse pintora, me irmanaria a um poeta. Nunca se deve mirar com desprezo precoce aquele que falhou ou que aparenta preguiça ou inatividade. Com que rapidez pode seu sol, sua poesia erguer-se de sonhos longos e apáticos! Pois bem, como ficarão então os que se apressaram em desprezá-lo? Sebastian trava uma luta honrada com a vida, e já isso haveria de ser motivo para respeitá-lo e amá-lo. Como pode alguém zombar de coração tão tenro? Que vergonha, Kaspar! Se você ainda nutre um pingo de amor por sua irmã, nunca mais me dê motivo para me exaltar assim. Não me agrada fazê-lo. Gosto de Sebastian porque sei que ele tem coragem de admitir seus muitos erros. De resto, tudo isso não passa de um falatório sem fim, pode ir, se nossa companhia não serve para você. Mas que cara é esta agora, Kaspar? Vai ficar bravo porque uma moça que tem o privilégio de poder ser sua irmã lhe faz um discurso? Não, não fique bravo, por favor. E claro que você pode zombar do poeta também. Por que não? Eu é que levei tudo muito a sério. Perdoe-me."

Um belo sorriso, tímido mas terno, desenhou-se nos lábios de Sebastian em meio à escuridão. Hedwig pôs-se a lisonjear o irmão até que ele tornasse a se alegrar. Depois, Kaspar fez uma divertida imitação do discurso veemente da irmã, e os três irromperam numa gargalhada. Sebastian, aliás, se contorceu de tanto rir. Pouco a pouco, tudo se fizera silente e vazio sob as árvores; as pessoas haviam retornado a suas casas, as luzes sonhavam mas muitas delas haviam sido apagadas. A distância já não rebrilhava. Lá, no campo, as luzes pareciam se apagar mais cedo; as montanhas distantes jaziam agora como se mortas, corpos negros, porém viam-se ainda pessoas aos pares que não se dirigiam para casa mas que pareciam ter a intenção de passar a noite toda sob o céu, acordadas e conversando.

Absortos em tranquilas e longas conversas, Simon e Klara estavam sentados num banco. Tinham tanto a dizer que, na verdade, poderiam seguir conversando infinitamente. Klara teria falado apenas de Kaspar, e Simon, daquela que estava sentada a seu lado. Ele possuía um jeito estranho, franco e aberto, de falar sobre seus companheiros de momento, aqueles sentados a seu lado ou de pé, a ouvi-lo com atenção. Era algo espontâneo; seus sentimentos eram mais intensos para com aqueles que o incitavam a falar, razão pela qual falava destes, e não dos ausentes. Klara, por sua vez, só pensava naquele que estava ausente. "Não incomoda você", perguntou ela, "que só conversemos sobre ele?" "Não", Simon respondeu, "o amor dele é o meu. Sempre me perguntei se nenhum de nós jamais amaria. Sempre considerei isso uma coisa maravilhosa, da qual nenhum de nós dois estava à altura. Li muito sobre o amor nos livros, e sempre amei os que amam. Ainda menino, na escola, eu já me debruçava horas sobre livros assim; tremia, estremecia e me assustava com meus amantes. Quase sempre era uma mulher orgulhosa e um homem de caráter ainda mais inflexível, um trabalhador em seu traje de operário ou um simples soldado. A mulher era sempre uma dama nobre. Por casais compostos de gente simples, eu ainda não teria me interessado naquela época. Meus sentidos se desenvolviam lendo aqueles livros e também neles naufragavam, quando eu os fechava. Depois, veio a vida, e me esqueci daquilo tudo. Pensava obstinadamente em liberdade, mas sonhava viver um amor. De que me adianta ficar bravo que o amor agora tenha chegado, mas não para mim? É infantil. Fico até quase contente que ele não me queira, que queira outro; gostaria de observá-lo primeiro, para depois experimentá-lo. Mas jamais vou experimentá-lo. Creio que a vida quer outra coisa de mim, que são outras suas intenções para comigo. Ela me faz amar tudo quanto me atira. Sim, eu posso amar você, Klara, de outra maneira, talvez mais tola. Não é tolo que eu saiba perfeitamente que, se você quisesse, eu poderia morrer por você, que estaria disposto a fazê-lo? Não posso morrer por você? Acharia muito natural. Não dou valor a minha vida, apenas à dos outros, e, no entanto, amo a vida, mas a amo apenas porque espero que ela me dê a oportunidade de jogá-la fora com certa decência. É tolo o que estou dizendo, não é mesmo? Deixe-me beijar suas mãos, para que você tenha a sensação de que lhe pertenço. É claro que não sou seu, e você jamais vai querer exigir alguma coisa de mim — o que, afinal, poderia pensar em exigir de mim? Mas amo mulheres da sua estirpe, e todos gostam de presentear a mulher amada. Por isso, dou-me de presente a você, porque não conheço presente melhor. Eu talvez possa lhe ser útil: por você, posso dar pulos com estas minhas pernas, posso calar a boca, quando você quiser que alguém se cale por você, posso mentir, caso você venha a precisar se servir de um mentiroso deslavado. Há situações nobres desse tipo. Posso carregá-la em meus braços para que você não caia, ou ajudá-la a atravessar uma poça d'água para evitar que suje os pés. Veja meus braços. Não é como se eles já a erguessem, como se a carregassem? Como você sorriria, se eu a carregasse! E eu também sorriria, porque um sorriso, quando não é indelicado, sempre provoca outro. Esse presente que lhe dou é terno e eterno, porque o ser humano, mesmo o mais simples, é eterno. Seguirei lhe pertencendo por muito tempo depois de você ter deixado de existir, quando você já não for nem mesmo um punhadinho de pó, porque o presente sempre sobrevive ao presenteado, a fim de poder prantear seu proprietário perdido. Eu nasci para ser um presente, sempre pertenci a alguém; aborrecia-me vagar por um dia inteiro sem encontrar alguém a quem pudesse me oferecer. Agora, eu lhe pertenço, embora saiba que você pouco se importa comigo. É forçoso que pouco se importe comigo. Por vezes, as pessoas desprezam presentes. Eu, por exemplo: como desdenho presentes do fundo da minha alma! Realmente odeio ser presenteado. É por isso que o destino demanda que ninguém me ame, porque ele é bom e tudo vê. Eu não conseguiria suportar o amor, porque posso suportar o desamor. Não se pode amar a quem quer amar: isso perturbaria sua veneração. Não gostaria que você me amasse. E, veja, o fato de você amar outro me faz muito feliz. Sim, porque, com isso, entenda-me bem, abre-me o caminho para que me seja lícito amá-la. Amo rostos que deixam de me olhar a fim de se voltar para outro objeto. A alma, que é uma pintora, adora esse estímulo. É tão belo um sorriso, quando ele provém de lábios que não vemos, apenas pressentimos. É assim que gosto de você. Acha que não precisa que eu goste de você? Ah, sim, agora compreendo: você não precisa que eu goste de você, não precisa mesmo, porque sou incapaz de formular um juízo a seu respeito; posso, no máximo, lhe dirigir uma súplica. Mas já nem sei o que estou dizendo."

Klara chorou ao ouvir aquela declaração. Ela já o puxara para si fazia algum tempo e sentia agora, com suas belas mãos que o vento noturno resfriara, as faces ardentes de Simon. "O que você me disse, nem precisava ter dito: eu já sabia, já sabia, sim, sabia... muito... bem." A voz dela revestiu-se daquela ternura que, depois de machucar de leve um animal, as pessoas empregam para reconquistar seu amor e sua confiança. Ela estava feliz, e sua voz sussurrava nos tons agudos e prolongados do júbilo. Todo o seu corpo pareceu falar quando ela disse: "Você faz tão bem em me amar, agora que tenho de amar. Vou amar com alegria redobrada! Talvez eu venha a conhecer a infelicidade, mas com que enlevo serei infeliz. A nós, mulheres, a infelicidade só traz alegria uma vez na vida, só que sabemos saboreá-la. Mas como posso falar a você de sofrimento? Veja, já me enche de revolta ter falado nisso. Como posso ousar ter você comigo e não acreditar em minha felicidade? Você me faz acreditar, me autoriza a fazê-lo. Permaneça sempre meu amigo. Você é meu doce menino. Seus cabelos deslizam por minhas mãos, sua cabeça repleta de pensamentos tão insondáveis de amizade repousa em meu colo. Sinto-me bela assim, é o que você me faz sentir. Precisa me beijar. Precisa me beijar na boca. Quero comparar os beijos, o de Kaspar e o seu. Quero pensar nele me beijando, quando você me beijar. Um beijo é uma coisa maravilhosa. Se você me beijar agora, será uma alma a me beijar, e não uma boca. Kaspar contou a você como eu o beijei e como pedi que me beijasse? Ele precisa beijar de outro jeito, precisa aprender a beijar como você. Mas não! Por que haveria de beijar como você? Ele beija de um jeito que me faz beijá-lo de imediato; você beija de um jeito que faz a gente querer que você beije de novo, assim, como está fazendo agora. Continue me amando, seja sempre esse amor e me beije outra vez, para que, como você disse antes, eu possa ter a sensação de que você me pertence. Um beijo torna isso tão claro. Nós, mulheres, queremos ser ensinadas dessa maneira. Na verdade, você entende muito bem as mulheres, Simon. Quem haveria de dizer? Venha, vamos embora!".

 Os dois se levantaram e, tendo caminhado algum tempo, encontraram os outros três. Hedwig despediu-se de seus irmãos e da sra. Klara. Sebastian acompanhou-a. Uma vez tendo eles se afastado, Klara perguntou baixinho a Kaspar: "É certo confiar sua irmã à companhia desse senhor?". Kaspar respondeu: "E eu o permitiria, se não fosse certo?".

 Quando chegaram em casa, ouviram um tiro na floresta. "Está atirando de novo", Klara disse em voz baixa. "O que ele pretende com esses tiros?", Kaspar perguntou. Simon antecipou-se, rindo, com uma resposta imediata: "Ele atira porque isso ainda lhe parece uma coisa singular. Por enquanto, há uma espécie de ideia por trás disso. Quando deixar de ser interessante, vai parar de atirar". E de novo ouviram um tiro. Klara enrugou a testa e suspirou, tentando sufocar seus pressentimentos numa risada. Mas foi uma risada estridente, que fez os irmãos estremecerem por um instante.

"Seu comportamento está estranho", disse Agappaia à esposa, aparecendo de súbito à porta, justamente quando estavam prestes a entrar. Klara silenciou, como se nada tivesse ouvido. Então, foram todos dormir.

Ainda naquela mesma noite, ela, que não conseguia dormir, escreveu a Hedwig:

Cara senhorita, irmã de meu Kaspar, preciso escrever-lhe. Não consigo dormir, não encontro sossego. Estou sentada aqui, semidespida diante de minha escrivaninha, e me vejo lançada de um sonho a outro. Parece-me que poderia escrever cartas a toda a humanidade, a cada desconhecido, a cada coração, pois, no meu ponto de vista, todo coração humano vibra de calor. Hoje, ao me estender a mão, a senhorita contemplou-me tão longamente, inquisidora e com certa severidade, como se já soubesse como estou, como se julgasse que não estou bem. A seus olhos, deveria eu não estar bem? Não, não creio que a senhorita me condenará, quando souber de tudo. A senhorita é uma moça de quem ninguém desejará ocultar coisa nenhuma, a quem quero contar tudo, para que o saiba e, assim, possa me amar. Sim, porque me quererá bem, quando me conhecer, e é meu anseio que a senhorita me ame. Sonho ver todas as moças bonitas e inteligentes reunidas a meu redor, como amigas, conselheiras e também como minhas pupilas. Disse-me Kaspar que a senhorita quer ser professora e dedicar-se à educação das criancinhas. Eu também gostaria de ser professora, porque as mulheres são como se educadoras natas. Quer, pois, se tornar alguma coisa, ser alguma coisa. Isso combina com sua pessoa, com a imagem que tenho da senhorita. Combina também com a época em que vivemos, e com o mundo que é filho dessa época. É bonito de sua parte; tivesse eu um filho, eu o mandaria para sua escola, deixá-lo-ia inteiramente a seus cuidados, para que ele se acostumasse a venerá-la e a amá-la como a uma mãe. As crianças hão de erguer os olhos para a senhorita, a fim de ver se seus olhos as contemplam com rigor ou benevolência. Vão lamentar em seus coraçõezinhos florescentes quando virem a senhorita entrar na classe com uma expressão de preocupação, sim, porque as crianças compreendem sua alma. Crianças malcriadas, a senhorita não as terá por muito tempo, porque penso que mesmo as mais mimadas e malcriadas dentre elas haverão de, em pouco tempo, se envergonhar de suas má-criações e se arrepender de havê-la feito sofrer. Como deve ser doce obedecer à senhorita. Eu gostaria de obedecer à senhorita, gostaria de ser uma criança e de poder sentir o prazer de lhe ser obediente, Hedwig. A senhorita quer se mudar para uma cidadezinha sossegada? Tanto mais belo. Aí, lecionará para crianças de aldeia, que se deixam educar melhor que as da cidade. Também na cidade, porém, teria sucesso. A senhorita anseia pelo campo, pelas casinhas baixas e pelos jardinzinhos diante das casas, pelos rostos que se veem por lá, pelo rio que passa murmurando, pela margem solitária e encantadora do lago, pelas plantas que procuramos e encontramos na quietude da floresta, pelos animais, por todo o mundo campestre, enfim. Encontrará tudo isso, porque a senhorita combina com esse mundo. Todos nós combinamos com aquilo pelo qual ansiamos. Lá, a senhorita por certo encontrará a resposta para a pergunta acerca do que fazer para ser feliz. Já é feliz agora, posso senti-lo, e como eu gostaria de possuir essa sua vivacidade. Ao vê-la, a impressão que se tem é a de conhecê-la há tempos e de saber até mesmo como era sua mãe. Outras moças, julgamos bonitas, até belas, mas a senhorita, tão logo a vemos, o que queremos é conhecê-la, queremos que nos ame. Nesse seu rosto jovem e cla-

ro, a senhorita tem algo que atrai, quase como uma avó; talvez seja o campo que traz consigo. Sua mãe era camponesa? Deve ter sido uma camponesa bonita e adorável. Sofreu muito na cidade, contou-me Kaspar certa vez. Acredito, penso vê-la diante de mim, a senhora sua mãe. Ouvi que ela se comportava com orgulho e que sofreu com isso. Com certeza, porque uma pessoa não pode se comportar na cidade com o mesmo orgulho que demonstra no campo, onde uma mulher logo se acredita senhora de si. Gostaria de lhe fazer um pequeno agrado falando de sua mãe, de quem a senhorita cuidou e tratou, quando a pobre mulher adoeceu. Vi uma foto dela também, a quem venero e amo, se a senhorita me permite fazê-lo. Com sua permissão, eu o faria ainda com maior fervor. Se pudesse vê-la, cairia aos pés dela, tomaria suas mãos e as beijaria. Como isso me faria bem! Seria como o pagamento parcial e modesto de uma dívida, porque sou devedora de sua mãe e também da senhorita, srta. Hedwig. Seu irmão Kaspar terá com frequência sido insensível e rude com a senhorita, porque jovens muitas vezes precisam ser duros com aqueles que mais os amam, a fim de abrir caminho rumo à vastidão do mundo. Eu compreendo que um artista precise muitas vezes libertar-se do amor, como de algo capaz de inibi-lo. A senhorita o viu bem jovem, ainda um escolar; repreendeu-o pelas má-criações, brigou com ele, sentiu pena e inveja, protegeu-o e advertiu-o, ralhou com ele e o elogiou, privou de suas primeiras sensações como adulto e lhe disse que era bonito nutrir sentimentos; então, quando notou que Kaspar tinha em mente coisas diferentes das que pensava a senhorita, afastou-se, deixou-o partir e fazer o que bem entendesse, e alimentou a esperança de que ele prosperasse e não sucumbisse. Depois, tendo ele partido, sentiu saudade e correu a abraçá-lo, quando, um dia, ele retornou, e a senhorita voltou a abrigá-lo sob sua proteção; sim, porque ele é o tipo de pessoa que precisa de proteção, parece precisar dela o tempo todo. Eu lhe agradeço. Nem sequer tenho *suficiente alento ou coração para agradecer-lhe, e não tenho palavras para tanto. Tampouco sei se me é lícito ser-lhe grata. Talvez a senhorita nem queira saber de mim. Sou uma pecadora, mas pecadoras talvez mereçam permissão para aprender como se portar com humildade. Sou humilde, não estou abatida nem, digamos, acabada; estou, sim, repleta de flamejante, suplicante e implorante humildade. Quero reparar com humildade o que cometi por amor. Se a senhorita dá valor a possuir uma irmã contente de ser sua irmã, aqui estou para obedecer. Sabe a senhorita o que seu irmão Simon me deu? Presenteou-me com sua própria pessoa, desfez-se de si mesmo em meu favor, e também eu gostaria de me desfazer de mim mesma e me entregar à senhorita. Mas, Hedwig, ninguém deve se entregar à senhorita, porque isso, afinal, significaria muito pouco. Eu, contudo, sou bastante, desde que abracei Kaspar. Começo a vangloriar-me, a falar com orgulho, o que não quero fazer. O que quero agora é ver se consigo dormir. Se até a floresta dorme, por que seres humanos haveriam de não conseguir dormir? Sei, porém, que agora poderei dormir.*

Enquanto Klara escrevia sua carta, Simon e Kaspar estavam sentados à luz que haviam acendido. Ainda sem vontade de ir se deitar, conversavam. Kaspar disse: "Nos últimos dias, não pintei absolutamente nada e, se continuar assim, vou abandonar minha arte e virar camponês. Por que não? É preciso mesmo ser artista? Será que eu não poderia viver de outra forma? Talvez essa pretensão de querer realizar um trabalho artístico a todo custo seja apenas um hábito. Sim, talvez eu devesse tentar de novo daqui a dez anos! Veria tudo diferente, de uma forma mais simples, muito menos fantástica, e isso não haveria de me fazer mal algum. Bastaria ter coragem e confiança. A vida é curta para quem desconfia, mas longa para quem confia. O que haveria de perder? Sinto que estou ficando mais preguiçoso a cada dia que passa.

Devo animar-me e, à maneira de um escolar, me obrigar a cumprir meu dever? Tenho algum dever a cumprir para com a arte? É uma questão de ponto de vista, algo que se pode girar para um lado ou para outro, conforme a conveniência. Pintar quadros! Isso me parece agora coisa tão estúpida, é-me tão indiferente. É preciso que nos deixemos levar. Se pinto cem paisagens ou duas, que diferença faz? Uma pessoa pode seguir sempre pintando e permanecer um amador, a quem jamais ocorrerá emprestar a suas pinturas um hálito que seja de suas experiências pessoais, porque, ao longo da vida, não as teve. Quando eu tiver mais experiência, vou manejar meu pincel de um modo mais inteligente e refletido, e isso não me é indiferente. Que importância tem a quantidade? E, no entanto, algum sentimento me diz que não é bom passar nem mesmo um dia sem praticar minha arte. É a preguiça, a maldita preguiça!".

Kaspar nada mais disse, pois, naquele exato momento, um grito longo e terrível varou as paredes. Simon apanhou a lâmpada, e os dois desceram correndo a escada rumo ao aposento onde sabiam que Klara dormia. Ela havia dado o grito. Agappaia também chegou correndo, e a encontraram estirada no chão. Ao que parecia, ela quisera se despir para ir se deitar mas tombara, tomada por violento acesso. Os cabelos tinham se desfeito, e os braços magníficos tremiam no chão, febris. Impetuoso, o peito arquejava, para cima e para baixo, e um sorriso confuso desenhava-se em sua boca, bem aberta. Os três homens se debruçaram sobre ela e seguraram-lhe os braços, até que, pouco a pouco, cessassem os tremores. Klara não se machucara com o tombo, o que poderia facilmente ter acontecido. Levantaram a inconsciente e, semivestida como estava, deitaram-na na cama, feita com esmero. Acalmou-se quando lhe abriram o espartilho. Respirava aliviada e agora parecia dormir. Seu sorriso fazia-se cada vez mais belo, e ela começou a delirar aos sussurros, que soavam como sinos distantes, nítidos e, no entanto, quase inaudíveis. Ouviam-na ansiosos e discutiam se conviria ir buscar um médico na cidade. "Não, fique", Agappaia disse com tranquilidade a Simon, que já fazia menção de partir de imediato: "Vai passar. Não é a primeira vez". Sentados, seguiram ouvindo e entreolhando-se com olhares significativos. Do que saía da boca de Klara não se entendia muita coisa, a não ser algumas frases curtas, incoerentes, em parte cantadas, em parte faladas: "Na água, não, veja, fundo; fundo. Levou muito tempo, muito, muito. E você não chora. Se soubesse... Está tão escuro, tão lamacento à minha volta. Mas veja. Uma violeta brota de minha boca. Está cantando. Você ouve? Consegue ouvi-la? As pessoas hão de pensar que morri afogada. Tão belo, tão belo. Não existe uma cançãozinha sobre isso? A Klara! Onde estará agora? Procure, procure por ela! Mas você teria de entrar na água. Ui, dá arrepio, não dá? Em mim, não mais. Uma violeta. Vejo os peixes nadando. Estou bem quieta, não faço mais nada. Seja gentil, por favor, seja bonzinho. Você parece bravo. É a Klara deitada aqui, aqui. Está vendo? Você vê? Queria ainda lhe dizer uma coisa, mas estou contente. O que eu queria dizer? Não me lembro mais. Você me ouve tocar? É minha violeta que está tocando. Um sininho. Sempre soube disso. Mas não diga. Não ouço mais nada. Por favor, por favor...".

"Podem ir dormir. Se piorar, eu aviso os senhores", disse Agappaia.

Não piorou. Na manhã seguinte, Klara estava alegre de novo e nada sabia do que se passara com ela. Sentia um pouco de dor de cabeça, mas só isso.

Sentia-se divinamente. Num traje matinal marrom-escuro que deslizava livre por seu corpo em nobres pregas, Klara estava sentada na sacada, a qual oferecia vista para abetos cujos topos se curvavam suavemente para um lado e para outro naquela manhã de vento brando. "A floresta é mesmo magnífica", pensou, debruçando-se na direção dela sobre o muro graciosamente trabalhado da sacada, querendo aproximar-se de seu perfume. "Estende-se ali como se já cochilasse à espera da noite. De dia, sob o brilho do sol, a gente entra na floresta como quem adentra o entardecer, quando os ruídos se fazem mais nítidos e mais silenciosos, e os perfumes, mais úmidos e sensíveis, e onde se pode descansar e rezar. Na floresta, rezamos involuntariamente, e ela é também o único lugar no mundo em que Deus se faz próximo; Deus parece ter criado as florestas para que nelas oremos como em templos sagrados; um reza de um jeito, outro, de outro, mas todos rezam. Quando a gente se deita sob um abeto e lê um livro, o que fazemos ali é rezar, se rezar é o mesmo que perder-se em pensamentos. Esteja Deus onde estiver, na floresta nós o pressentimos e, silenciosamente encantados, lhe conferimos nossa pouca crença. Deus não quer que acreditemos tanto nele: quer que nós o esqueçamos, fica mesmo contente de ser injuriado. Sim, porque ele é imensamente bom e grande; Deus é o que existe de mais indulgente no universo. Não insiste em nada, não quer nada, não precisa de nada. Para nós, seres humanos, querer alguma coisa tem algum significado, mas, para ele, não significa nada. Para ele, nada é. Fica feliz quando lhe dirigimos uma oração. Ah, esse Deus ficará encantado, não caberá em si de felicidade se agora eu for até lá para agradecer-lhe, só um pouquinho, ainda que lhe agradeça apenas superficialmente. Deus é tão grato. Eu gostaria de saber se existe alguém mais grato que ele. Deu-nos tudo o incauto, o bondoso, e agora o que acontece é que tem de se contentar quando suas criaturas pensam um pouquinho nele. Isso é o que nosso Deus tem de peculiar: o fato de ele só querer ser Deus quando nos agrada alçá-lo à condição de nosso Deus. Quem melhor que ele para nos ensinar modéstia? Quem é mais atencioso e silente? Talvez Deus só tenha uma vaga ideia a nosso respeito, assim como nós dele; aqui, por exemplo, dou expressão apenas a minhas vagas ideias sobre ele. Tem ele noção de que agora estou sentada nesta sacada e acho maravilhosa sua floresta? Será que ele sabe como ela é bonita? Mas acredito que Deus tenha se esquecido de suas criaturas; não por desgosto, porque, afinal, como poderia ele sentir desgosto? Não, ele apenas se esqueceu, ou pelo menos parece que se esqueceu de nós. Podemos sentir o que quisermos em relação a Deus, porque ele nos permite todo e qualquer pensamento. Mas é fácil perdê-lo, quando se pensa em Deus, e é por isso que rezamos para ele. Ó grande Deus, não nos deixe cair em tentação. Assim eu rezava quando criança, deitada na minha caminha, e sempre ficava contente comigo quando rezava. Como estou feliz e contente hoje; tudo em mim é um sorriso, um sorriso de bem-aventurança. Todo o meu coração sorri, o ar está tão fresco que acho que é domingo e as pessoas virão da cidade para passear na floresta; vou escolher uma criança, pedi-la emprestada a seus pais por uns poucos momentos e brincar com ela. Como sou capaz de sentar aqui e sentir alegria por minha mera existência, por este meu estar sentada aqui, por este debruçar-me no muro da sacada! Como me sinto bela assim! Quase poderia me esquecer de Kaspar, me esquecer de tudo. Não compreendo agora como pude um dia chorar por alguma coisa, como algo pôde me abalar. A floresta é tão inabalável e, no entanto, tão flexível, quente, viva e doce. Que hálito provém dos abetos, que murmúrio! O murmúrio das árvores torna toda música supérflua. De resto, eu gostaria de ouvir música somente à noite, jamais de manhã, porque a manhã me é demasiado sagrada para tanto. É curioso esse frescor que sinto. Como é misterioso ir dormir — não, antes de mais nada, sentir o cansaço, depois, ir dormir e, então, acordar e se sentir como uma recém-nascida. Cada dia que nasce é para nós um aniversário, o dia do nosso nascimento. Como se entrássemos num banho, despimos os véus da noite e mergulhamos nas ondas do azul do dia. Logo virá o ardor do meio-dia, até que, tomado de anseio, o sol torna a se pôr. Que anseio, que milagre, do entardecer até a manhã, do meio-dia até o entardecer, da noite até a manhã. Acharíamos tudo isso maravilhoso, se sentíssemos tudo, porque não é possível que uma coisa seja maravilhosa e a outra não. Creio que ontem adoeci, mas ninguém me diz. Como minhas mãos seguem sempre parecendo belas e inocentes! Se tivessem olhos, eu lhes mostraria num espelho como são belas. Aquele a quem acariciam pode se dar por feliz. Que pensamentos estranhos eu tenho. Se Kaspar aparecesse agora, eu teria de chorar por me deixar ver dessa maneira. Não pensei nele, e ele sentiria que não pensei nele. Que tristeza me dá de repente pensar que o negligenciei. Sou sua escrava? Que me importa ele?"

Ela chorava. Kaspar, então, chegou. "O que houve, Klara?" "Nada! O que haveria de haver? Aqui está você, afinal. Sua falta foi o que houve comigo. Estou feliz, mas não suporto ser feliz sozinha, sem você. É por isso que estou chorando. Venha, venha", ela o apertou com firmeza contra si.

6

Simon começou a achar insuportável a vida indolente e vagabunda que levava. Sentia que em breve precisaria voltar a fazer alguma coisa, a ter um trabalho diário: "Há um certo sentido em viver como a maioria. Essas minhas ociosidade e singularidade estão começando a me irritar. A comida já não tem gosto de nada, os passeios me cansam, e o que há de grandioso e sublime em me deixar picar por mosquitos e mutucas no calor das estradinhas rurais, em percorrer aldeias, saltar de paredes íngremes, me acocorar sobre rochas erráticas, segurar a cabeça com as mãos ou começar a ler um livro e não conseguir terminá-lo? Ou, depois, em me banhar num lago bonito mas afastado, tornar a me vestir, pôr-me a caminho de casa e encontrar Kaspar, que, também ele, de tanta preguiça, não sabe mais em que perna apoiar o corpo e com que nariz pensar, ou que dedo enfiar em um de seus narizes. Numa vida como essa, a gente adquire facilmente um monte de narizes e quer passar o dia inteiro pensando e enfiando os dez dedos em dez narizes. Os narizes não fazem senão rir e zombar da gente. O que quero ilustrar com isso é apenas que, com essa vida à toa, acabamos emburrecendo. Não, estou começando a ter de novo uma espécie de consciência e a pensar que, por outro lado, apenas essa consciência não pode bastar: é preciso, de fato, fazer alguma coisa. Andar por aí ao sol não pode, depois de algum tempo, constituir atividade, e livros, só um palerma os lê, porque, afinal, é isso que se é, se não se faz outra coisa. Labutar entre seres humanos é, pois, a única coisa que nos educa e forma. O que fazer, então? Escrever poemas, talvez? Para querer fazê-lo neste calor, eu teria de me chamar Sebastian; aí, sim, talvez. Ele o faz, estou convencido disso. É um homem que, em primeiro lugar, sai em excursão, estuda lago, floresta, montanhas, riachos, poças e o brilho do sol, eventualmente tomando notas, para, depois, ir para casa e escrever um ensaio, o qual será impresso pelos jornais, que são o palco do mundo. Será isso atividade para mim? Talvez fosse, se eu entendesse disso, mas sou um amador nessas coisas. Portanto, devo voltar a raspar letras, apagar contas e gastar tinta. Sim, creio que vou precisar fazê-lo, embora para mim não seja uma honra recomeçar do zero o que outrora abandonei. Mas assim há de ser. Nesse caso, não se pensa na honra, mas no que é necessário e irrevogável. Tenho agora vinte anos. Como posso ter vinte anos de idade? Que humilhação representaria para outra pessoa ter vinte anos e precisar recomeçar do zero, do ponto em que estava ao sair da escola. Contudo, se assim há de ser, quero torná-lo tão divertido quanto possível. Afinal, tampouco quero progredir na vida, só quero viver decentemente. Nada mais. Na verdade, só quero ir levando minha vida até que o inverno volte, e aí, então, quando começar a nevar e chegar o inverno, saberei como tocá-la adiante, terei consciência do melhor modo de fazê-lo. Dá-me muito prazer dividir a vida em continhas simples assim, fáceis de resolver, que não demandam que se quebre a cabeça mas se resolvem por si mesmas. De resto, sou sempre mais inteligente e empreendedor no inverno que no verão. Com o calor, as flores em botão e os perfumes do verão, pouco ou nada se pode fazer, ao passo que o frio e a geada, por si sós, nos compelem para a frente. Portanto, vou juntar algum dinheiro até o inverno e então, no belo inverno que vem vindo, gastá-lo em algo útil. Para mim, não se trata de estudar línguas no inverno, por dias inteiros, em quartos sem calefação, até que meus dedos congelem; mas o verão é para aqueles que têm férias, para os que se regalam com seu frescor, os que sentem prazer em saltitar descalços, ou mesmo nus, pela grama quente, vestindo no máximo um cinto de couro em torno dos lombos, como João, o Batista, que, ademais, terá comido gafanhotos. Assim, quero agora adormecer no leito do trabalho cotidiano e só acordar quando a neve estiver caindo sobre a terra, quando as montanhas se revestirem de branco e os ventos do norte chegarem zunindo, congelando nossas orelhas e desfazendo-as nas chamas da geada e do gelo. O frio gélido é, para mim, um ardor, indescritível, inexprimível! E assim será, ou não me chamo Simon. No inverno, Klara estará envolta em peles grossas e macias, vou acompanhá-la pelas ruas, a neve cairá sobre nós, tão mansa e imperceptivelmente, tão quente e silenciosa. Ah, fazer compras quando neva nas ruas escuras e as lojas rebrilham de luzes. Entrar numa loja com Klara, ou atrás daquela sua figura, e dizer: 'A dama deseja comprar isso e aquilo'. Em suas peles, Klara exalará perfume, e seu rosto, como ele estará bonito quando, outra vez, sairmos à rua. No inverno, assim como eu, talvez ela vá trabalhar em alguma loja fina, e eu poderei ir buscá-la toda noite, a não ser que, alguma vez, ela me ordene a não fazê-lo. Agappaia talvez a expulse de casa, e ela terá, então, de arrumar emprego em alguma parte, o que, com sua figura distinta, lhe será fácil. Além desse ponto, não penso. Além disso pensa talvez o sr. Spielhagen, acionista da companhia de luz elétrica, mas não eu, porque não é essa minha posição, não acumulo neste mundo uma quantidade de obrigações que me force a pensar além desse ponto. Ah, o inverno! Tomara que ele chegue logo".

Já no dia seguinte Simon estava trabalhando numa grande fábrica de máquinas, necessitada de boa quantidade de jovens para a confecção de seu inventário. O fim da tarde, ele o passava a uma janela, lendo, ou encompridava o caminho desde a fábrica até a casa de Klara, descrevendo um amplo arco ao redor da montanha, em meio ao verde-escuro dos muitos desfiladeiros recobertos de floresta que sulcavam a amplidão da mata. Numa fonte pela qual passava com frequência, sempre matava sua grande sede e se deitava, então, numa clareira apartada, até que, por fim, a noite o lembrava de ir para casa. Adorava a transição do entardecer para a noite de verão, aquele mergulho lento e avermelhado das cores da floresta na escuridão da noite total. Costumava, então, sonhar sem palavras ou pensamentos, não se recriminar por mais nada e se entregar a seu belo cansaço. Muitas vezes, parecia-lhe que, da terra adormecida, erguia-se sibilante por entre os arbustos escuros uma grande esfera vermelha de fogo e, quando ele olhava para lá, era a lua que, flutuante e maciça, surgia dançando sobre o pano de fundo do mundo. Seus olhos colavam na figura pálida e leve daquele belo astro. Era-lhe tão singular que aquele mundo distante parecesse se esconder logo atrás dos arbustos, próximo a ponto de se poder senti-lo e tocá-lo. Tudo lhe parecia próximo. O que era, afinal, aquela ideia de distância ante tais lonjuras e proximidades? De súbito, o infinito lhe parecia o que havia de mais próximo. Quando ia para casa, atravessando todo o verde pesado, cantante e perfumado da noite, sentia como coisa misteriosa e adorável que Klara, que o fazia todo anoitecer, viesse recebê-lo. Os olhos dela sempre pareciam ter chorado quando ela surgia assim, ou quando o esperava daquela maneira. Depois, sentavam-se juntos até tarde da noite na pequena sacada, que se transformara numa espécie de casinha de veraneio pairando no ar, e jogavam cartas com um baralho minúsculo, ou ela cantava alguma melodia, ou pedia a ele que contasse alguma coisa. Quando, por fim, ela lhe dava boa-noite, ele dormia tão bem como se tivesse ouvido palavras mágicas, aquele "boa-noite" que parecia dar a ela o poder de enfeitiçá-lo, lançando-o num sono particularmente profundo e belo. De manhã, o orvalho prateado cintilava nos arbustos, na grama e nas folhas quando ele ia para o trabalho, a fim de escrever e ajudar a fazer o inventário da fábrica de máquinas. Certa feita, quando Simon voltava de uma caminhada num domingo, ele encontrou Klara deitada, dormindo no divã do quarto dele. Lá fora, o som de uma sanfona provinha de uma das casinhas miseráveis na montanha, onde moravam os trabalhadores pobres, nos arredores da cidade. A porta da sacada estava fechada, uma luz verde e quente iluminava o quarto. Simon sentou-se aos pés da adormecida, que nele roçaram de leve. Aquele toque lhe fez tão bem; ele se pôs a olhar fixo para o rosto dela. Como era bela quando dormia. Era daquelas mulheres cuja beleza máxima se mostra quando os traços de seu rosto permanecem imóveis. Klara respirava em ondas serenas; seu peito, semidespido, movia-se para cima e para baixo com suavidade; um livro escapara-lhe das mãos pendentes. Em Simon, assomou a ideia de ajoelhar-se e beijar aquelas belas mãos em silêncio, mas ele não o fez. Talvez o tivesse feito se ela estivesse acordada, mas dormindo? Não! Carinhos secretos, furtivos, marotos não eram para ele, pensou. Os lábios dela sorriam como se, sem mais, soubesse que dormia. Aquele sorriso da adormecida proibia qualquer pensamento indelicado, mas obrigava o olhar a se voltar para ela, para aquela boca, aquele rosto, aqueles cabelos e aquelas faces alongadas. Dormindo, Klara de súbito pressionou os pés com mais força contra Simon e, depois, acordou, olhou em volta com um olhar inquiridor e fitou os olhos dele por um longo tempo, como se não entendesse alguma coisa. Então disse: "Ei, Simon, escute só!".

"O que é?"

"Não vamos ficar morando nesta casa por muito mais tempo. Agappaia perdeu tudo no jogo. Caiu nas mãos de vigaristas. A casa já foi vendida e, aliás, àquela sua Associação Feminina pela Moderação e pelo Bem-Estar Popular. As senhoras vão fundar aqui uma estância termal para a população trabalhadora. Agappaia juntou-se a uma sociedade de estudos asiáticos e logo deverá partir para, em algum ponto da Índia, descobrir uma cidade grega submersa. Em mim, ele nem pensa mais. É estranho, mas ele já nem me irrita. Meu marido nunca foi capaz nem sequer de me irritar. Basta! Vou morar num quartinho simples, lá embaixo, na cidade, e você e Kaspar virão visitar-me. Vou assumir um posto, arrumar um emprego qualquer, como você. No outono, nos mudamos, e esta casa vai ser reformada de imediato. O que você me diz sobre isso?"

"Para mim, está muito bem. Já estava mesmo pensando em 'mudar' minha vida. Agora, isso acontecerá por si só. Alegra-me a perspectiva de poder ir visitar você em sua nova casa."

E os dois puseram-se a imaginar o futuro e a rir.

Kaspar encontrava-se numa cidadezinha do interior, na qual tinha a incumbência de decorar um salão de baile, isto é, de decorar com pinturas suas quatro paredes. Nesse meio-tempo, o outono chegara e, um dia, era um sábado, depois do expediente, Simon pôs-se a caminho: ia vencer a pé, durante toda a noite, a distância que o separava de Kaspar. Por que não haveria de conseguir caminhar a noite toda? Apanhara um mapa, no qual, com o auxílio de um compasso, medira com precisão o número de horas de que necessitaria para chegar à tal cidadezinha, constatando, assim, que, se aproveitasse bem o tempo, podia alcançá-la em precisamente uma noite. O caminho o conduziu, em primeiro lugar, pelo subúrbio onde morava Rosa, sua velha amiga, e ele não dispensou a oportunidade de, de passagem, fazer-lhe uma curta visita. Ela ficou contente de poder revê-lo depois de tanto tempo, chamou-o de mau e infiel por ter tido a coragem de abandoná-la, mas disse aquilo antes num tom amuado que irritado, não deixando de oferecer a Simon uma taça de vinho tinto, que, disse ela, haveria de fortalecê-lo para a caminhada noturna. No fogão a gás, fritou-lhe também rapidamente uma linguiça e, enquanto cozinhava, espetou Simon, ali em pé, não com palavras mal-educadas, mas com frases bem formuladas; disse-lhe que ele devia estar muito bem servido de mulheres e, sorrindo, chamou-lhe a atenção para o fato de que, na verdade, ele não merecia aquela linguiça, mas que deveria, sim, comê-la, contanto que prometesse visitar a amiga com mais assiduidade no futuro. Simon prometeu-o, enquanto saboreava a comida, e logo em seguida retomou sua caminhada, com certo receio do esforço que o aguardava. Mas retornar agora, acovardado, e pegar o trem, isso ele não queria. Assim, foi adiante, volta e meia perguntando pelo caminho correto, apenas por segurança. Junto das placas, acendia um fósforo e o segurava na altura necessária para ver o rumo a tomar. Caminhava a uma velocidade furiosa, como se temesse que o caminho pudesse escapar-lhe dos pés e fugir. O vinho tinto de Rosa o estimulara, e ele só desejava agora que as montanhas chegassem logo, porque vencê-las seria para ele, além de fácil, um prazer. E assim alcançou a primeira aldeia, onde teve trabalho para se localizar em meio aos caminhos diversos que a cruzavam em todas as direções. Por isso, interpelou um ferreiro ainda a martelar, pelo qual ficou sabendo que estava no rumo certo. Surgiu, então, uma paisagem assaz indistinta, porque composta apenas e tão somente de arbustos, que conduzia montanha acima; depois, uma espécie de planalto que tinha algo de horripilante. A escuridão era profunda, não se via uma única estrela em todo o céu; volta e meia, a lua aparecia, mas as nuvens logo encobriam sua luz. Simon, que caminhava agora por uma escura floresta de abetos, começou a ofegar e redobrou a atenção que prestava em seus próprios passos, porque, aqui e ali, tropeçava em pedras espalhadas pelo chão, o que o entediou um pouco. Terminada a floresta de abetos, respirou mais aliviado, uma vez que caminhar assim, sozinho, por florestas escuras era coisa que nem sempre estava livre de perigos. De súbito, tinha uma grande casa camponesa à sua frente, como se ela tivesse brotado da terra, o que lhe restringia a visão; um cachorro grande veio em disparada e pulou sobre o caminhante, mas não o mordeu. Simon permaneceu imóvel e bem quieto; apenas fitou o cachorro, que, assim, não ousou mordê-lo. Adiante! Pontes apareceram, e elas trovejavam em meio ao silêncio sob os passos velozes, pois eram de madeira, velhas pontes cobertas, dotadas de imagens de santos na entrada e na saída. Simon começou a adornar os próprios passos, apenas para ter um divertimento. De repente, em campo aberto mas sombrio, um homem forte surgiu diante dele, gritando e encarando-o de um modo assustador. "O que o senhor quer?", gritou Simon por sua vez, mas deu uma volta no homem e foi-se embora, sem pretender ouvir o que ele desejava. Seu coração batia forte; a aparição repentina, e não o homem em si, era que o havia assustado. Em seguida, marchou através de uma aldeia adormecida e sem fim. Um monastério comprido e branco espiou-o e tornou a desaparecer. O caminho ascendia de novo. Simon já não pensava em nada, o esforço crescente paralisava seus pensamentos; fontes silenciosas alternavam-se com grupos solitários de árvores, florestas com nuvens, pedras com nascentes, tudo parecia acompanhar sua caminhada e afundar atrás dele. A noite era úmida, escura e gélida, mas as faces de Simon ardiam, e seus cabelos estavam molhados de suor. De súbito, divisou a seus pés algo que jazia esparramado, amplo, cintilante e brilhante. Era um lago. Simon se deteve. A partir dali, o caminho descia por uma trilha em péssimo estado. Pela primeira vez, sentiu dores nos pés, mas, em vez de dar atenção a elas, seguiu em frente. Ouviu o baque surdo de maçãs caindo na grama. Como eram belos e misteriosos os prados, opacos e escuros. A aldeia que se seguiu despertou seu interesse por causa das casas nobres que exibia. Ali, porém, Simon já não sabia por onde prosseguir. Por mais que procurasse, não encontrava o caminho certo. Irritado, tomou logo, e sem pensar muito, a estrada principal. Talvez uma hora tenha se passado até que um sentimento claro lhe disse que ele havia tomado a direção errada; retornou, quase chorava de raiva e batia os pés no chão, como se a culpa tivesse sido deles. Chegou de volta à aldeia, duas horas perdidas, que humilhante! E de pronto encontrou o caminho correto, agora que abrira bem os olhos; prosseguiu, assim, debaixo de árvores que deixavam cair sua folhagem, por uma estreita trilha lateral, toda ela recoberta de folhas murmurantes. Entrou, então, por uma floresta escarpada no alto da montanha e, como não mais visse caminho diante de si, seguiu reto, simplesmente, e, subindo cada vez mais, abriu sua própria trilha em meio a um denso emaranhado de galhos de abeto, arranhando o rosto e ralando as mãos, mas pelo menos subia, até que, por fim, acabou-se a floresta que, gemendo e praguejando, ele lutara para atravessar, e Simon deparou com um pasto aberto. Descansou por um momento: "Deus do céu, se me atrasar, que vergonha!". Adiante! Já não caminhava, avançava aos saltos, afundando as pernas na terra fértil e macia do campo, sem a menor consideração. Um raio pálido e tímido da luz da alvorada roçou seus olhos, proveniente de alguma parte. Ele saltou sebes que pareciam zombar dele. Já não atentava fazia tempo para caminho nenhum. Uma estrada larga e decente povoava sua fantasia como algo precioso, pelo qual seu coração ansiava. Agora, descia de novo, dessa vez por desfiladeiros estreitos e pequenos, a cujas encostas as casas se colavam como brinquedos.

Sentia o cheiro das nogueiras sob as quais corria; lá embaixo, no vale, parecia haver uma espécie de cidade, mas aquela era apenas uma ávida intuição. Por fim, encontrou a estrada. Até suas pernas pareciam se alegrar com aquela descoberta, e ele caminhava agora com mais calma, até que encontrou um chafariz sobre cuja água se precipitou como um desvairado. Lá embaixo, alcançou uma cidadezinha, passou por um palácio gracioso, de um branco radiante e aparência clerical, cuja decadência o tocou fundo, e de novo o caminho conduzia para campo aberto. Então, o dia começou a clarear. A escuridão parecia empalidecer; a noite longa e sossegada enfim dava sinal de movimento. Simon agora ia apenas pondo de lado o caminho. Como lhe parecia confortável caminhar por estrada tão lisa, a qual, primeiro, subiu em grandes giros para, depois, distendendo-se esplendidamente, dirigir-se montanha abaixo. Uma névoa baixou sobre o prado, e certos ruídos do dia se anunciavam aos ouvidos. Como era longa a noite. Por toda aquela noite que ele percorrera sobre a terra, talvez um acadêmico — quem sabe seu próprio irmão Klaus — tivesse permanecido à escrivaninha iluminada, em vigília igualmente penosa e cansativa. O dia que acordava havia de ter se afigurado àquele sentado quieto à escrivaninha tão maravilhoso como agora a ele, o andarilho das estradas do campo. Nas casinhas, as pessoas já acendiam as primeiras luzes da manhã. Uma segunda cidade, maior, apareceu; primeiramente, as casas de subúrbio; depois, as ruazinhas; e, por fim, os portões e uma larga rua principal, em que um edifício magnífico com estátuas de arenito chamou a atenção de Simon. Era o antigo burgo, onde agora funcionava o correio. Pessoas já saíam às ruas, e a elas, como na noite anterior, ele podia perguntar o caminho. De novo, avançou rumo à planeza do campo aberto. A névoa começava a se espraiar, cores surgiram, cores encantadas, cores encantadoras, as cores da manhã! Um magnífico domingo azul de outono parecia anunciar-se. Agora, Simon encontrava pessoas, mais especificamente mulheres, adornadas para o domingo, vindas de longe, talvez, para ir à igreja na cidade. O dia foi se tornando cada vez mais colorido. Viam-se as frutas vermelhas, ardentes, que jaziam na grama, ao lado da rua, e frutas maduras caíam das árvores a todo momento. Ele atravessava agora uma verdadeira terra das frutas. Topou com jovens trabalhadores braçais, muito à vontade; não levavam o caminhar tão a sério quanto ele. Uma grande quantidade desses trabalhadores esticava-se numa beirada de prado, aos primeiros raios do sol: que imagem do bem-estar! Passou alguém conduzindo uma vaca, e as mulheres diziam "bom dia" com tanta graça. Em seu caminho, Simon ia comendo maçãs, também ele vagava agora tranquilo por aquela terra estranha, bela e rica. As casas próximas da rua eram tão convidativas, mas ainda mais belas e graciosas eram as casas entre as árvores, em pleno campo, no meio do verde. As colinas alçavam-se com graça e suavidade, as alturas seduziam, tudo era azul, perpassado por um azul magnífico e fogoso; carros levavam grande quantidade de gente e, por fim, Simon divisou uma casinha junto do caminho e, atrás dela, uma cidade, e seu irmão estendeu a cabeça para fora da janela. Ele chegara a tempo, nem quinze minutos depois da hora combinada. E entrou exultante na casa.

Lá dentro, na casa do irmão, contemplou tudo com olhos bem abertos, embora não houvesse muito a contemplar. Num canto, estava a cama, mas era uma cama interessante, porque Kaspar dormia nela, e a janela era uma janela maravilhosa: ainda que feita de madeira comum e revestida por uma cortina simples, era Kaspar, afinal, quem olhava através daquela janela. Pelo chão, em cima da mesa, da roupa de cama e das cadeiras, viam-se desenhos e pinturas. Cada folha de papel deslizou pelos dedos do visitante, tudo era bonito e tão perfeito. Para Simon, era quase incompreensível o tipo de trabalhador que o pintor era; tinha tanta coisa diante dos olhos que mal podia terminar de contemplar tudo aquilo. "O que você pinta é como a própria natureza!", exclamou. "Fico sempre um pouco triste quando contemplo suas novas pinturas. Cada uma delas é tão bonita, resplandece de sentimentos, é como se captasse o coração da natureza. E você está sempre pintando coisas novas, quer sempre algo melhor, provavelmente destrói muita coisa que, a seus olhos, ficou ruim. Não consigo ver defeito em nenhuma de suas pinturas; todas elas me tocam, enfeitiçam-me a alma. Uma única pincelada de sua pintura, uma única cor, me inspira sólida e inabalável convicção do seu talento verdadeiramente maravilhoso. E quando contemplo uma de suas paisagens, pintadas com pinceladas tão amplas e calorosas, é sempre você que vejo, e compartilho dessa sua espécie de dor, que me diz que a arte nunca tem fim. Compreendo tão bem a arte, a urgência que as pessoas têm dela e, portanto, o anseio de cortejar o amor e a misericórdia da natureza. Por que julgamos encantadora uma paisagem reproduzida? É apenas um prazer? Não, o que queremos é encontrar nela explicação para alguma coisa que, não obstante, por certo permanecerá para sempre inexplicável. Trata-se de algo que cala fundo em nós quando, sonhadores, deitados a uma janela, contemplamos o pôr do sol, o que ainda não é nada, se comparado a uma rua na chuva, em que as mulheres erguem as saias com graça, ou à visão de um jardim ou lago sob o céu leve da manhã, ou a um simples abeto no inverno, ou a um passeio noturno de gôndola, ou a uma vista dos Alpes. Névoa e neve não nos encantam menos que o sol e as cores; sim, porque a névoa torna a refinar as cores, e a neve — por exemplo, sob o azul do céu que nos aquece pouco antes da chegada da primavera — é, afinal, uma coisa profunda, maravilhosa, quase incompreensível. Como eu acho belo em você, Kaspar, que você pinte, e que pinte tão bonito. Queria ser um pedaço de natureza e me deixar amar como você ama cada pedaço dela. Afinal de contas, o pintor deve ser aquele que ama a natureza da forma mais veemente e dolorosa, mais tempestuosa, trêmula e sincera até que o poeta, que um Sebastian, por exemplo, de quem ouvi dizer que arrumou uma cabana para morar no meio da pastagem, a fim de poder venerar a natureza sem ser perturbado, como um eremita no Japão. Os poetas com certeza se apegam à natureza de um modo menos fiel que vocês, pintores, e isso porque, em geral, se aproximam dela com a cabeça já arruinada e obstruída. Mas talvez eu me engane, e gostaria muito de que assim fosse, nesse caso. Como você deve ter trabalhado, Kaspar! Por certo, não tem motivo nenhum para recriminar-se. No seu lugar, eu não me recriminaria. Não me recrimino, aliás, e, honestamente, teria motivo para tanto. Não o faço, porém, porque recriminar-se é coisa que deixa a gente inquieto, e porque a inquietude é feia, um estado indigno de um ser humano."

"Nisso você tem razão", disse Kaspar.

E os dois se foram pela cidadezinha, observando tudo, o que não levou muito tempo, ou, por outro lado, levou sim, em consequência do fervor com que o fizeram. Toparam com o carteiro, que entregou uma carta a Kaspar, fazendo uma careta ao entregá-la. Era uma carta de Klara. Admiraram a igreja e a majestade das torres da cidade, suas muralhas altaneiras, tantas vezes invadidas, e os casarões nos vinhedos e os pavilhões na encosta da montanha, nos quais a vida se extinguira havia tanto tempo. Sérios, os abetos olhavam de cima para a antiga cidadezinha, o céu esbanjava delicadeza, e as casas pareciam desafiadoras e aborrecidas em suas paredes espessas e largas. Os prados reluziam, e as colinas, com seus bosques dourados de faias, atraíam as pessoas para o alto e para longe. À tarde, os dois jovens foram até a floresta. Não diziam mais muita coisa. Kaspar ficara quieto, seu irmão podia intuir o que ele pensava e não queria despertá-

-lo, porque pensar lhe parecia mais importante que conversar. Sentaram-se num banco. "Ela não me deixa", Kaspar disse, "está infeliz." Simon não se manifestou, mas sentiu certa alegria pelo irmão, pelo fato de a mulher estar infeliz por causa dele. Pensou: "Acho bonito que ela esteja infeliz". Aquele amor o encantava. Logo, contudo, se despediram, porque Simon precisava voltar, dessa vez de trem.

7

O inverno chegou. De casaco, Simon, abandonado à própria sorte, escrevia sentado à mesa de um quartinho. Não sabia o que fazer com o tempo de que dispunha e, como por ofício estivesse acostumado a escrever, escrevia agora como se por si só, sem nenhum propósito, e o fazia em tirinhas de papel que cortara com a tesoura. Lá fora, o tempo estava úmido, e o casaco que o revestia lhe servia de substituto para uma estufa. Agradava-o estar sentado ali, enquanto ventos fortes sopravam na rua, prometendo neve. Sentia-se confortável sentado em seu quarto a fazer alguma coisa e a imaginar-se um esquecido. Pensava em sua infância, não tão distante no passado mas que parecia longe como um sonho, e escreveu:

Quero aqui recordar a infância, uma vez que, em minha situação atual, essa é uma tarefa empolgante e instrutiva. Eu era um garoto que gostava de apoiar as costas num fogão quente. Ao fazê-lo, sentia-me importante e triste, e fazia uma cara a um só tempo satisfeita e melancólica. Além disso, sempre que podia, calça-

va *pantufas de feltro*, e a alternância dos calçados, isto é, trocar os molhados pelos quentes, me dava a maior alegria. Um quarto quente tinha algo de mágico para mim. Nunca ficava doente e sempre invejava os que podiam adoecer, aqueles aos quais, além de dedicar cuidados, as pessoas, ao lhes falar, diziam palavras mais delicadas. Por isso, com frequência me imaginava enfermo e ficava tocado quando, em minha imaginação, ouvia meus pais se dirigirem a mim com ternura. Sentia necessidade de ser tratado com ternura, o que nunca acontecia. De minha mãe, tinha medo, porque ela raras vezes era terna ao falar. Eu tinha fama de malandro, e creio que ela não era injustificada, mas por vezes me ofendia ser lembrado disso a todo momento. Teria gostado muito de ter sido mimado, mas, quando percebi que era impossível que me dessem tanta atenção, tornei-me um malcriado e me dediquei a irritar aqueles que desfrutavam da vantagem de ser crianças boazinhas e amadas. Crianças assim eram minha irmã Hedwig e meu irmão Klaus. Nada me dava prazer maior que levar safanões deles, porque por essa reação eu via que dispunha da habilidade para deixá-los furiosos comigo. Da escola, já não tenho grandes lembranças, mas sei que ela representou para mim uma espécie de reparação pela pequena negligência de que eu era alvo em casa de meus pais. Lá, eu me destacava. Era uma satisfação levar belos boletins para casa. Eu temia a escola e, por isso, comportava-me direitinho; durante todo o tempo que a frequentei, sempre fui uma criança reservada e medrosa. As fraquezas dos professores não se ocultaram a mim por muito tempo, mas me pareciam antes terríveis que ridículas. Um deles, um homem gordo e monstruoso, tinha verdadeira cara de beberrão, e, no entanto, nunca me ocorreu que pudesse ser um bêbado. Acerca de outro, pelo contrário, corria um misterioso boato na escola de que a bebida teria acabado com ele. A cara de sofrimento daquele homem, jamais vou esquecer. Eu considerava os judeus pessoas mais distintas que os cristãos, e isso porque havia várias mulheres judias de beleza encantadora, ante as quais eu tremia ao topar com elas na rua. Encarregado por meu pai, muitas vezes precisei ir a uma das residências judias mais elegantes da cidade, e era sempre como se aquela casa cheirasse a leite. A dama que costumava abrir a porta para mim usava amplos vestidos brancos e exalava um perfume quente e condimentado, que de início me causou aversão mas depois aprendi a amar. Creio que, quando garoto, eu não vestia roupas lá muito bonitas; em todo caso, observava com maldosa admiração outros garotos, que calçavam belos sapatos de cano alto, meias lisas e ternos que caíam bem. Um garoto em particular impressionava-me bastante, por causa da delicadeza de seu rosto e de suas mãos, da suavidade de seus movimentos e da voz que lhe saía da boca. Era igualzinho a uma menina, vestia sempre tecidos macios e, entre os professores, gozava de um respeito que me deixava perplexo. Era doentio o anseio que eu sentia para que ele me dirigisse ao menos uma palavra, e fiquei feliz quando, certa vez, diante da vitrine de uma papelaria, ele de súbito falou comigo. Lisonjeou-me ao elogiar minha caligrafia e expressou o desejo de possuir uma escrita tão bela como a minha. Como me alegrou ser, pelo menos em alguma coisa, superior àquele garoto que era como um jovem deus; corando e feliz, rejeitei suas palavras lisonjeiras. Aquele sorriso! Ainda me lembro de seu sorriso. Durante muito tempo, ter uma mãe como a dele foi meu sonho. Eu a superestimava, em detrimento de minha própria mãe. Que injustiça! Alguns gozadores de nossa sala conspiraram para atacar o garoto, dizendo que ele era uma menina, e uma menina de verdade, apenas disfarçada naquelas roupas de menino. É claro que era só um disparate, mas aquilo me atingiu como um raio, e por muito tempo acreditei venerar naquele garoto uma menina disfarçada. Sua figura de extrema suavidade proporcionava-me todos os motivos para sentimentos românticos exagerados. Naturalmente, eu era demasiado tímido e orgulhoso para lhe declarar minha predileção, de modo que ele me tinha por um de seus inimigos. Com que nobreza soube se isolar. Que curioso eu pensar nisso agora! Na aula de religião, certa feita encantei meu professor por ter encontrado a palavra apropriada para determinado sentimento; também isso nunca esqueci. Em diversas matérias, eu era muito bom, mas para mim constituía uma vergonha posar de exemplo, de tal forma que muitas vezes eu literalmente me esforçava para obter notas ruins. Meu instinto me dizia que aqueles que eu sobrepujava poderiam me odiar, e eu gostava de ser querido. Temia ser odiado pelos colegas, porque entendia ser isso uma infelicidade. Na nossa sala, virara moda desprezar os cê-dê-efes, razão pela qual acontecia com frequência de, por cautela, alunos inteligentes e astutos se fazerem de bobos. Esse comportamento, uma vez conhecido, era tido entre nós por conduta exemplar, e, de fato, possuía mesmo um toque de heroísmo, ainda que num sentido equivocado. A uma distinção por parte dos professores vinculava-se, pois, o perigo de ser tratado com desprezo. Que mundo mais estranho a escola. Num de meus primeiros anos, tive um colega, um menininho de sardas no rosto afilado, cujo pai era um cesteiro beberrão conhecido de todos. Volta e meia, o garotinho era, então, obrigado a pronunciar a palavra "cachaça" diante de toda uma turma de zombeteiros, o que ele não conseguia fazer, porque, em razão de um mísero problema na língua, sempre dizia "caçaça", em vez de "cachaça". Como ríamos. E agora, quando me lembro disso, que coisa mais rude era aquela! Outro menino, um certo Bill, um garotinho muito engraçado, chegava sempre atrasado às aulas, porque seus pais moravam numa casa situada numa região montanhosa afastada, solitária, agreste e longe da cidade. Toda vez que chegava tarde, tinha de estender a mão para, como punição pelo atraso, receber uma pungente e dolorosa varada. A dor sempre arrancava lágrimas de seus olhos. Que tensão aquele castigo provocava em nós. De resto, quero ressaltar que não desejo aqui acusar ninguém — o professor em questão, por exemplo, como se poderia facilmente supor —, mas apenas relatar aquilo de que me lembro daqueles tempos. Na montanha, em meio à floresta sobre a cidade, todo tipo de gente — pessoas desempregadas, rudes, depravadas — costumava se reunir, antigamente mais do que hoje, imagino, para ali, no meio do mato, beber garrafas de aguardente, jogar cartas ou namorar mulheres que traziam estampadas no rosto suas infelicidade e miséria, e que podiam ser reconhecidas pelos vestidos surrados que usavam. "Vagabundos" é como eram chamadas essas pessoas. Num domingo à tardezinha, Hedwig, Kaspar, eu e uma moça que chamávamos de Anna e que frequentava nossa casa caminhávamos por uma trilha estreita na montanha quando, ao alcançarmos uma clareira pedregosa, vimos um homem apanhar uma daquelas pedras e arremessá-la na cara de outro, seu opositor; o resultado foi um estalido, e o sangue jorrando do alvejado, que de pronto despencou no chão. A briga, cujo final não vimos, porque fugimos de imediato, parecia ter sido provocada por uma mulher, ou pelo menos tenho sempre diante dos olhos, muito nítida, aquela figura feminina grande e sombria que, com toda a calma, ficou parada ali, assistindo à luta com um ar de maldade. Para casa, levei comigo uma dor profunda e um calafrio na espinha, o qual me impediu de comer e me fez evitar por muito tempo aquele ponto da floresta. Havia algo de terrível, de primitivo naquela luta entre dois homens...

    Kaspar e eu tínhamos um amigo comum, filho de um conselheiro cantonal e respeitado comerciante, de quem gostávamos muito por causa de sua solicitude e submissão em relação a nossos planos. Íamos com frequência à casa de seus pais, casa de conselheiro cantonal, onde uma graciosa dama, sua mãe, sempre nos dava amistosamente as boas-vindas. Brincávamos horas com nosso amigo, com blocos de montar e soldadinhos de chumbo, e nos divertíamos a valer. Kaspar se distinguia na construção de *fortalezas e palácios e na confecção de planos de batalha. Nosso amigo era muito ligado a nós, mais a Kaspar — assim me parecia — que a mim, e também nos visitava com frequência em nossa casa, que, no entanto, não era tão refinada como a dele. Hedwig gostava muito desse rapaz. A mãe dele era bem diferente da nossa, os cômodos de sua casa brilhavam mais, o tom era outro — quero dizer, o tom da linguagem cotidiana; mas nossa casa era, em tudo, mais animada. Naquela época, vivia em nossa cidade uma dama muito rica, que morava sozinha num jardim magnífico, isto é, numa casa, é claro, mas nem se via a casa, que heras, árvores e chafarizes encobriam por completo. Essa dama tinha três filhas, moças belas e pálidas, das quais se dizia que usavam um vestido novo a cada duas semanas. Os vestidos, elas não os mantinham no guarda-roupa; vendiam-nos às pessoas da cidade por intermédio de emissários especiais. Hedwig chegou, certa vez, a ser dona de um vestido de seda e de um par de sapatos de uma dessas moças, e aquelas peças usadas, quando eu as contemplava e tocava, inspiravam-me secreta repulsa, à qual se misturavam o mais extremado interesse e uma atração que muitas vezes fez de mim motivo de riso. A dama estava sempre em casa ou, no máximo, foi uma ou outra vez ao teatro, onde sua palidez parecia assustadora em contraste com o camarote de um vermelho escuro. Das três, a filha do meio era talvez a mais bonita. Em minhas fantasias, eu sempre a via montada num cavalo; ela possuía um rosto que parecia ter sido feito para olhar de cima para a multidão embusbacada, do alto do lombo de um cavalo dançante, e para fazer baixar os olhos dos outros. Sem dúvida, estão todas casadas faz tempo. Certa ocasião, um incêndio irrompeu não na cidade em si, mas numa aldeia vizinha. Por toda a volta, o céu avermelhou-se com as chamas, era uma noite gélida de inverno. As pessoas corriam pela neve gelada e rangente, eu e Kaspar entre elas, porque nossa mãe nos despachou para saber onde era o incêndio. Chegamos ao local das chamas, mas entediou-nos ficar tanto tempo vendo queimar aquele madeirame e, além disso, estávamos congelando, razão pela qual voltamos logo para casa, onde nossa mãe nos recebeu com todo o rigor de uma pessoa angustiada. Por essa época, ela já estava doente. Um pouco depois, Kaspar deixou a escola, onde já não fazia progresso nenhum. Eu tinha um ano pela frente ainda, mas uma certa melancolia tomou conta de mim, que, amargurado, comecei a desprezar os assuntos escolares. Via o fim iminente e o início, também iminente, de algo novo. Do que era, eu não tinha senão ideias muito tolas. Observava com frequência meu irmão carregado de pacotes, em plena vida profissional, e ficava pensando por que ele tinha aquele aspecto abatido e os olhos voltados para o chão. O novo não devia ser coisa bonita, se não se podiam erguer os olhos para ele. Mas Kaspar havia então começado a refletir sobre seu ofício, parecia sonhar sem cessar e demonstrava uma serenidade muito peculiar, o que não agradou nem um pouco ao pai. Morávamos agora numa minúscula casa de subúrbio, cuja mera visão já dava calafrios. Para minha mãe, aquela casa não servia. Ela sofria de fato do mal singular de se sentir ofendida por seu entorno, qualquer que ele fosse. Talvez fosse apaixonada por nobres casinhas em meio a jardins. Que sei eu? Era uma mulher muito infeliz. Quando, por exemplo, nos sentávamos à mesa para comer nossa refeição, o que costumávamos fazer em relativo silêncio, ela de súbito apanhava um garfo ou uma faca e o atirava longe, para lá da mesa, levando todos a desviar a cabeça para o lado. Se, então, alguém fazia menção de acalmá-la, ela se ofendia, e mais ainda se ouvisse recriminações. Era difícil a situação de nosso pai com aquela mulher enferma. Nós, crianças, nos lembrávamos com melancolia e dor dos tempos em que todos a viam com um misto de carinho e consideração, de uma época em que, quando ela se valia de sua voz aguda para chamar alguém, sentíamo-nos felizes de correr ao seu encontro. Todas as damas da cidade lhe dirigiam cumprimentos aos quais ela sabia renunciar com graça e modéstia. Já na época aquele tempo passado parecia para mim um maravilhoso conto de fadas, cheio de perfumes e imagens encantadores. Aprendi, pois, logo cedo a me entregar com paixão a belas lembranças. Tornava a ver a casa alta em que meus pais haviam tido uma encantadora loja de bijuterias e acessórios, no tempo em que muita gente lá ia para fazer compras, e nós, crianças, tínhamos um quarto grande e claro, onde o sol parecia ter especial predileção por brilhar. Bem junto de nossa casa alta, acocorava-se uma casinha enviesada, amarrotada e antiquíssima, dotada de um telhado pontiagudo de duas águas, na qual morava uma viúva. Era dona de uma loja de chapéus, tinha um filho, outro parente e, creio, um cachorro também, se bem me lembro. Quando alguém entrava na loja dela, ela cumprimentava com tanta simpatia que estar diante de semelhante dama já era, em si, percebido como um prazer. Na cabeça de cada um, ela experimentava diversos chapéus, conduzia o freguês até o espelho e sorria ao fazê-lo. Todos os seus chapéus tinham um cheiro tão maravilhoso que a pessoa só podia ficar parada ali, como se encantada. Era uma boa amiga de minha mãe. Bem junto dali, isto é, bem junto da loja de chapéus, cintilava, convidativa, uma confeitaria branca como a neve, cheia de doces. A esposa do confeiteiro parecia-nos um anjo, e não uma mulher. Exibia o rosto mais terno e ovalado que se pode imaginar; bondade e pureza pareciam ter dado forma àquele semblante. Tinha um sorriso capaz de nos transformar em crianças devotas, um sorriso que encantava e adocicava ainda mais seus traços doces. Toda ela parecia ter sido feita para vender doces, coisas e coisinhas que só podiam ser tocadas com a pontinha dos dedos, se não se pretendia roubar delas o sabor delicioso. Também era amiga de minha mãe. Muitas eram as suas amigas.*

Simon parou de escrever. Foi até uma fotografia da mãe,

pendurada na parede suja do quarto, e, erguendo-se na ponta dos pés, deu-lhe um beijo. Depois, rasgou o que havia escrito. Não o fez com mau humor nem dedicou ao ato muita reflexão: rasgou--o simplesmente porque aquilo não possuía mais valor nenhum para ele. Em seguida, foi até a casa de Rosa, no subúrbio, e disse a ela: "Em breve, eu talvez consiga uma colocação numa cidadezinha do interior, o que seria agora, para mim, o melhor que poderia acontecer. Uma cidadezinha assim é, afinal, coisa encantadora. Ter ali um quarto velho e aconchegante, que se consegue por aluguel baixíssimo. Com uns poucos passos, iria facilmente do trabalho para casa. Todos me cumprimentariam pelas ruazinhas, perguntando-se quem seria o jovem cavalheiro. Em pensamento, as mães já me ofereceriam uma das filhas como esposa. Por certo, a filha caçula, com os cabelos encaracolados e os brincos pesados pendendo das orelhinhas. No trabalho, pouco a pouco me faria imprescindível, e o chefe logo ficaria feliz por ter contratado alguém como eu. À noitinha, ao chegar em casa, eu me sentaria em meu quarto quentinho e contemplaria os quadros nas paredes, um deles, talvez, exibindo a bela imperatriz Eugênia, outro, uma revolução. Em seguida, a filha da casa talvez entrasse, trazendo-me flores, por que não? Não é tudo isso possível numa cidade pequena, onde as pessoas são tão afetuosas umas com as outras? Um dia, porém, no calor e na claridade da hora do almoço, essa mesma moça bateria com timidez à minha porta — uma porta, diga-se de passagem, dos tempos do Rococó —, a abriria e entraria em meu quarto, dizendo-me com uma graciosíssima inclinação de sua bela cabeça: 'O senhor é sempre tão quieto. É tão modesto, não faz nenhuma exigência. Não diz falta-me isso ou aquilo. Deixa estar. Receio que esteja insatisfeito'. Eu riria e a tranquilizaria. Então, de repente, como se tomada por estranhos sentimentos, poderia ocorrer a ela dizer-me: 'Que serenas e belas aquelas flores ali, em cima da mesa. Elas parecem ter olhos e, para mim, é como se sorrissem'. Eu ficaria surpreso de ouvir coisa semelhante da boca de uma mocinha provinciana. Depois, de súbito, acharia natural caminhar a passos lentos até ela, parada e hesitante, enlaçar com meu braço sua figura e beijá-la. Ela deixaria acontecer, mas não de forma a tentar alguém a incorrer em pensamentos impuros. Os olhos, ela os baixaria, e eu ouviria seu coração bater forte, veria ondear seu seio belo e redondo. Pediria a ela que me mostrasse seus olhos, ao que ela, então, os abriria, e eu contemplaria o céu daqueles olhos abertos e inquiridores. Seria um longo pedir e contemplar. Primeiramente, viria um olhar suplicante da parte dela, o que me estimularia a contemplá-la de maneira idêntica, e então, é claro, eu haveria de rir, e, apesar disso, ela confiaria em mim. Como tudo isso seria maravilhoso e possível numa cidade pequena, onde as pessoas dizem tanto com o olhar. Eu tornaria a beijar aquela sua boca arqueada e curva, e a lisonjearia de um modo que a fizesse acreditar em minhas lisonjas, o que, por sua vez, retiraria delas o caráter de meras lisonjas, dizendo a ela, em vez disso, que eu a via como minha esposa, ao que ela, então, inclinando outra vez e maravilhosamente a cabeça para o lado, diria sim. O que mais poderia, pois, me responder, comigo a tapar-lhe a boca, como a uma criança, a cobri-la de beijos, ela, a magnífica, que se veria incapaz de reprimir um sorriso de júbilo e vitória? Com efeito, vitoriosa seria ela, e eu, o vencido, isso se verificaria logo, porque eu me tornaria seu esposo e por ela sacrificaria, dar-lhe-ia de presente minha vida inteira, minha liberdade e todos os meus desejos de conhecer o mundo. Agora, eu a contemplaria para sempre e a julgaria cada vez mais bonita. Até nosso casamento, eu correria feito um pícaro atrás de seus encantos, que ela derramaria pelo chão ao caminhar. Ficaria a observá-la quando, à noitinha, ela se ajoelhasse no chão do quarto para atiçar o fogo na estufa. Riria muito, feito um idiota, apenas para não empregar sem cessar palavras demasiado delicadas de ternura, talvez chegasse mesmo a, com frequência, tratá-la com rudeza, somente para captar traços de dor em seu rosto. Depois de agir dessa maneira, eu não me importaria de, em segredo, sem que ela o visse, ajoelhar diante de sua cama e, com o coração em chamas, adorar a ausente. Talvez chegasse inclusive a apertar contra a boca o sapato dela, ainda coberto de graxa, pois o objeto no qual ela enfiava seu pezinho branco bastaria para tal adoração; para orar, não é necessária muita coisa. Amiúde, eu escalaria as alturas das montanhas rochosas próximas, apoiando-me sem me preocupar em pequenos troncos de árvores, venceria abismos e, lá em cima, me deitaria no pasto amarelado sobre o penhasco; ali, refletiria sobre onde estava de fato e me perguntaria se uma vida apertada como aquela, por certo ao lado de uma mulher que amava mas que tudo exigia, seria o bastante para mim. Ante semelhantes perguntas, apenas balançaria a cabeça e, com meus sentidos magnificamente sãos, sonharia estar na planície lá embaixo, onde a cidadezinha se espraiava. Talvez chorasse por cerca de meia hora — por que não? —, para aplacar meus anseios, e recuperaria em seguida minhas serenidade e felicidade deitado ali, até que o sol se pusesse, quando, então, eu desceria e estenderia a mão a minha mocinha. Tudo estaria decidido, selado às minhas costas, mas, de coração, eu estaria feliz com aquela conclusão sólida e imperativa. A seguir, eu me casaria e daria a minha vida uma nova vida. A antiga iria se pôr como um belo sol, e eu não lhe lançaria nem sequer um último olhar, porque julgaria perigoso e débil fazê-lo. O tempo passaria, e agora, apenas para dar uma imagem de nossa ternura, não nos debruçaríamos sobre flores, e sim sobre nossos filhos, e nos encantaríamos com suas risadas e suas perguntas. O amor pelos filhos e os milhares de preocupações que eles ensejariam tornariam nosso próprio amor mais suave e maior, além de mais sereno também. Perguntar a mim mesmo se ainda gostava de minha esposa, isso jamais me ocorreria, nem me passaria pela cabeça convencer-me de que levava uma vida mesquinha e pobre. Teria aprendido tudo que a vida tem a ensinar e renunciaria de bom grado a toda sorte de aventuras elegantes que teria perdido e que meu pensamento poderia agora me apresentar e simular. 'Perdi o quê, afinal?', eu me perguntaria com serenidade e um ar superior. Teria adquirido solidez como pessoa, e isso seria e permaneceria sendo tudo até a morte de minha mulher, destinada talvez a morrer antes de mim. Além disso, não quero pensar, porque fazê-lo já seria adentrar o território remoto e obscuro do belo futuro. O que você me diz? Tenho sonhado tanto, mas você há de admitir pelo menos que sonho agora com alguma honestidade e movido pelo desejo de me tornar uma pessoa melhor do que a que sou no momento".

Rosa sorriu. Ficou quieta por alguns instantes, a contemplar Simon com atenção e, depois, perguntou: "O que tem feito seu irmão, o pintor?".

"Está pretendendo ir em breve para Paris."

Rosa empalideceu, fechou os olhos e respirou fundo. Simon pensou: então, também ela o ama.

"Você o ama", disse ele, baixinho.

Na manhã seguinte, Simon saiu de casa vestindo um casaco curto azul-escuro e segurando uma bengalinha graciosa mas de pouca valia. Recebeu-o uma névoa grossa e pesada, era ainda noite escura. Uma hora depois, porém, clareou, enquanto, de cima de um morro, ele olhava para trás, para a cidade grande a seus pés. Estava frio, mas o sol, que bem agora surgia, fogoso e num tom claro de vermelho sobre arbustos e campos nevados, prometia um dia maravilhoso. Ele permaneceu sob o encanto daquela visão da bola vermelha ganhando altura cada vez maior e disse a si mesmo que, no inverno, o sol era três vezes mais bonito que em pleno verão. Logo a neve ardia naquela clara coloração de vermelho, quente e singular, e tanto a visão calorosa como o frio real que a permeava animaram e incitaram o caminhante, que não se deixou deter por muito mais tempo; seguiu adiante a passos firmes. O caminho era o mesmo que Simon havia percorrido naquela noite de outono; agora, ele teria sido capaz de encontrá-lo quase dormindo. Assim, caminhou o dia inteiro. Ao meio-dia, o sol lançou um belo calor sobre a região, a neve já ameaçava escorrer, e o verde apresentava-se molhado aqui e ali. As fontes murmurantes reforçavam a impressão de calor, mas, no começo da noite, quando o céu exibia seu azul-escuro e o brilho vermelho do sol se perdia além da montanha, o frio logo voltou a se fazer gélido. Simon subia de novo pela mesma montanha que já escalara antes, durante a noite, mas outrora com pressa muito maior. A neve rangia sob seus passos. Os abetos estavam tão carregados de neve que seus galhos pendiam esplendidamente em direção à terra. Mais ou menos na metade da subida, Simon de súbito divisou um rapaz deitado na neve, no meio do caminho. Havia ainda tanta claridade tardia na floresta que ele pôde contemplar com nitidez o rosto do jovem adormecido. O que levara aquele homem a se deitar ali, naquele frio terrível e num ponto tão solitário da floresta de abetos? O chapéu largo e inclinado cobria seu rosto, como tantas vezes acontece de alguém, deitado e a repousar, assim se proteger dos raios de sol para poder adormecer em pleno verão quente e sem nenhuma sombra. Aquilo tinha, em si, algo de sinistro, cobrir o rosto daquela maneira no meio do inverno, quando, na verdade, ninguém há de querer se espraiar na neve. O rapaz jazia imóvel, e a floresta já começara a se tornar cada vez mais escura. Simon estudou-lhe as pernas, os sapatos, as roupas. Ele vestia amarelo-claro, um traje de verão bastante fino e gasto. Simon tirou o chapéu do rosto do homem, que congelara e tinha um aspecto horrível; agora, de repente, reconhecia aquele rosto: era Sebastian, não havia dúvida, eram seus traços, sua boca, sua barba, seu nariz um tanto largo e achatado, o formato dos olhos, sua testa e seus cabelos. E ele sem dúvida congelara ali, devia estar deitado fazia algum tempo naquele caminho, porque a neve já nem mostrava seu rastro; podia-se, pois, conceber que estivesse ali fazia muito tempo. Rosto e mãos tinham congelado, e as roupas haviam se colado ao corpo rijo. Era possível que Sebastian tivesse tombado ali em virtude de um grande cansaço, já insuportável. Vigoroso, ele jamais havia sido. Andava sempre curvado, como se não suportasse caminhar ereto, como se lhe doesse manter as costas e a cabeça em posição vertical. Bastava olhar para ele para sentir que ele não podia com a vida e suas gélidas exigências. Simon cortou galhos de um abeto e cobriu o corpo com eles, não sem antes retirar do bolso do casaco do morto um caderninho fino, que dali se destacava. Parecia conter poemas, Simon já não conseguia distinguir as letras porque, naquele meio-tempo, a noite caíra por completo. Estrelas cintilavam por entre lacunas nos abetos, e a lua observava a cena sob a forma de um anel fino e gracioso. "Não tenho tempo", Simon disse a si mesmo em silêncio. "Preciso me apressar para alcançar a próxima cidade. Do contrário, não teria nenhum receio de permanecer aqui por mais algum tempo, junto desse pobre rapaz morto, que foi um poeta e um sonhador. Com que nobreza escolheu sua cova. Jaz entre abetos magníficos, verdes, recobertos de neve. Não vou relatar isso a ninguém. Lá de cima, a natureza contempla seu morto, as estrelas cantam-lhe suavemente no ouvido, e os pássaros noturnos grasnam — essa é a melhor música para alguém que já não dispõe da audição ou dos sentimentos. Seus poemas, caro Sebastian, quero levá-los a um editor, que talvez os leia e publique, a fim de que, de você, ao menos o nome, pobre, cintilante e de tão bela sonoridade, seja preservado neste mundo. Um repouso esplêndido esse jazer congelado na neve, sob os galhos dos abetos. Foi o melhor que você pôde fazer. As pessoas tendem sempre a infligir dor a tipos assim, estranhos como você foi, e a rir dos sofrimentos deles. Transmita minhas saudações aos mortos queridos e serenos debaixo da terra, e não arda demasiado nas chamas eternas da inexistência. Você está em outra parte. Com certeza, num lugar magnífico, é agora um sujeito rico, e vale a pena publicar os poemas de um sujeito rico e nobre. Adeus. Tivesse eu flores, eu as derramaria sobre você. Para um poeta, nunca temos flores em quantidade suficiente. Você teve pouquíssimas. Esperava algumas, mas não as ouviu farfalhar e tampouco prostrar-se sobre seu corpo, como sonhou que aconteceria. Veja, eu também sonho muito, e muitas, muitas pessoas que nem imaginaríamos capazes disso sonham, mas você acreditava ter o direito de sonhar, ao passo que nós só sonhamos quando nos julgamos muito infelizes, uma infelicidade à qual ficamos contentes de poder pôr fim. Você desprezava seus semelhantes, Sebastian! Mas, meu caro, só um forte pode se permitir tal coisa, e você era fraco! Se, contudo, encontrei sua tumba sagrada, não foi para injuriá-la. Que sei eu do quanto você sofreu? Sua morte sob as estrelas no céu é bonita, por um bom tempo não poderei esquecê-la. Quero descrever para Hedwig essa sua tumba, sob abetos tão nobres, e vou fazê-la chorar com isso. Ainda que não tenham sabido o que fazer com você, as pessoas pelo menos vão ler seus poemas." Simon afastou-se do morto, lançou um último olhar para o montinho de galhos de abeto sob os quais o poeta agora dormia e volteou seu corpo elástico para, num rápido giro, dar as costas àquela imagem; em seguida, correu adiante pela neve, tanto quanto podia, subindo a montanha. Precisou, assim, pela segunda vez, escalar aquela montanha à noite, mas dessa vez vida e morte percorriam todo o seu corpo num ardente calafrio. Teria podido rejubilar-se com aquela noite gélida e adornada de estrelas. Impetuoso, o fogo da vida o carregava para longe da imagem suave e pálida da morte. Já não sentia as próprias pernas, apenas as veias e os tendões, que, flexíveis, obedeciam a sua vontade, que disparava adiante. Lá em cima, ao ar livre do relvado da montanha, desfrutou, então, por inteiro da vista sublime da noite magnífica e riu alto feito um garoto que jamais vira um morto. O que era, afinal, um morto? Ora, uma exortação à vida. Nada mais. A um só tempo, uma lembrança preciosa a nos chamar de volta e um impulso rumo ao futuro incerto e belo. Se era capaz de lidar com os mortos com tamanha tranquilidade, Simon sentiu, então só podia ser porque um futuro ainda amplo e aberto o aguardava. Propiciou-lhe profunda alegria ter podido ver de novo aquela pobre criatura infeliz, tê-la encontrado tão misteriosa, tão silente, tão eloquente, tão sombria, serena e tão nobremente finda. Agora, graças a Deus, não havia mais por que rir daquele poeta ou torcer o nariz para ele; havia apenas o que sentir. Simon dormiu magnificamente na cama de uma hospedaria, a mesma cujo salão de baile seu irmão decorara com pinturas. O dia seguinte, ele o utilizou para novas caminhadas por fatigantes ruas nevadas. Via sempre um céu azul sobre a cabeça, casas de ambos os lados, casas grandes e belas que sugeriam uma população rural orgulhosa e bem de vida, assim como colinas repletas de árvores negras e desgrenhadas, por entre as quais se imiscuía o azul do céu, e via também pessoas, tanto aquelas que passavam por ele como as que avançavam na mesma direção, as quais ele, porém, ultrapassava, porque corria, enquanto os outros caminhavam a passos lentos. Quando anoiteceu, atravessava um vale singular, calmo e estreito, todo rodeado de florestas e cheio de curvas e estranhas vistas para aldeias lá no alto, onde ardiam as luzes noturnas e pouca gente circulava. Como agora um cansaço considerável começasse de fato a incomodá-lo, ele entrou na primeira hospedaria que encontrou. O restaurante estava cheio de gente, e a proprietária mais parecia uma nobre senhora de distinta família que uma estalajadeira a servir seus clientes. Simon fez seu pedido com timidez, e a bela senhora pôs-se a medi-lo com estranhos olhares. Ele estava, contudo, tão cansado, tão exausto, que ficou contente de, logo a seguir, ser conduzido a um quarto, onde, deliciado, deitou-se numa cama gelada para adormecer de imediato. O terceiro dia o conduziu a uma bela e portentosa cidade, onde ele só tinha uma coisa a fazer: encontrar um editor a quem entregar os poemas de Sebastian. Diante da casa que lhe havia sido indicada, ocorreu-lhe que não seria inteligente entrar ele mesmo para entregar os poemas de alguém que encontrara morto. Por isso, no envelope que continha o caderno azul, escreveu: "Poemas de um jovem encontrado congelado numa floresta de abetos, para publicação, se possível". Depois, jogou o caderno na grande e pesada caixa de correio, dentro da qual ele despencou com estrondo. Feito isso, Simon pôs-se outra vez a caminho. O tempo se tornara mais ameno, a neve voava em flocos grandes e úmidos pelas ruas rumo às quais ele era compelido. Os desconhecidos daquela cidade o contemplavam com olhos tão arregalados que ele quase foi obrigado a acreditar que o conheciam, a ele, um completo forasteiro. Logo, deixou a cidade em si e alcançou um subúrbio elegante de grandes casarões, e dali rumou para uma floresta, para um campo, para outro campo, para uma floresta menor e, depois, para uma aldeia, para uma segunda e uma terceira, até que a noite caiu.

8

Na aldeiazinha, nevava de manhã. As crianças chegaram à escola com sapatos, calças, casacos, cabeças e gorros molhados e cobertos de neve. Levavam para a sala de aula o cheiro da neve e toda sorte de cascalhos trazidos dos caminhos sujos e encharcados. Em virtude da neve que caía, o bando de pequenos mostrava-se distraído e alegremente agitado, pouco disposto a prestar atenção, o que provocou na professora algum mau humor. Ela estava prestes a dar início à aula de religião, quando divisou diante da janela uma mancha escura, esbelta e móvel a caminhar, uma mancha que não poderia ser obra de camponês nenhum, porque era demasiado graciosa e ágil. Passara voando pela fileira de janelas e, de repente, as crianças viram sua professora esquecer-se de tudo e correr para fora da sala de aula. Hedwig só saiu dali para cair nos braços do irmão, parado logo diante dela. Chorou, beijou Simon e o conduziu até um dos dois cômodos que tinha disponíveis. "Você veio sem avisar, mas é bom que tenha vindo", disse ela. "Deixe suas coisas aqui. Ainda preciso dar aula, mas hoje quero mandar as crianças para casa uma hora mais cedo. Não tem problema. Elas estão tão desatentas que tenho motivo para ficar brava e dispensá-las mais cedo." Hedwig arrumou os cabelos, que o cumprimento efusivo havia desarrumado bastante, disse "até já" ao irmão e retornou a seus afazeres.

Simon começou a se instalar no campo. Suas malas chegaram depois, pelo correio, ao que ele, então, desempacotou suas coisas. Já não tinha muitas — dois ou três livros velhos que não quisera vender ou dar, roupa de baixo, um terno preto e um amontoado de miudezas, como barbantes, retalhos de seda, gravatas, cadarços, tocos de vela, botões e pedaços de linha. Da professora vizinha, emprestou-se uma velha cama de ferro, bem como um colchão de palha, e aquilo bastava para que se pudesse dormir no campo. A cama de ferro foi, à noite, trazida da aldeia vizinha num largo trenó. Hedwig e Simon sentaram-se naquele estranho veículo; o filho de outra professora, uma amiga, que era um rapaz robusto, recém-saído do serviço militar, conduziu o trenó montanha abaixo, rumo à depressão onde se encontrava a escola. Riram muito. A cama foi armada no segundo cômodo e provida das roupas necessárias, preparada, assim, para alguém que não exigia demasiado de uma cama, o que Simon, de fato, não fazia em absoluto. De início, Hedwig pensou por algum tempo: "Ele só vem para minha casa porque não tem mais onde morar neste vasto mundo. Para isso, eu sirvo. Se soubesse de outro lugar onde dormir e comer, decerto não se lembraria da irmã". Mas espantou logo aquele pensamento, nascido apenas de um acesso de despeito e só pensado até o fim porque apareceu de repente, e não porque lhe fosse agradável. Simon sentia certa vergonha de se valer daquela forma da bondade da irmã, mas isso não durou muito tempo: o hábito logo engoliu aquele sentimento. Simplesmente se acostumou, nada mais. Dinheiro, de fato não tinha, mas de imediato, logo nos primeiros dias, fez chegar a todos os tabeliães da redondeza uma carta em que solicitava trabalho para um escrevente hábil e de bela caligrafia. Afinal, de quanto dinheiro se precisava no campo? De muito, não era. Pouco a pouco, foi cedendo aquela parede de suscetibilidades que separava os dois moradores da escola; passaram a viver como se sempre tivessem morado juntos, e, felizes, compartilhavam tanto privação como diversão.

A primavera estava para chegar. Já se podiam deixar as janelas abertas sem grande hesitação, e a estufa não precisava ser aquecida senão de leve. As crianças levavam ramalhetes inteiros de campainhas-brancas para dar a Hedwig na escola, e era embaraçoso encontrar lugar para todas elas, porque não havia vasinhos suficientes. O odor antecipado da primavera oprimia o ar da aldeia. As pessoas já saíam a passear ao sol. Simon tornara-se conhecido daquela gente simples, sem nenhum problema, de uma forma muito natural; não se perguntava muito quem ele era — era o irmão da professora, dizia-se, e aquilo bastava para lhe conferir respeito ali: veio visitá-la e vai passar um tempo com ela, pensava-se. Circulava bem maltrapilho, mas com leve elegância no vestir, a qual ocultava muito bem a pobreza das roupas. Os sapatos furados não despertavam grande atenção. Ele achava encantador andar pelo campo em sapatos arruinados, porque via nisso uma das extraordinárias vantagens da vida campestre. Se ganhasse algum dinheiro, pensaria calmamente em mandar consertar os sapatos, mas com muita calma e tranquilidade! Talvez hesitasse ainda por duas semanas, porque, no campo, o que são duas semanas? Na cidade, era preciso fazer tudo depressa, mas, ali, tinha-se o belo dever de adiar tudo para o dia seguinte, era algo que acontecia por si só; os dias chegavam calmamente e, antes mesmo que se percebesse, já a tarde se ia, seguindo-se a ela a noite carinhosa, uma verdadeira noite de sono que, de novo, o dia despertava de mansinho, com cuidado e ternura. Simon amava também os caminhos em geral sujos da aldeia — os pequenos, sobre cascalhos, e os grandes, nos quais se afundava no barro, caso não se prestasse atenção. Mas aí é que estava! Tinha-se a oportunidade de prestar atenção, as pessoas podiam identificar o citadino acostumado a caminhar pela rua com cautela e um medo algo encenado da sujeira. As senhoras mais velhas da aldeia podiam pensar que se tratava de um jovem asseado e cuidadoso, e as moças podiam rir dos grandes pulos que Simon dava para ultrapassar valas e poças. O céu muitas vezes se revestia de nuvens escuras, recobria-se de nuvens inchadas, e preciosas tempestades sopravam com frequência, chacoalhando a floresta e varrendo furiosamente o terreno musgoso, onde os camponeses lavravam a terra e, ao lado, os cavalos aguardavam pacientes. Mas o céu amiúde sorria também, e de tal forma que todos que o viam só podiam, de pronto, sorrir com ele. O rosto de Hedwig adquiria então uma expressão de alegria; à janela, o professor que morava no andar de cima mostrava seus óculos curiosos para, assim, desfrutar do encanto de um céu amistoso. Numa lojinha, Simon comprara tabaco e um cachimbo barato. Parecia-lhe bonito e apropriado só fumar cachimbo no campo, porque um cachimbo se podia encher, e esse gesto compreendia um movimento que combinava com o campo aberto e com a floresta, onde ele passava quase o dia todo. No calor do meio-dia, deitava-se na grama amarelada sob o céu calmo e magnífico, esticava-se à beira do rio e não apenas podia como até mesmo lhe cabia sonhar. Não sonhava, no entanto, com nada mais vasto, distante ou belo; feliz, mergulhava naquele mesmo ambiente, em sonhos e pensamentos, porque não conhecia nada mais bonito. Hedwig, próxima, era o objeto de seus sonhos. Tinha esquecido todo o resto do mundo, e o cachimbo que fumava o conduzia apenas à aldeia, ao prédio da escola, a Hedwig. Imaginava: "Ela segue num bote com alguém que a raptou. O lago é pequeno como o de um parque. Ela fita sem cessar os olhos grandes, negros e sombrios do homem, sentado imóvel no bote, e pensa: 'Seus olhos contemplam a água. Ele não olha para mim. Mas toda essa água olha para mim com os olhos dele!'. O homem exibe uma barba desgrenhada, como aquela que costumam apresentar os salteadores. Sabe ser galante como ninguém. É capaz de seguir com seus galanteios até perder a vida, sem nem piscar os olhos e, com certeza, sem bater no peito ou se gabar de sua proeza. Aquele homem jamais se gabaria. Tem uma voz masculina, cálida, magnífica, mas nunca a usa para dirigir cumprimentos. Nenhuma lisonja escapa de seus lábios orgulhosos, e ele arruína de propósito a própria voz, para que ela soe crua e desapiedada. Na verdade, a moça sabe que ele tem um coração imenso, mas não ousa tocar aquele coração com algum pedido. O som de uma corda ressoa sobre a água em longas ondas. Hedwig crê que vai morrer naquele ar ressoante. O céu sobre o lago é como este céu suave e aquarelado que agora paira sobre minha cabeça. Um lago que paira, pendurado lá em cima — combina bem. As árvores do parque nessa imagem correspondem àquelas altas e oscilantes desta região. Elas têm algo de um parque, algo de senhorial. Na imagem, porém, tudo é mais apinhado, condensado, e torno agora a vagar por ela, mas sem atentar para sua tácita relação comigo e com esta região. O homem apanha o remo para, com ele, dar ao bote impulso inconsiderado. Hedwig sente que, dessa maneira, ele talvez esteja agindo contra sua própria cordialidade, contra seu amor. Quando sente amor e ternura, ele se ofende e se pune sem misericórdia por se ter permitido abrigar no peito um sentimento brando. Assim é seu orgulho nada natural. Não é um homem, mas um misto de garoto e gigante. Sentir-se sobrepujado por sentimentos é coisa que não ofende homem nenhum; ofende, sim, um garoto que quer ser mais que um homem dotado de sentimentos sinceros, que quer ser um gigante, que só quer ser forte, nunca fraco, nem mesmo de vez em quando. Um garoto possui virtudes cavalheirescas que o homem sensato e de pensamento maduro põe de lado, como complemento inútil ao banquete do amor. Um garoto é menos covarde que um homem, porque menos maduro; a maturidade logo torna as pessoas infames e egoístas. Basta observar os lábios duros e maus de um garoto: a acentuada obstinação e a insistência visível na palavra um dia dada em silêncio a si mesmo. Um garoto mantém a palavra; um homem julga mais apropriado romper com a palavra dada. O garoto vê beleza na manutenção rigorosa de sua palavra (Idade Média); o homem, na dissolução da promessa em outra, nova, que ele, viril, promete manter. Este último é o que promete; o outro é o executor da palavra. Na testa jovem, os cabelos encaracolados; nos lábios curvos, uma obstinação mortal. Olhos como adagas. Hedwig treme. As árvores do parque são tão macias, desvanecem-se no ar azul-claro. Ali, debaixo das árvores, está sentado o homem que ela despreza. Aquele que está com ela e não tem coração, esse ela há de amar, ainda que ele nada prometa. Ele ainda não abriu a boca para fazer promessa nenhuma, permitiu-se raptá-la sem lhe oferecer em troca nem mesmo um carinho sussurrado no ouvido. Sussurrar é a especialidade do outro; aquele ali não sabe fazê-lo. E, ainda que soubesse, não o faria, ou o faria numa ocasião em que outros já nem pensariam em dizer alguma coisa. Mas ela se entrega a ele sem saber por quê. Não ganha nada com isso nem é lícito que nutra esperanças, como as mulheres apreciam fazer; cabe-lhe apenas estar preparada para um tratamento inescrupuloso, para humores selvagens, que é como um soberano costuma lidar com sua propriedade. Mas sente-se feliz quando ele, rude e negligente, lhe fala com uma voz como se ela já fosse sua. Ela o é de fato, e aquele homem sabe disso. Não dá atenção ao que já é seu. Os cabelos dela se soltaram; são maravilhosos e escorrem feito líquido por suas faces esbeltas e coradas. 'Prenda-os', ele ordena, e ela se empenha por cumprir a ordem. Obedece encantada, e ele a vê, é claro, veria até com os olhos fechados, porque aí ouviria dela um suspiro, como só suspiram as pessoas felizes, e pessoas que depressa realizam um trabalho que talvez seja cansativo para as mãos mas que lhes adula o coração. Descem do bote e pisam a terra. Ela é macia e afunda sob os passos como um tapete, ou como vários tapetes sobrepostos. A grama ainda é aquela amarelada e seca do ano anterior, como posso ver de onde estou, fumando meu cachimbo. Então, de súbito entra em cena uma menina, uma menininha pálida e de olhar sombrio. Parece uma princesa, pois suas roupas são esplêndidas, expandindo-se num pesado arco do qual o peito brota como vistosa florzinha em botão. As roupas são de um vermelho escuro, possuem o vermelho ressecado do sangue. O rosto é de uma palidez transparente, da cor do céu de inverno nas montanhas ao entardecer. 'Você me conhece!' Com essas palavras, ela se dirige ao homem em questão, postado ali, imóvel. 'Ainda ousa olhar para mim? Vá, se mate, eu ordeno!', é o que ela lhe diz. O homem faz uma cara de quem vai obedecer. Que cara é essa? Aquela que se faz diante de um ato inescapável. Nessa situação, costumamos fazer uma careta. O rosto estremece e é preciso morder-se e subjugá-lo com toda a força da vontade. Ele quer desfazer-se. Um pedaço de nariz faz menção de cair. Algo semelhante ocorre em ocasiões assim. Mas não desejo acompanhar a expressão no rosto daquele homem desvairado e fazer menção de me matar, porque teria de fazê-lo com uma faca comprida, e creio ter comigo apenas um cachimbo, e não uma faca. No início, gostei do meu sonho, mas noto agora que ele pretende degenerar, e isso não combina com Hedwig, porque Hedwig é doce, e, quando sofre, ela o faz de um modo mais bonito e sereno. Aquele meu homem da barba desgrenhada, ela riria dele, se ele lhe parecesse tão impertinente. A paisagem que pintei, contudo, era bastante bela, mas apenas porque, em linhas gerais, eu a tomei da natureza à minha volta. Em sonhos, nunca se deve deixar o terreno do natural, nem mesmo no tocante às pessoas, porque, do contrário, chega-se com facilidade ao ponto em que se põe na boca de uma das figuras: 'Vá, se mate!'. E aí é necessário fazer alguma cara, e fazer uma cara é coisa ridícula, que só se presta a arruinar o sonho mais belo!".

Simon foi para casa. Habituara-se a, todo dia, perto do anoitecer, fazer com tranquilidade o caminho de volta, o olhar em geral dirigido para a terra marrom, enegrecida; voltava para casa para fazer o chá, atividade na qual adquirira destreza sempre certeira, uma vez que o que importava era, a cada vez, não fazer uso insuficiente ou exagerado da planta fina e aromática, manter a louça bastante limpa, dispô-la à mesa de forma apetitosa e encantadora, não deixar a água evaporar na espiriteira e misturá-la ao chá da maneira adequada. Para Hedwig, aquilo representava um pequeno alívio, já que, agora, ela só precisava correr da sala de aula para a mesa do chá para, em seguida, voltar ao trabalho. De manhã, logo depois de se levantar, Simon arrumava a cama e ia para a cozinha, a fim de preparar o chocolate — muito saboroso, aliás, para a alegria de Hedwig; sim, porque também aí ele se esmerava para encontrar aquele jeito correto de realizar o trabalho que confere perfeição a toda tarefa, por menor que ela seja. Cuidava também, e com total naturalidade, sem maiores preparativos ou esforços, de acender a estufa e manter o fogo aceso, bem como de limpar o quarto de Hedwig, no que muito lhe valia o ágil manejo de uma vassoura comprida. Abria as janelas para deixar entrar o ar fresco, mas também as fechava devidamente, quando lhe parecia chegado o momento certo, para que o quarto recebesse a um só tempo calor e um perfume agradável. Por toda parte, em pequenos vasos, seguiam crescendo as flores tomadas à natureza lá fora, espraiando seu perfume pela estreiteza das quatro paredes. As janelas possuíam cortinas simples mas graciosas, que muito contribuíam para a claridade e simpatia do quarto. Pelo chão, estendiam-se tapetes quentes; Hedwig os mandara fazer com sobras de tecido, confeccionados por pobres prisioneiros que realizavam semelhantes trabalhos com maestria. Num canto, havia uma cama; em outro, um piano; e, entre ambos, um velho sofá com revestimento florido, diante do qual se posicionava uma mesa grande o bastante, ladeada por cadeiras. No quarto, havia também um lavatório, uma pequena escrivaninha dotada de uma base para escrever e de uma estante repleta de livros, assim como um caixote tombado no chão e recoberto de um pano macio, cujo objetivo era oferecer acomodação para a leitura, já que, durante esta última, por vezes surgia a necessidade de estar perto do chão e de simular uma atmosfera oriental; além disso, encontravam-se ali uma mesa e um cestinho de costura, contendo toda sorte de coisas maravilhosas e imprescindíveis a uma moça prendada, uma curiosa pedra redonda provida de um carimbo do correio e de um selo postal, um passarinho, um monte de cartas e cartões-postais e, na parede, uma trompa para soprar, uma caneca de beber, um bastão com um grande gancho na ponta, uma mochila com um cantil e uma pena de cauda de falcão. Das paredes pendiam, ademais, quadros pintados por Kaspar, entre eles uma paisagem vespertina com floresta, um telhado visto de uma janela, uma cidade enevoada e cinza (que Hedwig achava particularmente bonito), um passeio por um rio em exuberantes tons vespertinos, um campo em pleno verão, um Dom Quixote e uma casa tão incrustada numa colina que, por certo, se poderia dizer, nas palavras de um poeta: "Ali atrás, ergue-se uma casa". Sobre o piano, cuja tampa era recoberta por um pano de seda, via-se um busto de Beethoven numa tonalidade esverdeada de bronze, algumas fotografias e uma caixinha de joias vazia, pequena e elegante recordação da mãe. Uma cortina parecida com a de um palco separava um cômodo do outro e os dois que dormiam ali. À tardezinha, quando se acendia a lâmpada e fechava a veneziana, o quarto da professora ganhava aspecto muito aconchegante. E, pela manhã, o sol acordava uma adormecida que, embora não sentisse vontade de sair da cama, via-se obrigada a fazê-lo.

Os tabeliães deixaram Simon na mão. Nenhum deles se manifestou. Por conseguinte, ele foi compelido a ganhar dinheiro de outra forma, com o que esperava demonstrar boa vontade à irmã, contribuindo com alguma coisa para o sustento da casa. Apanhou, assim, uma folha de papel e escreveu:

VIDA NO CAMPO

Cheguei a esta casa no campo acompanhado da neve e, embora eu não seja seu dono nem tenha a intenção de vir a sê-lo, posso, de fato, me sentir assim, mais feliz, talvez, que o proprietário de uma casa magnífica. Nem mesmo o quarto em que moro me pertence, mas antes a uma professora doce e amável que me deu abrigo e que, quando tenho fome, me dá de comer. Gosto de ser esse tipo de sujeito, de depender da misericórdia amiga de outras pessoas, porque me agrada depender de alguém, a fim de que eu possa amar esse alguém e prestar atenção para ver se não abusei de sua bondade ainda. É necessário adotar uma conduta própria para essa situação, que é a da mais encantadora falta de liberdade, um comportamento que se situa entre a impertinência e a mais terna, branda e natural das atenções, algo de que sou perfeitamente capaz. Antes de mais nada, não se pode permitir que o anfitrião sinta que lhe somos gratos, pois, ao fazê-lo, estaríamos revelando uma timidez e uma covardia que haveria de ser ofensiva ao benfeitor. Em nosso coração, veneramos a bondosa criatura que nos deu um teto, mas constituiria falta de sensibilidade expressar com tanta impertinência uma gratidão de que ela não deseja ser receptora, uma vez que sua doação não visou nem visa a colher nenhuma manifestação de mendicância. Sob certas circunstâncias, agradecer é simplesmente mendigar, nada além disso. E tem mais: no campo, todo agradecimento é antes silente e sereno que loquaz. Aquele que tem um dever de gratidão se comporta dessa maneira porque vê que assim se comporta também seu benfeitor. Doadores elegantes são quase mais tímidos que os receptores de sua doação e ficam felizes quando esses receptores aceitam com naturalidade o recebido, porque assim podem eles, os doadores, doar com dignidade e sem cerimônia. Minha professora, aliás, é minha irmã, mas essa circunstância não a impediria de expulsar de casa um malandro como eu, caso sentisse o desejo de fazê-lo. Ela é valente e sincera. Recebeu-me com um misto de amor e desconfiança, é claro, porque há de ter pensado que o irmão, velhaco, só correu a toda a pressa para a casa da irmã, instalada, porque não sabia mais aonde ir neste mundo de Deus! Isso deve tê-la incomodado e ofendido, uma vez que, a bem da verdade, eu não lhe escrevi uma única carta durante meses, ou mesmo anos. Há de ter pensado que fui até ela não para, preocupado, fazer uma visita a minha irmã, e sim para cuidar da saúde de meu próprio corpo, ao qual vez por outra não faria verdadeiramente mal nenhum levar uma surra. Entretanto, essa situação mudou, as suscetibilidades se foram, e vivemos agora não como irmãos de sangue, mas como camaradas que se dão muito bem. No campo, é verdade, é fácil duas pessoas se darem bem. Há, aqui, um jeito próprio e mais rápido de deitar abaixo segredos e desconfianças, assim como uma maneira particular de as pessoas se amarem com mais clareza e alegria que na cidade, sempre apinhada de gente e repleta de pessoas apressadas e preocupações cotidianas. No campo, até mesmo o mais pobre tem menos preocupações que o citadino, que é bem menos pobre; sim, *porque, na cidade, a medida de tudo é dada pelas palavras e ações das pessoas, ao passo que aqui a preocupação pode seguir se preocupando tranquilamente, e a dor encontra nas demais dores seu fim natural. Na cidade, todos querem apenas e tão só enriquecer, e é por isso que tantos se julgam tão pobres; já no campo, ao menos em grande parte, o pobre não é ofendido pela comparação constante com a riqueza. A despeito de sua pobreza, ele pode continuar respirando com serenidade, porque tem um céu no qual tomar alento. E na cidade, o que é o céu? De meu, por exemplo, possuo apenas uma moedinha de prata, e é preciso que isso baste para lavar-me a roupa. Minha irmã, que não tem segredos para comigo, a não ser aqueles absolutamente indizíveis, confessou-me também que seu dinheiro acabou. Pois estamos bem calmos. Pães suculentos, ovos frescos e bolos cheirosos ganhamos em profusão. As crianças nos trazem tudo que seus pais lhes dão para levar para a professora. No campo, as pessoas ainda sabem dar as coisas de forma a honrar aquele que as aceita. Na cidade, sentem já verdadeiro temor, porque a doação passou a ser uma vergonha para quem a recebe, eu nem saberia dizer por quê, ou talvez porque, lá, o doador bondoso seja tratado com insolência. As pessoas evitam expor sua compaixão para com os necessitados e só lhes dão coisas às escondidas, ou então propagandeiam com deselegância o que fizeram. Que fraqueza terrível temer os pobres e consumir a própria riqueza, em vez de conferir a ela o brilho capaz de iluminar uma rainha, quando ela estende a mão a uma pobre mendiga. Julgo um infortúnio a pobreza na cidade, onde não se pode pedir, porque se sente que a doação, aquela plena de benevolência, não está na ordem do dia. Uma coisa, pelo menos, ainda permanece verdadeira: é melhor não dar nada nem sentir compaixão nenhuma que fazê-lo a contragosto, com a certeza de haver cedido a uma fraqueza. No campo, não é fraco quem doa; pelo contrário: as pessoas querem doar e se sentem verdadeiramente honradas de poder fazê-lo. Quem o evita, um belo dia, quando acontecer de toda sorte de infortúnios abatê-lo e ele precisar pedir, com certeza não saberá fazê-lo, vai pedir de uma maneira envergonhada e desprovida de graça e, portanto, receberá de fato como um mendigo. Que coisa abominável é que os abençoados e abastados ignorem os pobres! Melhor é atormentá-los, obrigá-los à labuta extenuante, pressioná-los e golpeá-los, porque daí resultará ao menos uma ligação, uma raiva, uma palpitação, o que também constitui uma espécie de vínculo. Mas esconder-se em casarões elegantes, detrás de cercas douradas, e temer sentir o hálito de seres humanos mais calorosos; não poder mais gastar, com medo de que esse gasto venha a ser percebido pelos amargurados oprimidos; oprimir e não ter a coragem de mostrar que se é um opressor; temer, ademais, aqueles aos quais se oprimiu, não se sentir bem com a própria riqueza nem permitir a outros que se sintam bem; valer-se de armas deselegantes, cujo emprego não pressupõe coragem nem virilidade genuínas; ter dinheiro, apenas dinheiro, sem nenhuma magnificência — esse é o quadro atual das cidades, e ele me parece privado de beleza, um quadro que é preciso melhorar. No campo, não é assim. Aqui, o pobre-diabo tem uma ideia melhor de onde está. Ele pode erguer os olhos com saudável inveja para os ricos e abastados, é-lhe permitido fazê-lo, porque isso multiplica a dignidade daquele que é alvo de seu olhar. O anseio de possuir um lar que seja seu desfruta, no campo, de justificação profunda e de um direito que chega até Deus no céu. Sim, porque aqui, sob a vasta imensidão do céu, é uma glória possuir uma casa bonita e espaçosa. Na cidade não é assim. Lá, o arrivista pode morar ao lado do conde de antiquíssima linhagem, e o dinheiro pode destroçar casas e prédios antigos e sagrados a seu bel-prazer. Quem, na cidade, haveria de querer ser proprietário de uma casa? Isso, lá, é apenas um negócio, em vez de um orgulho e de uma alegria. De cima a baixo, os prédios são habitados por pessoas as mais diversas, que passam ao largo umas das outras, sem se conhecerem, sem nem mesmo poderem expressar o desejo de se conhecerem. Isso lá é uma casa? Ruas longas, compridas, estão cheias desses prédios, casas às quais, se desejamos designá-las com correção, precisaríamos dar outro nome, estranho e novo. A rigor, no campo acontecem mais coisas que na cidade, onde, desinteressados e aborrecidos, lemos sobre os acontecimentos no jornal, ao passo que aqui eles são transmitidos boca a boca, narrados com ímpeto e de um só fôlego. No campo, é possível que uma vez por ano aconteça algo, mas, quando acontece, trata-se de uma experiência compartilhada por todos. Uma aldeia, com todos os seus recantos, é quase sempre mais cheia de vida e inteligência do que o citadino em geral tende a supor. Quantas senhoras de idade, carregando no rosto traços talvez apropriados a uma avó, não se veem sentadas atrás das cortinas brancas de uma janela, aptas a contar histórias de profunda magia? E muitas crianças de aldeia se mostram bem mais adiantadas na formação de sua alma e de seu intelecto do que se desejaria supor. Muitas vezes já aconteceu de uma tal criança de aldeia, transferida para uma escola da cidade, surpreender os novos colegas com sua inteligência bem desenvolvida. Mas não desejo falar mal da cidade nem louvar o campo além da conta. Aqui, os dias são tão belos que se aprende facilmente a esquecer a cidade. Se, por um lado, eles despertam um anseio silente pelo distante, por outro, não se quer ir além. Em tudo, há um ir e um vir. Quando os dias se despedem, eles nos dão anoiteceres maravilhosos, nos quais saímos a passear por caminhos que o próprio anoitecer parece ter descoberto, e que descobrimos para o anoitecer. As casas sobressaem mais, as janelas rebrilham. Mesmo quando chove, a beleza permanece, porque bendizemos a chuva. Desde que cheguei aqui, já é quase primavera, e assim é cada vez mais; portas e janelas podem permanecer abertas, e estamos começando a revolver a terra no jardim, o que os outros já fizeram. Somos os últimos, o que, aliás, nos* é apropriado. Em nossa casa, descarregaram boa quantidade de terra negra, úmida e cara, e essa terra precisa ser misturada no jardim àquela já existente. Será um trabalho para mim, o que, por mais improvável que isto possa soar se sou eu que o digo, me alegra. Não sou nenhum vagabundo inato, não, apenas um malandro, porque repartições e tabeliães diversos não quiseram me dar trabalho, e não quiseram porque não têm ideia de como eu poderia lhes ser útil. Todo sábado eu bato os tapetes, o que também é um trabalho, e me empenho para aprender a cozinhar, algo que é também um esforço de minha parte. Depois da refeição, enxugo a louça e converso com a professora, pois, entre nós, há muito a dizer e a explicar, além de eu gostar de conversar com minha irmã. De manhã, varro o quarto e levo pacotes até o correio; depois, volto para casa e me ponho a refletir sobre o que mais há para fazer. De hábito, não há mais nada, e eu desço então para a floresta, onde sento sob as faias até que chega a hora — ou até que me pareça ter chegado a hora — de voltar para casa. Quando vejo as pessoas trabalhando, sinto involuntariamente uma vergonha de não ter o que fazer, mas acho que não posso fazer mais do que nutrir esse sentimento. Vejo os dias como se um deus bondoso os lançasse na minha direção, um deus que aprecia jogar alguma coisa para os inúteis. Mais do que querer trabalhar e me pôr a trabalhar de fato, tão logo me aparece um trabalho, não exijo de mim, porque vejo que as coisas vão muito bem como estão. E combinam maravilhosamente com a vida no campo. Aqui, não se devem fazer coisas demais, sob pena de se perder a visão geral da beleza do todo e o posto de observador, também ele necessário ao mundo. A única dor que sinto me é proporcionada por minha irmã, a quem não posso pagar minha dívida e a quem vejo cumprir com esforço suas árduas obrigações, enquanto eu, de minha parte, sonho. Mais cedo ou mais tarde, os tempos vindouros vão me castigar por essa indolência, mas acredito que, como sou, sou do agrado de meu Deus;

Deus ama os felizes, ele detesta os tristes. Minha irmã nunca fica triste por muito tempo, porque eu a alegro constantemente e lhe dou motivo para rir, na medida em que me faço ridículo diante dela, algo para o qual tenho talento. Mas é apenas minha irmã que ri de mim, porque a seus olhos eu possuo uma simpática comicidade; perante as outras pessoas, comporto-me de forma digna, ainda que sem rigidez. Ante o mundo exterior, temos a obrigação de justificar nossa existência mediante um comportamento sério, se não queremos passar por vigaristas. A gente do campo é bastante sensível ao comportamento dos jovens, que prefere sérios, obsequiosos e modestos. Concluo aqui e espero ter, com este ensaio, ganhado algum dinheiro; caso contrário, interessou-me vivamente escrevê-lo, atividade que me consumiu algumas horas. Algumas horas? Isso mesmo! No campo, escrevemos com vagar, somos muitas vezes interrompidos, os dedos já se tornaram menos ágeis e também os pensamentos querem pensar à maneira campestre. Adeus, citadinos!

9

Simon levou a carta até o correio. No domingo seguinte, Klaus, o irmão mais velho, chegou de visita. Era um dia chuvoso, congelava ver as gotas gélidas de chuva fustigar as flores já despertas. Klaus fez uma cara bastante surpresa ao ver Simon, que imaginava em algum país estrangeiro, instalado na casa da irmã, mas permaneceu tão amistoso quanto lhe foi possível, porque não queria arruinar o domingo. Ficaram, os três, bem quietos, muitas vezes um diante do outro mas sem dizer nada; pareciam procurar as palavras. Com Klaus, adentrou a casa de Hedwig certo desconcerto meditativo. Para onde quer que se olhasse, havia ali toda sorte de coisas fora do lugar. A principal, claro, era a presença de Simon. Naquele dia, Klaus não queria fazer recriminações, embora se sentisse vivamente compelido a fazê-las; evitou, contudo, toda e qualquer observação hostil. Contemplava o irmão com um olhar sintomático e inquiridor, como se quisesse dizer: "Estou espantado com seu comportamento. Era de esperar que você fosse uma pessoa adulta. Aproveitar-se da situação de sua irmã para brincar de vagabundo é coisa honrosa para você? Ora, não há honra nenhuma nisso! É o que eu lhe diria com todas as letras, mas quero poupar Hedwig, que vai se sentir ofendida. Não pretendo arruinar o domingo!". Simon já o entendera. Sabia muito bem o que aquele olhar, o que aquela cordialidade rija e nada natural do reencontro, o que aqueles silêncio e embaraço significavam. Dava-se por satisfeito com o silêncio de Klaus, porque, do contrário, precisaria responder, apresentando uma justificativa que o repugnava fazia muito tempo. Sim, decerto! Em se tratando de um jovem como ele, aquela situação era digna de condenação, e sem dúvida não havia desculpa para seu comportamento. Mas estar ali também era bonito, muito bonito. Tomado por súbita brandura, disse então a Klaus: "Sei muito bem como você pensa e o que pensa a meu respeito, mas juro que isso vai acabar logo. Creio que, um pouco, você me conhece. Acredita em mim?". Klaus estendeu-lhe a mão, e o domingo estava salvo. Logo almoçaram, e Hedwig, sorrindo em segredo, por certo percebeu a mudança do clima entre os irmãos. "Ele é bom, o Klaus, é um bom homem", pensou ela, servindo a comida cheirosa com prazer redobrado. Havia uma sopa, cujo refinado preparo Hedwig dominava muito bem; depois, carne de porco com chucrute e, por fim, um assado entremeado com pedaços de toucinho. Simon falou despreocupadamente sobre o mundo e os homens, envolveu o irmão em conversas as mais variadas e louvava com cômico entusiasmo a comida magnífica, o que, a cada vez que repetia o elogio, levava Hedwig a rir, alegrando-a e fazendo-a esquecer tudo quanto pudesse ser chamado de preocupação. À tarde, a despeito do tempo nebuloso, fizeram um pequeno passeio. O campo por onde avançavam com vagar estava molhado, razão pela qual voltaram logo para casa. Ao anoitecer, estavam todos quietos de novo. Simon tentava ler um jornal, Klaus, como se de propósito, falava de assuntos os mais desimportantes, e Hedwig respondia-lhe distraída. Antes de se despedirem, Klaus chamou a irmã na cozinha e lhe disse algumas palavras, as quais o outro, lá dentro, preferiu não ouvir. O que terá dito? Tanto fazia. Então, Klaus partiu. Já sentados em casa, depois de haverem acompanhado o visitante por um trecho do caminho de volta, Simon e Hedwig sentiam-se involuntariamente mais alegres, como escolares sabedores de que o severo inspetor já se fora. Respiravam aliviados e tornaram a se sentir como antes. Hedwig começou a falar, e certa apreensão em torno do que desejava dizer deu a sua voz um tom mais intenso e agudo: "Klaus é sempre o mesmo. Quando ele está aqui, a gente tem sempre de conviver com um pouco de medo. Sua presença involuntariamente me transforma numa colegial consciente de sua culpa e à espera de um sermão por ter sido leviana. A seus olhos, somos sempre levianos, por mais que acreditemos ter agido com seriedade. Seus olhos veem tudo diferente, contemplam o mundo como algo tão preocupante que é como se a gente precisasse a todo momento temer alguma coisa. Ele sempre cria preocupações para si e para os outros. Fala num tom que se compõe de milhares de atenciosas ponderações, tão pouca é sua confiança no mundo e nos fios que, por si sós, nos ligam a esse mundo. É como um professor primário, e ele percebe claramente que, sem o saber, é o que de fato está fazendo: não gostaria de ensinar os outros à maneira de um professor primário, mas o faz contra sua própria vontade, é da sua natureza agir assim, e não é lícito culpá-lo por isso. Que é bom e terno, isso está acima de toda e qualquer ponderação, mas ele sempre pondera se é apropriado ser bom e terno. A severidade não lhe cai bem de modo algum, e, no entanto, acredita que é seu dever alcançar por intermédio da severidade aquilo que, crê, não conseguiu atingir com a bondade. Julga que a bondade é imprudente, e, não obstante, é muito bondoso. Não se permite ser inofensivo e bondoso, que é o que preferiria ser, porque teme o tempo todo que, sendo assim, acabará por arruinar alguma coisa, por parecer leviano aos olhos do mundo. Só vê olhos a contemplá-lo, mas jamais aqueles que gostariam de, serenamente, olhar nos dele. Não se pode olhá-lo nos olhos com serenidade, porque isso, percebe-se, o inquieta. Klaus sempre pensa que estão pensando alguma coisa dele, e gostaria de descobrir o que é. Se não identifica na gente alguma falha que possa recriminar, parece sentir-se mal. E, apesar disso, é um homem tão bom! Não é feliz. Se fosse, sua maneira de falar mudaria num instante, bem sei. Não é que inveje a felicidade dos outros, mas é constante a atração que sente por criticar-lhes a felicidade e a descontração, o que, na verdade, com certeza lhe causa dor. Não gosta de ouvir falar em felicidade, e eu compreendo por quê. É evidente, qualquer criança é capaz de entender: quem não é alegre detesta a alegria dos outros. Com frequência, isso há de lhe causar sofrimento, sobretudo a ele, que é nobre o bastante para sentir que, com isso, comete uma injustiça. Nobre ele é, sem dúvida nenhuma, mas — como posso dizê-lo? — é também, por dentro, um pouco corrompido, só um pouquinho, em razão dessa sua desvantagem e de seu empenho por não fazer nada a esse respeito. Bem, por certo foi o destino que lhe impôs essa desvantagem, um destino para cujos caprichos e frialdades ele é por demais valoroso. É o que eu queria dizer, porque sinto pena dele! Você, por exemplo, Simon. Deus do céu... Por você, as pessoas sentem coisas bem diferentes, meu eterno irmão brincalhão! Sabe? De você, elas sempre pensam: ele devia levar uma surra; uma bela surra é o que ele merece! Espantam-se e não compreendem como é que você ainda não mergulhou num abismo. A ninguém ocorreria compadecer-se. De modo geral, consideram-no um rapaz despreocupado, abusado e feliz. É isso mesmo?".

Simon deu uma gargalhada e, com isso, estabeleceu um tom que prevaleceu por uma hora. Então, bateram à porta. Os dois se levantaram, e Simon foi ver quem era. Era a professora da aldeia vizinha, que chegara correndo e com cara de choro. O marido, um homem grosseiro e sem consideração, havia lhe dado nova surra. Buscaram consolá-la, e conseguiram.

O tempo fazia-se agora cada vez mais quente, e a terra, mais exuberante. Um espesso tapete de pradarias florescentes a recobria, os campos e as plantações exalavam vapores, e as florestas, com seu verde belo, fresco e rico, propiciavam vista encantadora. Toda a natureza se oferecia e se estendia, expandia-se, curvava-se, erguia-se, zunia e zumbia e murmurava, irradiava perfumes e jazia ali, quieta, como um belo sonho colorido. O campo se avolumara, engordara, fizera-se impenetrável e farto. Espraiava-se, em certa medida, em toda a sua exuberante saciedade. Mostrava-se esverdeado, marrom-escuro, sarapintado de preto, era branco, amarelo e vermelho, e florescia com um hálito quente, quase morrendo de tanta florescência. Jazia ali qual uma mulher preguiçosa envolta num véu, imóvel e com os membros tremelicantes, perfumada de odores variados. Os jardins exalavam seu perfume em direção às ruas e além delas, rumo ao campo, onde homens e mulheres trabalhavam. As árvores frutíferas compunham um canto agudo, chilreante, e a floresta próxima, redonda e abaulada, um coro de jovens rapazes. Os caminhos claros mal atravessavam o verde. Nas clareiras da floresta, contemplava-se o céu branco, sonhador e indolente, que se acreditava ver baixar e ouvir em júbilo, um júbilo como o dos pássaros, passarinhos que nunca se viam e que combinavam tão naturalmente com a natureza. Tinham-se recordações que não se desejava esmiuçar e analisar, não se conseguia fazê-lo, era docemente doloroso, mas a indolência era demasiada para permitir que a dor fosse sentida até o fim. Caminhava-se, parava-se, girava-se para todos os lados, olhava-se para longe, para cima, para o outro lado, para baixo, para além e para o chão, e se era atingido por todo o cansaço daquele florescer. O zumbido na floresta não era como o das clareiras mais nuas; era outro, e demandava nova tomada de posição perante novos devaneios. Tinha-se sempre de lutar contra eles, desafiá-los, recusá-los suavemente, refletir e hesitar. Tudo era um hesitar, um esforço, um julgar-se débil. Mas era doce, doce apenas; somente um pouco difícil e também algo mesquinho; depois, hipócrita e astucioso, e, então, não era mais nada, mera parvoíce. Por fim, tornava-se muito difícil achar bonito o que quer que fosse, já não se era em absoluto levado a fazê-lo; ficava-se sentado, caminhava-se, vagava-se, ia-se, corria-se e tardava-se; era-se agora um pedaço de primavera. Podia o zumbido encantar-se consigo mesmo, com seu zumbir, com seus arrulhos e cantos? Era dado à grama contemplar suas próprias e belas ondulações? Teria sido possível à faia apaixonar-se pela visão de si mesma? Não havia cansaço e embotamento; deixava-se que as coisas fossem como eram, deixava-se que seguissem adiante, oscilando para um e outro lado. A natureza toda, como ela se apresentava, era uma só morosidade, um esperar paciente, um pender! Os odores pairavam, e a terra inteira se detinha a esperar. As cores eram a feliz expressão disso. No arbusto que florescia, podia-se encontrar um cansaço precoce, um pressentimento. Era uma espécie de não querer ir em frente, um único sorriso. As florestas expirando seu azul no alto das montanhas soavam como uma trompa distante, bem distante; sentia-se o caráter algo inglês da paisagem, era como um exuberante jardim inglês; a exuberância, o entretecer-se e o ondear das vozes sugeria tal afinidade aos sentidos. Pensava-se: em tal e tal lugar, o aspecto talvez seja o mesmo daqui. A região evocava no coração todas as outras regiões. Era engraçado e, ao mesmo tempo, algo capaz de levar muito longe, de levar embora e também de aproximar: um achegar-se como o dos jovens rapazes, um oferecer como só as crianças oferecem, um obedecer e um ouvir com atenção. Podia-se dizer ou pensar o que se quisesse: o indizível, o inconcebível permanecia sempre! Era leve e pesado, um deleite e uma dor, poético e natural. Era possível compreender os poetas — não, na verdade não era, porque, caminhando assim, a preguiça era demasiada para que se pensasse poder compreendê-los. Não se sentia necessidade de compreender coisa nenhuma; não havia compreensão, jamais, ou a compreensão acontecia por si mesma, dissolvendo-se na espreita por um som, na visão do distante ou na lembrança de que, na verdade, já era hora de voltar para casa e cumprir algum dever, por mais insignificante que fosse, porque também na primavera os deveres demandam cumprimento.

As noites tornaram-se magníficas. A lua apaixonou-se pelo branco dos arbustos e das árvores florescentes e pelas longas curvas das ruas sinuosas, que ela fazia brilhar. Espelhava-se nas fontes e na água corrente do rio. O cemitério e seus túmulos serenos, ela os transformava num espaço branco de fadas, fazendo esquecer os mortos enterrados ali. Penetrava no emaranhado pendente de galhos finos, que mais pareciam fios de cabelo, e permitia a leitura das inscrições nas lápides. Simon circundou o cemitério algumas vezes e, depois, tomou outro caminho, rumo aos campos elevados e planos; meteu-se por entre arbustos baixos e iluminados, chegou a um pequeno prado que descaía pela mata e sentou-se numa pedra para refletir sobre quanto tempo poderia ainda viver aquela vida de mera contemplação e reflexão. Por certo, ela logo precisaria ter um fim, porque não era possível continuar como estava. Ele era um homem e cabia-lhe cumprir rigorosos deveres. Logo teria de voltar a agir, aquilo estava claro. Quando chegou em casa, disse-o à irmã com palavras apropriadas. Não, ele não devia pensar naquilo de modo algum, ou pelo menos não era hora ainda, disse ela. Pois bem, respondeu ele, não iria pensar nisso por enquanto. Era, de fato, por demais sedutora a ideia de permanecer mais tempo ali. O que ele queria, afinal?

O que sentia vontade de fazer? Dinheiro para viajar para algum lugar, não tinha, e o que o aguardaria no lugar para onde fosse? Não, era melhor ficar ali por mais algum tempinho indeterminado. Se partisse, era provável que sentisse uma saudade louca, e aí? Não, daquela saudade ele, naturalmente, precisava se livrar, porque ela não lhe conviria. Mas as pessoas muitas vezes não faziam coisas inconvenientes? Sim, ele ficaria e não pretendia entregar-se por mais tempo a pensamentos que o importunavam.

Assim vieram e se foram mais alguns dias. O tempo chegava tão silente, e ia-se embora sem que ninguém notasse. Desse modo, na verdade passava depressa, embora hesitasse longamente antes de partir. Os dois, Simon e Hedwig, aproximaram-se ainda mais. Ao entardecer, conversavam à luz da lâmpada e não se cansavam de falar. Durante as refeições, conversavam sobre a comida, cujos simplicidade e refinamento louvavam com palavras rebuscadas; durante o trabalho, falavam sobre o trabalho, realizado enquanto falavam; e, quando passeavam, conversavam sobre a alegria e o prazer de passear. Que eram apenas irmãos, haviam esquecido fazia tempo; acreditavam-se unidos mais pelo destino que por laços de sangue, e se davam mais ou menos como dois prisioneiros que, trancafiados, se empenham por esquecer a vida valendo-se da amizade. Desperdiçavam um bocado de tempo, mas queriam desperdiçá-lo, porque ambos sentiam que, por trás desse desperdício, a seriedade se ocultava, e cada um deles sabia muito bem agir e falar a sério, bastando apenas que quisesse fazê-lo. Hedwig sentia que se dava cada vez mais a conhecer a seu irmão e não dissimulava o consolo que esse sentimento proporcionava a ela. Lisonjeava-a que ele não apenas julgasse inteligente e adequado a sua própria situação morar com ela, mas que achasse aquilo interessante também; agradecia o irmão com um afeto ainda mais profundo que antes. Ambos se imaginavam importantes o suficiente, um para o outro, para, com orgulho, passarem juntos um pedaço da vida. Falavam e pensavam muito em suas recordações, e prometeram revelar tudo que ainda lembravam de um passado remoto e desaparecido, em que ainda eram crianças. "Você lembra?" Com frequência, assim começavam suas conversas. Mergulhavam, pois, nas imagens valiosas do passado e se esforçavam sempre para, fossem quais fossem, delas se valer na educação de seus sentimentos e de sua razão, ou para, por meio delas, aguçar seu riso, e para, no caso das lembranças tristes, permanecerem alegres, como, aliás, era apropriado que fizessem. Esse passado, por sua vez, tornava-lhes o presente mais nítido e mais sensível, e esse presente sentido, como se duplicado e triplicado por um espelho, era mais rico de conteúdo e de vida, mostrando-lhes, ademais, um caminho mais retilíneo e visível rumo ao futuro — um futuro que ambos desenhavam frequentemente na imaginação, para dele se inebriar com mais facilidade. Um futuro sonhado era sempre bonito, e os pensamentos que os dois entretinham, mais alegres e mais leves.

10

Uma noite, Hedwig disse: "Eu bem poderia pensar que uma parede divisória, leve mas opaca, me separa da vida. E, no entanto, não consigo ficar triste: só consigo refletir sobre isso. Talvez seja assim com outras moças também, não sei. Talvez tenha falhado no ofício que escolhi para minha vida, quando julguei que precisava aprender um ofício. Afinal, nós, moças, só aprendemos as coisas pela metade; aprender não é o que nos importa. Como acho isso estranho, agora que me tornei professora. Por que não me tornei chapeleira ou alguma outra coisa? Já nem posso imaginar que sentimentos me levaram a escolher um ofício como o meu. O que, afinal, de tão maravilhoso e promissor vi nisso outrora? Acreditei, porventura, que me tornaria uma benfeitora? Acreditei que precisava sê-lo, ou que era necessário assumir semelhante compromisso, abraçar tal missão? A gente acredita em tanta coisa quando é inexperiente, e as experiências nos fazem, então, passar a acreditar em outras. Como é curioso. Há um rigor que aplicamos a nós mesmos, quando levamos a vida tão a sério como concebi a minha. Tenho de lhe dizer, Simon: encarei a vida como demasiado séria e sagrada; não levei em conta que sou uma menina quando me dispus a fazer o que só os homens deveriam fazer. Ninguém me disse que eu era uma menina. Ninguém me lisonjeou com essa observação. Ninguém se preocupou comigo a ponto de me fazer essa observação tão simples, à qual eu teria dado ouvidos, mesmo que, num primeiro momento, fingisse me indignar. Se tivessem me dito isso de coração, eu teria escutado. Mas ouvi apenas palavras superficiais e ditas com leviandade: 'Faça isso, faça, sim. Querer se dedicar a um ofício é uma coisa boa, algo que lhe cobre de honras'. E assim por diante. É uma honra estranha a de ser uma moça infeliz, dotada de uma pobreza interior e de muitos anseios, como a que sou agora, nesse meu honroso ofício. Um ofício é uma carga para a vida toda, um fardo a ser suportado por homens ambiciosos e de ombros largos; para uma moça como eu, é esmagador. Dá-me alegria o meu ofício? Nem sombra disso, e, por favor, não se assuste com essa confissão que lhe faço, porque você é alguém a quem as pessoas fazem confissões com uma espécie de prazer. Você me entende, eu sei. Outros talvez me compreendessem também, mas, por uma ou outra razão, não de bom grado. Você aprecia me compreender, porque não tem motivo para se assustar com confissões simples e francas. Vive minha vida toda dentro de você, e a vive comigo, sua irmã. Na verdade, você é bom demais para ser apenas meu irmão. Pena que não possa ser mais. Também isso você gostaria de ser, porque vejo que assente com a cabeça. Deixe-me dizer mais. Quando se tem um ouvinte como você, é bom contar as coisas. Pois ouça, então, que estou decidida a desistir de minha carreira como professora e que pretendo fazê-lo em breve, porque minhas forças não aguentarão essa vida por muito mais tempo. Acreditei que seria uma vida bela a de apresentar o mundo às crianças, ensiná-las, abrir suas almas para a virtude, vigiá-las e instruí-las. E é mesmo uma bela tarefa, só que demasiado pesada para mim, que sou fraca; não estou à altura de realizá-la, de modo algum. Acreditei que estaria, mas percebo agora que não; vejo-me afundar sob o peso dessa responsabilidade, que haveria de ser para mim uma fonte diária de energia mas que é apenas uma carga que julgo inconveniente e injusta. Aquilo que nos oprime, nós o sentimos como injusto. Seria errado de minha parte sentir-me assim? Não abriga esse meu sentimento a medida da injustiça que me foi infligida? E que culpa eu tenho de essa injustiça ser, à sua maneira, inocente e doce: as crianças? As crianças! Eu não as suporto mais. Nos primeiros tempos, alegravam-me todos aqueles rostinhos, seus pequenos movimentos, seu afinco e mesmo seus erros. Alegrava-me a ideia de ter me dedicado àquele bando de seres jovens, tímidos e desamparados. Mas pode um único pensamento iludir-nos pela vida toda? É possível desperdiçar uma vida inteira numa ideia? Pobres de nós se, um dia, nos tornarmos indiferentes a essa ideia e a esse sacrifício, se já não formos capazes de pensar esse pensamento, que para nós tudo substitui, com aquela mesma paixão profunda de antes, necessária para justificar perante nossa alma a troca que fizemos. Pobres de nós, se, antes de mais nada, notarmos a troca feita. Aí, então, começaremos a refletir, a diferenciar, a avaliar, a fazer melancólicas e furiosas comparações, e ficaremos infelizes por termos nos tornado tão vacilantes e infiéis, e contentes sempre que um dia terminar e pudermos, então, chorar em silêncio. Uma vez experimentado um único suspiro de infidelidade, já não desejamos ter mais nada a ver com aquela ideia que era para a vida inteira mas que agora demanda dedicação total e exclusiva, e aí dizemos a nós mesmos: faço minha obrigação e não penso em mais nada! Sempre tive carinho pelas crianças, sempre gostei delas. Quem poderia não gostar de crianças? Mas, quando dou aulas, penso de outra forma, penso em mais, penso mais adiante do que em suas alminhas, e essa é a traição que cometo com elas, a traição de que não quero mais ser testemunha. Uma professora primária precisa mergulhar com todo o seu amor nas menores coisas, senão não consegue exercer sua autoridade e, sem ela, perde seu valor. Talvez essa seja uma formulação exagerada, e estou plenamente convencida de que todos aqueles ou a maioria daqueles com quem eu falasse dessa maneira julgariam meu discurso exagerado. Esse discurso, contudo, corresponde a minha concepção de vida; ser-me-ia, pois, decerto impossível falar de outra maneira. Ainda não aprendi a fingir um contentamento, uma satisfação, um bem-estar que não sinto, e creio que se enganam aqueles que supõem que um dia vou aprender a fazê-lo. Sou fraca demais para enganar e ludibriar, e, por mais que reflita, não encontro nenhuma razão que justifique o fingimento. Se falo com você desta maneira, só estou me aproveitando de um momento pelo qual anseio há muito tempo para descarregar toda a minha fraqueza. Faz tão bem poder confessar as próprias fraquezas, depois de meses de contenção penosa a demandar uma força que não possuo! A longo prazo, não serei capaz de cumprir uma obrigação que não me lisonjeia; o que procuro agora é um trabalho que seja do agrado de meu orgulho e de minha fraqueza. Será que conseguirei encontrá-lo? Realmente não sei; o que sei com toda a certeza é que preciso seguir procurando, até me convencer de que felicidade e dever, unidos numa coisa só, existem! Quero me tornar preceptora e já ofereci meus serviços a uma rica dama italiana numa carta talvez demasiado longa, na qual lhe digo que tenho plenas condições de ensinar todo o desejável a seu casal de filhos, uma menina e um menino. Nem sei o que mais escrevi nessa carta: que trocaria de bom grado a sala de aula pelo quarto das crianças, que as amo e respeito, que sei tocar piano e bordar coisas bonitas e que sou uma moça à qual basta que a tratem com rigor para que lhe façam um benefício. Exprimi-me de forma bastante orgulhosa, disse à dama que sei amar e obedecer, porém não adular, o que poderia fazer mas apenas se obrigada a tanto; que prefiro imaginar minha futura patroa antes como uma mulher orgulhosa e severa do que condescendente; que me causaria dor e decepção se ela se revelasse uma pessoa a quem, havendo a intenção de assim proceder, se poderia enganar com facilidade e impertinência; e que não tenho a intenção de ir até ela para repousar, e sim, pelo contrário, para encontrar trabalho para meu coração e para minhas mãos também. Confessei-lhe ainda que já, agora, por antecipação, amo profundamente as duas crianças e que não me faltaria a atenção necessária para educá-las a um só tempo com dedicação e rigor; disse também ter esperança de que me seja permitido servi-la — a ela, a dama — dessa maneira, e que possuo uma concepção ao mesmo tempo intensa e serena do que significa servir, da qual nada seria capaz de me demover. A um serviço astuto e bajulador, eu não me prestaria, escrevi-lhe, assim como tampouco possuo talento para me mostrar obsequiosa de uma forma grosseira e desprovida de orgulho; de bom grado abriria mão de um tratamento brando em favor de outro, frio e severo, contanto que não ofensivo; saberia muito bem e a todo momento distinguir minha posição da dela, não demandaria justiça, e sim o orgulho que a impediria de me tratar de forma injusta, e encantaria minha alma que, ainda que uma única vez por ano, ela me desse um sinal de benevolente satisfação, o qual eu apreciaria muito mais que toda e qualquer intimidade — esta, sim, seria humilhante e não constituiria favor nenhum. Espero, pois, complementei, encontrar uma dama para quem possa erguer os olhos e, com ela, aprender como me comportar em todas as ocasiões, e acrescentei que ela não precisa temer encontrar em mim uma serviçal que teria prazer em revelar os segredos de sua patroa; que nem poderia lhe dizer o quanto eu gostaria de admirá-la, de lhe prestar obediência e de mostrar a ela como seria incapaz de molestá-la. Dei voz, então, ao receio e à esperança de que, embora desconhecendo por completo a língua de seu país, eu decerto a aprenderei em breve, bastando para tanto que me mostrem como fazê-lo. De resto, concluí, não saberia de nada que me desautorizasse a adentrar sua casa, a não ser talvez a timidez ainda típica do meu comportamento, a qual espero superar: acanhamento e desamparo não são, em geral, parte da minha natureza, escrevi".

"Você já enviou a carta?", Simon perguntou.

"Já", respondeu Hedwig. "O que teria podido me impedir? É possível que eu logo vá embora daqui, e a partida me preocupa, porque deixo muita coisa para trás e talvez não obtenha em troca nada que me faça esquecer o que descartei e abandonei. Apesar disso, estou firmemente decidida a partir, porque não quero mais ficar sozinha com meus sonhos. Afinal, também você vai embora em breve, e o que eu ficaria fazendo aqui? Vai me abandonar como a um traste, um objeto que não serve mais para nada. Ou, melhor dizendo, todo este lugar, esta aldeia, estou rodeada de trastes, de objetos abandonados, ignorados, descartados, e vou ficar no meio disso tudo? Não, acostumei-me por demais a ver com seus olhos a vida que levamos aqui, a achá-la bonita contanto que você a achasse bonita, e você a achou bonita, o que me fez achá-la bonita também. Mas não seguiria considerando essa vida bonita e ampla o bastante para mim, eu a desprezaria, porque ela teria se tornado estreita e embotada, e seria estreita e embotada também em razão do meu desdém indiferente. Não posso viver e desprezar minha vida. Preciso procurar outra vida, uma vida nova, ainda que toda a minha vida se constitua apenas dessa procura. O que é o respeito, comparado à felicidade e a ver satisfeito o orgulho do coração? Até mesmo ser infeliz é mais belo que ser respeitada. Sou infeliz, não obstante o respeito de que desfruto. Perante mim mesma, portanto, não mereço esse respeito, porque, a meu ver, só a felicidade é digna dele. Por conseguinte, preciso tentar, tenho de descobrir se é possível ser feliz sem nenhuma pretensão ao respeito. Talvez exista uma felicidade desse tipo para mim, assim como um respeito pelo amor e pelo anseio, em vez de respeito pela inteligência. Não quero ser infeliz por haver me faltado a coragem de reconhecer para mim mesma que uma pessoa pode se tornar infeliz por haver tentado ser feliz. Uma tal infelicidade é digna de respeito; a outra, não, porque falta de coragem não se pode respeitar. Como posso seguir me condenando a uma tal vida e não fazer nada, uma vida que só me traz respeito, e apenas o respeito dos outros, que sempre querem que sejamos como mais lhes convém? Por que há de ser assim? E por que temos sempre de descobrir que, depois de tudo, aquilo que obtivemos não vale nada? Nós nos empenhamos, nos guardamos, esperamos, e nos fizeram tão somente de bobos. É falta de inteligência se pôr à espera de alguma coisa; ela não virá até nós, se não formos buscá--la. Por certo, os medrosos, que parecem se preocupar conosco, nos enchem de medo. Eu já quase odeio essa gente que balança a cabeça tão logo dizemos algo de corajoso. Como se comportariam essas pessoas, se ouvissem que o ato de coragem se consumou de fato? Como esses muitos conselheiros desaparecem ante a força interior de um ato levado a cabo com liberdade! E como nos oprimem com seu amor adocicado, quando, privados dessa coragem, nos entregamos a eles. As pessoas verão com muito pesar a minha partida e não compreenderão por que abandono um lugar tão agradável e vantajoso, e também eu partirei do campo com um sentimento que, ainda e sempre, apreciaria me convencer a ficar. Sonhei me tornar camponesa, pertencer a um homem, um ser humano simples e terno; sonhei possuir um lar com um pedaço de terra, um jardim e seu pedaço de céu; sonhei construir e plantar sem demandar nenhum outro amor a não ser o respeito, queria poder desfrutar do encanto de ver meus filhos crescerem, com o que me acharia ressarcida da perda de um amor mais profundo. O céu teria tocado a terra, um dia teria seguido o outro rumo ao fundo dos tempos, e eu, com minhas preocupações, ter-me-ia tornado uma daquelas velhas que, postada à porta de casa nos domingos de sol, contemplaria já quase sem compreensão nenhuma os passantes. Nunca mais teria aspirado à felicidade, esquecida de sentimentos mais ardentes, obediente a meu marido, a seus mandamentos e àquilo que me teria parecido ser meu dever. Saberia, então, quais as obrigações de uma camponesa. Como as noites, meus sonhos adormeceriam com os dias e nunca mais demandariam coisa nenhuma. Eu estaria satisfeita e contente; satisfeita porque não conheceria outra coisa, e contente porque não seria apropriado exibir a meu esposo uma testa aborrecida, marcada por obscuras preocupações. Ele possuiria, talvez, o tato de me poupar nos primeiros tempos, ainda plenos de anseios e insistências, e de, suavemente, me educar para as tarefas vindouras, o que eu aceitaria com gratidão; tudo iria bem, até que, um dia, admirada, em meu íntimo eu me veria intolerante para com mulheres impetuosas e repletas de anseios, ou seja, mulheres como a que eu havia sido, porque as consideraria perigosas e nocivas: em resumo, eu teria me tornado como as outras e compreenderia a vida como elas a entendem. Tudo isso, porém, permaneceu apenas um sonho. A qualquer outra pessoa, eu evitaria dizer essas coisas. Mas para você sonhadores não são ridículos; aliás, você não despreza uma pessoa somente porque ela sonha, não despreza pessoa nenhuma. Tampouco eu sou, em geral, uma moça tão exagerada. Como poderia sê-lo! Tudo que fiz agora foi falar um pouco demais, e, quando falo assim, costumo mesmo me exceder. A gente quer explicar cada sentimento e nunca consegue; aí, só se enreda na própria veemência. Venha, vamos dormir."

Suave e serena, ela disse: "Boa noite".

Na manhã seguinte, prosseguiu: "Estou feliz de ainda estar

aqui. Como é que alguém pode querer sumir de um lugar de forma tão tempestuosa? Como se fosse esse o problema! Sinto quase vontade de rir, chego a me envergonhar um pouco de ter falado tanto ontem. Ainda assim, estou feliz; de vez em quando, a gente precisa falar. E com quanta atenção você me ouviu, Simon! Quase com fervor! Fico feliz com isso também. À noite, não somos como de manhã. Não, somos bem diferentes, tanto na expressão como no sentimento. Ouvi dizer que uma única noite de sono tranquilo é capaz de mudar uma pessoa por completo. Acredito nisso. Ter falado daquele jeito ontem me parece agora, na claridade da manhã, um sonho angustiado, exagerado, triste. O que foi aquilo, afinal? Será que a gente precisa se irritar e levar as coisas tão a sério? Nem pense mais no assunto! Eu devia estar cansada ontem, como sempre estou cansada à noite, mas agora me sinto tão leve, tão saudável, tão disposta como se tivesse acabado de nascer. Sinto-me tão ágil, é como se alguém me levantasse, como se me carregassem, como quando nos carregam numa liteira. Abra as janelas enquanto estou na cama. É tão bom ainda estar deitada quando as janelas são abertas, como você as está abrindo agora. De onde vem toda essa alegria que me envolve por inteiro? Lá fora, a bela paisagem parece dançar, o ar fresco vem até mim. Hoje é domingo? Se não é, é um dia feito para ser um domingo. Está vendo os gerânios? Erguem-se tão belos diante da janela. O que eu queria ontem? Felicidade? Pois já não a tenho neste momento? Devemos, então, procurá-la em primeiro lugar numa terra distante e desconhecida, entre pessoas que por certo não têm tempo de pensar nela? É bom quando não se tem tempo para muitas coisas, é muito bom, porque, se tivessem tempo, as pessoas morreriam de tanta pretensão. Tenho a cabeça muito lúcida agora. Nela já não há nenhum pensamento que, como sua dona — ou seja, eu —, não se mostre leve e feliz, exatamente como eu. Você me serve o café da manhã na cama,

Simon? Seria divertido deixar que você me servisse, como se eu fosse uma nobre portuguesa, e você, uma criança moura capaz de entender o mais leve aceno de minha parte. É claro que vai me trazer o que pedi. Por que haveria de se recusar a me fazer uma deferência? Há quanto tempo está aqui, em minha casa? Espere um pouco; você chegou no inverno, quando a neve caía, eu me lembro muito bem; e, desde então, muitos dias bonitos e chuvosos já se passaram. Logo você vai partir; mas me roubar o prazer de tê-lo por mais alguns dias aqui em casa, isso você não pode fazer. Passados três dias, eu direi: 'Fique mais três'. E você vai poder me contrariar tão pouco quanto agora, ao trazer meu café na cama. Sua falta de resistência e de escrúpulos é curiosa. O que pedem, você faz. Quer o que os outros querem. Aceitaria que lhe pedissem muita coisa inapropriada, antes de levar a mal um pedido. É difícil conter um certo sentimento de desprezo por você, Simon. Um pouquinho de nada eu o desprezo! Mas sei que não se importa quando alguém fala desse jeito com você. De resto, também o acho capaz de um ato heroico, se realizá-lo lhe for importante. Está vendo? Penso coisas muito boas de você. Com você, a gente se permite tudo. Sua conduta liberta a dos outros de toda falta de liberdade. No passado já lhe dei safanões, constantemente denunciei você à mãe, para que ela o castigasse, quando você fazia coisas erradas, e agora lhe peço que me dê um beijo, ou melhor: deixe-me beijá-lo. Na testa, com muito cuidado! Pronto! Em comparação com ontem à noite, hoje, à luz do dia, sou como uma santa. Tenho certo pressentimento em relação aos dias que virão; que venham, pois. Não ria! Aliás, eu ficaria feliz se você risse, porque esse é o som mais apropriado a esta manhãzinha azul. Agora, por favor, saia do meu quarto e me dê liberdade para que eu me vista".

Simon deixou-a a sós.

"Sempre foi meu costume", Hedwig disse a ele no correr do

dia, "tratar você como a um subordinado. Talvez outras pessoas façam o mesmo. Você irradia menos inteligência que amor, e sabe mais ou menos como as pessoas avaliam esse sentimento. Não acredito que, com suas ações e ambições, você venha algum dia a obter sucesso entre os homens, o que com certeza tampouco lhe inspirará alguma angústia, porque, conhecendo-o como o conheço, sei que isso não é do seu feitio. Somente aqueles que o conhecem julgarão você capaz de um sentimento mais profundo e de um pensamento mais arguto; os outros, não. Esse é o motivo principal e a causa de seu provável insucesso na vida: antes que se possa acreditar em você, é sempre necessário, em primeiro lugar, conhecê-lo, e isso leva tempo. A primeira impressão, que é a que faz o sucesso, lhe será sempre desfavorável, mas nem por isso você vai perder a tranquilidade. Não será amado por muitas pessoas, mas um bom número delas esperará tudo de você. Serão pessoas simples e boas as que gostarão de você, porque essa sua idiotice pode ir bem longe. Há algo de idiota em você, algo irresponsável, algo — como dizê-lo? — despreocupado e parvo. Isso ofenderá muita gente; vão chamá-lo de abusado, e você terá muitos inimigos, pessoas prontas a condená-lo, que lhe darão um suador. Isso, porém, jamais lhe inspirará medo. Os outros vão sempre lhe parecer indelicados, assim como você também sempre parecerá desavergonhado a muita gente. Isso vai causar atritos, tome cuidado! Num círculo mais amplo de pessoas, no qual o importante é se destacar e se fazer popular pelo poder da eloquência, você sempre permanecerá em silêncio, porque não o atrai abrir a boca onde tantos já falam sem cessar. O resultado disso é que nem vão notar sua presença, e você se tornará insolente e se comportará de maneira indevida. Por outro lado, os que já o conhecem vão considerar uma vantagem poder ter com você uma conversa particular e calorosa; sim, porque você sabe ouvir com atenção e, numa conversa, isso é talvez até mais importante que falar. A um homem calado como você, as pessoas confiarão de bom grado seus segredos e assuntos íntimos, e você se mostrará um mestre do silêncio e das palavras discretas — inconscientemente, quero dizer, não como se precisasse se empenhar para tanto. Você fala com certa lentidão, tem uma boca algo deselegante, que, antes de mais nada, se abre e permanece aberta antes de você começar a falar, como se esperasse pela chegada das palavras, que, vindas de alguma direção, por fim a adentram. Para a maioria das pessoas, você parecerá desinteressante, insípido para as moças, desimportante para as mulheres, absolutamente não confiável e sem energia para os homens. Mude um pouco nesses quesitos, se estiver ao seu alcance. Cuide-se um pouco melhor, seja mais vaidoso; não o ser nem um pouco, isso você mesmo logo vai ter de considerar um erro. Por exemplo, dê uma olhada nessa sua calça, Simon. As barras estão esfarrapadas! Sim, eu sei, é apenas uma calça, mas calças precisam estar em ordem tanto quanto a alma, porque vestir calças puídas e esfarrapadas dá mostras de desleixo, e o desleixo vem da alma. Portanto, você deve ter também uma alma esfarrapada. E tem mais uma coisa que eu queria dizer: não acha que estou brincando ao dizer isso tudo, não é? Ele ri. Não me acha um pouco mais experiente que você? Não? Você tem mais experiência, mas, no momento em que digo que você ainda tem muito a aprender, decerto estou provando que tenho experiência também. Ou será que não?"

Hedwig refletiu um pouco; depois, continuou:

"Quando você for embora daqui, o que há de acontecer em breve, não me escreva. Não quero. Não se creia obrigado a me dar notícia de suas andanças futuras. Ignore-me como já fez no passado. Que utilidade tem nos escrevermos? Seguirei vivendo aqui e sentindo como um prazer poder pensar com frequência que você esteve comigo por três meses. A paisagem haverá de me alçar e mostrar-me você, ou sua imagem. Vou visitar todos os lugares que, juntos, achamos bonitos, e os julgarei ainda mais bonitos, porque uma falta, uma perda, torna as coisas ainda mais belas. A mim e a toda essa paisagem faltará algo, mas essa lacuna e essa falta imprimirão em minha vida sentimentos tanto mais profundos. Não estou disposta a sentir uma falta como um peso. Como poderia? Pelo contrário: há nisso algo de libertador, algo que traz alívio. E, ademais, as lacunas existem para serem preenchidas com algo de novo. De manhã, prestes a me levantar, acreditarei perceber seus passos, sua cabeça e sua voz, e vou rir dessa ilusão. Sabe de uma coisa? Gosto de ilusões e sei que você deve gostar delas também. É curioso como tenho falado por estes dias. Estes dias! Penso que até mesmo os dias haveriam agora de sentir como me são preciosos e, por consideração a mim, se apresentar mais lentos, mais extensos, preguiçosos e demorados, assim como mais silenciosos também! É o que eles fazem. Sinto sua chegada como um beijo, e seu escuro afastar-se como um aperto de mão, como um aceno de mão querida e familiar. As noites! Quantas noites você dormiu em minha casa, e bem? Sim, porque você sabe dormir bem, lá no outro quarto, no colchão de palha que logo ficará privado de dono e sono. As noites que agora virão se aproximarão de mim timidamente, como crianças pequenas que, conscientes da própria culpa, vão de olhos baixos até o pai ou a mãe. As noites serão menos silentes, Simon, quando você se for, e vou lhe dizer por quê: você era tão silencioso que seu sono multiplicava o silêncio da noite. Éramos dois seres silentes e tranquilos durante todas essas noites. Agora, vou precisar silenciar sozinha, serei em certa medida obrigada a tanto, e o silêncio será menor, porque vou muitas vezes me sentar na cama no escuro, à espreita de algum som. Aí, então, sentirei quão menos silente tudo estará. Talvez eu chore, não por sua causa, de maneira nenhuma, e peço-lhe que não se ponha a imaginar coisas. Veja só, ele logo se acredita o que não é. Não, não, Simon, ninguém vai chorar por sua causa. Quando você se for, foi-se. Isso é tudo. Crê que alguém choraria por você? De jeito nenhum. Nem ouse pensar nisso. A gente sente que você se foi, nota sua partida, mas e daí? Sente-se saudade ou coisa semelhante? De uma pessoa do seu feitio ninguém sente saudade. Não é algo que você desperte. Coração nenhum há de algum dia tremer com sua ausência! Dedicar-lhe um pensamento? Imagine! De você, as pessoas se lembram negligentes, de vez em quando, como quem deixa cair uma agulha. Mais do que isso você não merece, ainda que chegasse aos cem anos. Você não possui o menor talento para deixar lembranças. Não deixa coisa nenhuma. Eu não saberia dizer o que você poderia deixar nos outros, porque afinal não tem nada. Nem tem razão para rir assim, petulante, e falo sério. Suma da minha frente! Vá!"

Ao longo dos dias seguintes, o tempo esteve ruim, chuvoso, também isso era pretexto para ficar ali. Afinal, Simon não podia seguir viagem com aquele tempo. Teria podido fazê-lo, é verdade, mas precisava ser justamente com aquele tempo ruim? Por isso, ficou. E pensou: "Um ou dois dias, não mais que isso". Passava quase o tempo todo sentado na grande sala de aula vazia, lendo um romance que queria terminar antes de partir. Vez por outra, caminhava para um lado e para outro por entre as fileiras de bancos, sempre tendo à mão o livro, cujo conteúdo o cativara tanto que não conseguia tirar os pensamentos dele. Não avançava na leitura, porque sempre empacava em seus pensamentos. "Vou continuar lendo até parar de chover", pensou. "Quando o tempo melhorar, vou em frente — não com a leitura, e sim com minha viagem, mesmo."

No último dia, Hedwig disse a ele:

"Agora você vai, está decidido. Adeus. Venha cá, bem para

perto de mim, e me dê a mão. Em pouco tempo, vou talvez me entregar a um homem que não me merece. Terei jogado fora minha vida. Vou gozar de muito respeito. Vão dizer: é uma mulher de valor. Na verdade, não tenho o desejo de voltar a ter notícias de você. Tente se tornar um bom homem. Meta-se em assuntos públicos, faça com que falem de você; para mim seria um prazer ter notícias suas pela boca das pessoas. Ou siga vivendo como você pode e sabe, permaneça na escuridão, lute na escuridão com os muitos dias ainda por vir. Fraquezas, jamais as imagino em você. Que mais posso dizer para lhe desejar uma boa viagem? Agradeça. Sim, você! Não passa por sua cabeça me agradecer pela estada que lhe concedi? Não, esqueça, não lhe ficaria bem. Você seria incapaz de fazer uma mesura ou de me dizer que não saberia como me agradecer. Sua conduta foi sua gratidão. Juntos, perseguimos e gastamos o tempo até cansá-lo. Você não tem mesmo nada além do que cabe nessa mala pequena? É realmente pobre. Uma mala de viagem é toda a sua casa neste mundo. Há nisso algo de arrebatador, mas de lamentável também. Vá, agora. Vou observá-lo pela janela. Quando estiver lá em cima, no topo da colina, volte-se e olhe para mim mais uma vez. Que outras ternuras haveremos de trocar? Você, meu irmão, e eu, sua irmã? Que importância tem uma irmã nunca mais ver o irmão? Despeço-me de você com certa frieza, porque o conheço e sei que você odeia despedidas calorosas. Entre nós, isso não significa nada. Portanto, diga-me adeus e vá-se embora."

11

Eram mais ou menos duas horas da tarde quando, de trem, Simon chegou de volta à cidade grande que deixara cerca de três meses antes. A estação estava repleta de gente e toda preta; exalava aquele cheiro que só não se encontra nas pequenas estações ferroviárias rurais. Simon tremia ao desembarcar; estava faminto, teso, cansado, triste e desanimado; não conseguia se livrar de certa aflição, embora dissesse a si mesmo que era uma aflição tola a que sentia. Como faz a maioria dos viajantes, guardou sua bagagem na estação e se perdeu em meio às pessoas. Tão logo conseguiu se mover livremente, sentiu-se melhor de imediato e, de novo, teve consciência de sua saúde frágil, em perfeito estado depois da temporada no campo. Comeu alguma coisa num daqueles estranhos estabelecimentos populares. Outra vez, comeu sem grande apetite, porque a comida era escassa e ruim, bastante boa para um pobre citadino, mas não para um mal-acostumado morador do campo. As pessoas o contemplavam com atenção, como se adivinhassem de onde ele vinha. Simon pensou: "Com certeza, só podem pensar que estou acostumado a comer melhor, porque é o que se percebe pelo modo como lido com a comida daqui". Na verdade, metade dela ficou no prato; depois, ele pagou e não pôde deixar de comentar de passagem com a garçonete quão pouco a refeição lhe apetecera. Ela se limitou a contemplá-lo com desdém, um desdém amistoso, bem leve, como se não precisasse se revoltar por ter ouvido aquilo de um tipo como aquele. Se o tivesse ouvido de outro, sim, aí, sim; mas daquele? Simon saiu. Estava feliz, a despeito da comida inferior e da expressão insultuosa no rosto da moça. O céu exibia um azul claro. Simon olhou para ele: sim, também ali ele tinha um céu. Nesse aspecto, era por certo tolice ser a favor do campo e tão contra as cidades. Propôs-se, assim, a não pensar mais no campo, e, em vez disso, se acostumar ao novo mundo. Via como as pessoas caminhavam à sua frente, muito mais depressa que ele, que se acostumara a um passo mais tranquilo e vagaroso, como se receasse avançar com rapidez demasiada. No momento, pelo menos ao longo daquele dia, queria ainda se permitir caminhar como um camponês; a partir do dia seguinte caminharia de outra maneira. Contemplava, porém, as pessoas de um jeito amoroso, sem nenhum temor; olhava-as nos olhos, observava as pernas, para ver como se moviam, os chapéus, para se inteirar dos progressos da moda, as roupas, para julgar as suas próprias, ainda e sempre boas o bastante em comparação com os muitos trajes desprovidos de beleza que agora estudava com afinco. Como andavam depressa aquelas pessoas. Sua vontade era a de deter uma delas e abordá-la nos seguintes termos: "Vai para onde com tanta pressa?". Mas não tinha coragem de praticar ato tão tolo. Sentia-se bem, apenas um pouco cansado e tenso. Uma pequena e inocultável tristeza o mantinha cativo, mas ela combinava bem com o céu leve, feliz, um pouco encoberto. Combinava também com a cidade, onde é quase indecoroso fazer uma cara muito ensolarada. Simon teve de admitir para si mesmo que caminhava à procura de coisa nenhuma, mas julgou apropriado fazer a mesma cara que os outros, de alguém à procura de alguma coisa, desejoso de avançar depressa, a fim de não ser obrigado a passar por um recém-chegado que não tinha o que fazer. Não queria atrair atenção, e lhe fez bem constatar que seu comportamento não chamava a atenção de ninguém. Deduziu daí que seguia possuindo a capacidade de viver na cidade; adotou, pois, uma postura um pouco mais rija e fez como se levasse consigo uma intenção pequena e elegante, a qual perseguia impassível, um propósito que não lhe despertava preocupação, e sim interesse, e que não sujaria seus sapatos nem lhe cansaria as mãos. Agora mesmo, ia por uma rua bonita e rica, adornada de ambos os lados por árvores em flor, e tão larga que se tinha ali uma visão mais ampla do céu. Era, de fato, uma rua magnífica, toda iluminada, capaz de aparentar a mais agradável das vidas e de autorizar todo e qualquer sonho. Simon esqueceu-se por completo de seu propósito de caminhar com movimentos graves e afetados por aquela rua. Deixou-se ir e levar, olhando, ora para o chão, ora para cima, ora para o lado, para uma das muitas vitrines, até que por fim se deteve diante de uma delas, sem, na verdade, contemplar coisa alguma. Achou agradável o burburinho da rua bela e animada às suas costas e em seus ouvidos. Com os sentidos distinguia os passos de cada transeunte, e todos haviam de pensar que ele se detivera para examinar com atenção algum artigo ali exposto. De repente, ouviu alguém lhe dirigir a palavra. Ao se voltar, divisou uma dama que o exortava a carregar até a casa dela um pacote que agora lhe estendia. Não era uma dama muito bonita, mas, naquele momento, não lhe cabia pensar longamente se era bonita ou não; cabia-lhe, sim — sussurrou-lhe uma voz interior —, atender vivamente à exortação que ela lhe havia feito. Apanhou, pois, o pacote, que nem pesado era, e acompanhou a dama; ela atravessou a rua com passinhos pausados, sem voltar-se nem mesmo uma única vez para o jovem atrás dela. Ao chegarem a um prédio aparentemente magnífico, a mulher ordenou-lhe que subisse, o que ele fez. Não via razão nenhuma para não obedecer. Acompanhar aquela dama até em casa era algo perfeitamente natural, e obedecer à voz dela era coisa inteiramente apropriada a sua situação presente, que nada demandava. Não fosse isso, ele talvez ainda estivesse diante da vitrine, contemplando-a embasbacado, pensou enquanto subia a escada. Uma vez lá em cima, a dama lhe ordenou que entrasse e a seguisse, enquanto ela rumava para um cômodo cuja porta ela própria abriu. O cômodo pareceu magnífico a Simon. A mulher entrou, sentou-se numa das cadeiras, pigarreou um pouco, contemplou o rapaz de pé à sua frente e perguntou-lhe se ele estaria disposto a trabalhar para ela. A impressão que ele causava, prosseguiu ela, era a de alguém à toa no mundo, a quem, ao se oferecer trabalho, fazia-se um bem. De resto, até aquele momento, tinha gostado dele, razão pela qual pedia que lhe dissesse se estava disposto a aceitar a oferta que acabara de lhe fazer.

"Por que não?", Simon respondeu.

Ela disse: "Ao que parece, não me enganei ao supor já desde o primeiro momento estar diante de um jovem que fica feliz em encontrar abrigo em alguma parte. Diga-me qual o seu nome e o que fez até agora nesta vida".

"Eu me chamo Simon e, até agora, não fiz nada!"

"Como assim?"

Simon respondeu: "Herdei uma pequena fortuna de meus pais, da qual acabo de gastar o último tostão. Não achei necessário trabalhar. Nem tive vontade de aprender coisa nenhuma. Sempre julguei o dia demasiado bonito para que eu pudesse ter a arrogância de profaná-lo com trabalho. A senhora sabe quanta coisa se perde com o trabalho diário. Não tive condições de me dedicar a uma ciência e, assim, me privar da visão do sol e, ao anoitecer, da lua. Precisava de horas para contemplar uma paisagem de fim de tarde, e passei noites e noites sentado na grama, em vez de sentar-me à escrivaninha ou num laboratório, enquanto, a meus pés, fluía um rio, e a lua espiava por entre os galhos das árvores. A senhora desprezará como estranha uma afirmação como essa, mas devo então dizer-lhe uma mentira? Morei no campo e na cidade, mas até hoje nunca prestei a pessoa nenhuma neste mundo algum serviço digno de nota. Tenho vontade de fazê-lo, agora que, ao que parece, uma oportunidade se apresenta".

"E como pôde viver uma vida tão desregrada?"

"Nunca dei importância ao dinheiro, prezada senhora! Mas, se levado a tanto, eu poderia pensar em julgar importante, ou mesmo em considerar de grande valor, o dinheiro dos outros. Pelo que parece, a senhora abriga o desejo de me pôr a seu serviço. Bem, nesse caso, eu naturalmente observaria com rigor os interesses da senhora; num caso como esse, eu nem teria outros interesses a não ser os da senhora, que se tornariam os meus. Meus próprios interesses! Como poderia sequer pensar em ter interesses próprios? Quando teria eu assuntos particulares sérios? Desperdicei minha vida até agora porque quis, uma vez que ela sempre me pareceu desprovida de valor. A interesses de outros, eu me dedicaria por completo, isso está claro, porque quem não tem objetivos próprios vive, justamente, para os propósitos, interesses e intenções de outros."

"Mas você há de imaginar algum futuro para si!"

"Nunca pensei nisso nem por um instante! A senhora me contempla com certa preocupação e pouca simpatia. Desconfia de mim e não me atribui nenhuma intenção séria. Devo confessar que, até o momento, jamais tive alguma intenção desse tipo, porque até hoje ninguém me exortou ao cultivo de uma intenção. Pela primeira vez, encontro-me diante de uma pessoa que deseja se valer de meus serviços. Isso me lisonjeia e me leva a, com ousadia, lhe dizer a verdade. Que mal há em ter sido até agora uma pessoa desregrada, se agora vou me tornar um homem melhor? Crê a senhora que eu não abrigaria o desejo de me mostrar grato pelo fato de a senhora me haver tirado da rua e me ter acolhido em sua casa para me dar um destino humano? Não imagino um futuro para mim, apenas a intenção de lhe agradar. Sei também que somos do agrado dos outros quando cumprimos nossas obrigações. Pois este é o futuro que tenho diante dos olhos: cumprir as obrigações que a senhora vai me atribuir. Não gosto de pensar num futuro muito mais distante que o imediato. Minha carreira não me interessa, tanto faz para mim, contanto que eu seja do agrado das pessoas."

A dama, então, prosseguiu: "Embora seja, na realidade, uma imprudência contratar alguém que não é nada e de nada é capaz, é meu desejo fazê-lo, porque acredito que trabalhar é seu desejo. Você será meu criado e fará aquilo que eu determinar. Considere uma sorte especial ter encontrado acolhida, e espero que você se empenhe por merecê-la. Uma carta de recomendação, você não possui, senão me caberia agora pedir para vê-la. Quantos anos tem?".

"Pouco mais de vinte!"

A dama assentiu: "É uma idade em que um homem precisa pensar em se propor uma tarefa para toda a vida. Bem, por enquanto, vou desconsiderar muita coisa que não me convém em sua pessoa e lhe dar a oportunidade de se tornar um homem confiável. Vamos ver!".

E, com isso, estava encerrada a entrevista.

A dama conduziu Simon por uma série de aposentos elegantes e observou, caminhando à frente de seu jovem acompanhante, que uma das tarefas dele seria limpar todos aqueles cômodos, razão pela qual lhe perguntou se ele era capaz de esfregar o chão com palha de aço, sem, no entanto, esperar pela resposta, como se soubesse que ele seria capaz de fazê-lo e tivesse perguntado apenas para lhe dirigir alguma pergunta, ou seja, apenas para que algo de inquisitivo e arrogante ressoasse nos ouvidos dele; depois, abriu uma porta, fê-lo entrar num quarto menor, quente e forrado de toda sorte de tapetes, onde, com poucas palavras, apresentou-o a um garoto deitado na cama. Disse, então, a Simon que ele serviria àquele jovem senhor doente e que depois ela lhe explicaria de que maneira. Era um rapazinho pálido, bonito, ainda que desfigurado pela doença, o qual, sem dizer palavra, fitou com seus olhos gélidos os de Simon. Que ele não podia falar, talvez apenas balbuciasse, percebia-se ao contemplar-lhe a boca, que jazia em seu rosto como se fora de lugar, apenas colada ali, onde nem sempre estivera. Suas mãos, todavia, eram muito bonitas, parecia que carregavam toda a dor e a vergonha da enfermidade, como se tivessem tomado para si a tarefa de suportar toda a carga, todo o belo fardo de tristeza e pranto. Simon não pôde deixar de contemplar amorosamente aquelas mãos por um momento a mais do que lhe era permitido. Sim, porque logo a dama o exortou a acompanhá-la adiante, por um corredor que conduziu à cozinha, onde ela lhe disse que, na ausência de trabalho mais importante a fazer, ele ajudaria a cozinheira também. Simon respondeu que o faria de bom grado, e o disse enquanto olhava para a criada, que parecia ser a dona da cozinha. Em seguida, isto é, já na manhã seguinte, assumiu o posto de serviçal, ou seja, o posto tomou conta dele, demandando-lhe isso e aquilo sem lhe deixar nenhum tempo de sobra para refletir se era ou não um emprego agradável. A noite, Simon passara no quarto do rapaz, dormindo e acordando a todo momento, porque lhe haviam ordenado que dormisse um sono bem leve, suave e superficial, isto é, que dormisse mal deliberadamente, a fim de que se acostumasse a pular da cama com rapidez a cada chamado, ainda que sussurrado apenas, do enfermo, para então dele receber ordens. Acreditava-se o homem certo para aquele tipo de sono, uma vez que, refletindo serenamente, desprezava o sono e se valia de bom grado de toda e qualquer oportunidade que o obrigasse a desprezar um sono denso e profundo. Assim, na manhã seguinte, nem sequer sentia que dormira mal e tampouco era capaz de dizer quantas vezes pulara da cama durante a noite; desperto, pôs-se logo a trabalhar. Antes de mais nada, coube-lhe sair à rua com um jarro gordo nas mãos para que uma senhora o enchesse de leite fresco. Nessa ocasião, pôde contemplar por um momento o dia a despertar reluzente de umidade, embebendo-se dele e animando assim os olhos para, em seguida, tornar a subir correndo a escada do prédio. Simon notou que seus membros respondiam bem e com elasticidade àquelas rápidas subidas e descidas. Depois disso, e antes que a dama acordasse de seu sono, ele teve de, em companhia da criada, arrumar os cômodos que lhe haviam sido designados: a sala de jantar, a sala de estar e o escritório. O chão precisava ser varrido com vassoura, os tapetes, escovados, mesa e cadeiras, limpos com pano, janelas, bafejadas e polidas, e todos os objetos existentes no cômodo, tocados, tomados nas mãos, limpos e recolocados em seus devidos lugares. Tudo aquilo precisava ser feito com a rapidez de um raio, mas Simon pensou que, depois de tê-lo feito três vezes, seria capaz de fazê-lo de novo de olhos fechados. Terminada essa tarefa, a criada lhe indicou que ele podia, então, lustrar um par de sapatos. Simon tomou os sapatos nas mãos, e eram de fato os sapatos da dama, belos, graciosos, guarnecidos de peles e de um couro tão delicado como a seda. Ele sempre tivera paixão por sapatos; não por todos, não pelos grosseiros, mas por sapatos elegantes como aqueles, sim, e agora segurava um deles na mão, e seu dever era limpá-lo, embora não notasse nada ali que precisasse ser limpo. Pés femininos sempre lhe haviam parecido coisa sagrada, e os sapatos, a seus olhos e sentidos, eram como crianças felizes, privilegiadas, que tinham a sorte de revestir e envolver pés sensíveis, capazes de finos movimentos. Que bela invenção humana era um sapato como aquele, pensou, enquanto o lustrava com um pano, para fazer de conta que o limpava. Foi, então, surpreendido pela própria dama, que entrou na cozinha e o mediu com um olhar severo; Simon apressou-se a lhe dar bom-dia, ao que ela respondeu apenas com um gesto da cabeça. Ele achou aquilo adorável, achou mesmo encantador que ela respondesse a um bom-dia com um mero aceno de cabeça, como se a dizer: "Sim, meu caro rapaz, obrigado, ouvi, sim, muito simpático, gostei bastante!".

"Você precisa limpar melhor meus sapatos, Simon", a mulher lhe disse.

Ele ficou feliz com aquela reprimenda. Como tantas vezes ao vadiar por ruas quentes, abrasadoras e vazias, caminhando sem nenhum propósito, ele ansiava do fundo do coração por uma crítica maldosa, mordaz, por um xingamento, uma praga, uma ofensa, apenas para se certificar de que não estava completamente sozinho, privado de toda atenção, ainda que essa atenção fosse grosseira e negativa. "Como soa bela essa reprimenda provinda de seus lábios femininos", pensou ele, "como me liga a ela, vincula--me, enlaça e cativa; é algo que a gente sente como um leve safanão que nem sequer chega a doer, um safanão motivado por um erro cometido", e Simon se propôs em silêncio a, dali em diante, só cometer erros — não, não exclusivamente, porque isso o marcaria como um pateta, mas, sim, a comcter com frequência pequenos deslizes, deslizes deliberados, apenas para desfrutar do prazer de ver indignar-se uma dama sensível e acostumada à ordem. Não, indignar-se também não, mas antes questionar--se, espantar-se diante de sua inépcia — isto é, a de Simon. Ele teria, então, oportunidade de brilhar em outros aspectos, o que lhe concederia o prazer de observar um rosto severo e irritado transformar-se em outro, mais amistoso e satisfeito. Que alegria essa, a de ver convertido em satisfação um ânimo anteriormente melindrado. "Hoje de manhã, já colhi uma adorável repreensão", Simon pensou. E mais: "Como é agradável ser alvo de uma reprimenda. De certo modo, é um estado mais maduro, superior. É como se eu tivesse sido feito para isso, porque acolho com gratidão a crítica, e só merece ser repreendido de forma amigável aquele que sabe expressar sua gratidão pela crítica recebida mediante uma postura apropriada, que é a que lhe cabe adotar".

De fato, ali estava Simon na postura adequada. Seus sentimentos diziam: "Somente agora sou o criado dessa mulher; sim, ela me repreende porque se sente possuidora do direito de me advertir sem maiores considerações e, ao fazê-lo, espera de mim o devido silêncio. Quando repreendemos um funcionário subalterno, nós lhe causamos dor, e abrigamos sempre a intenção secreta de, ao demonstrar-lhe a posição superior que assumimos, feri-lo de fato. Um criado, contudo, nós o repreendemos apenas com o intuito de ensiná-lo e educá-lo, para que ele se transforme naquilo que queremos que seja; um criado, afinal, nos pertence, ao passo que nossa relação humana com um funcionário termina tão logo encerrado o expediente. Eu, por exemplo, fui agora repreendido de coração, e a isso vem se juntar o fato de ter sido repreendido por uma mulher, uma daquelas damas que são sempre adoráveis quando se permitem algo desse tipo. Na verdade, é necessário ter ouvido a reprimenda de uma dama para que, então, nos convençamos de que as mulheres são melhores que os homens, quando se trata de censurar um erro sem cometer ofensas mesquinhas. Mas talvez isso seja um equívoco e eu veja aquilo que me machuca, quando proveniente de um homem, não como ofensivo, e sim como estimulante, quando vindo de uma mulher. Diante de um homem, sinto sempre uma paridade orgulhosa; diante de uma mulher, jamais, porque sou homem, ou porque estou me preparando para vir a sê-lo. Ante uma mulher, só podemos nos sentir ou superiores ou inferiores! Obedecer a uma criança, quando a ordem que ela dá é encantadora, me é fácil, mas obedecer a um homem, de jeito nenhum! Apenas a covardia ou os interesses comerciais são capazes de fazer um homem se arrastar diante de outro. Razões as mais vis é o que são! Por esse motivo, fico contente de ter de obedecer a uma mulher, porque, sendo isso natural, jamais poderá constituir desonra. Uma mulher jamais pode ferir a honra de um homem, a não ser pela via do adultério, mas aí o homem em questão geralmente se comporta como um pateta e um fraco, a quem a traição não desonra, porque já a possibilidade de ser traído o desonrou há tempos aos olhos daqueles que o conhecem. As mulheres podem, sim, trazer infelicidade, mas desonra, jamais, porque a infelicidade real não constitui vergonha nenhuma e só pode parecer cômica a espíritos e mentalidades grosseiros, àquelas pessoas que, ao caçoar dela, aí, sim, infligem a si próprias uma desonra".

"Venha!"

Com essa ordem, a dama arrancou o criado do curso petulante de seus pensamentos e determinou que ele fosse vestir o rapaz enfermo. Obediente, Simon foi fazer o que ela lhe ordenara. Carregou uma bacia de água fresca para junto da cama e, com uma esponja, lavou cuidadosamente o rosto do garoto; estendeu-lhe também um copo cheio pela metade de água cristalina, para que o rapaz lavasse a boca, tarefa que, com suas belas mãos, o garoto executou muito bem; depois, de posse de um pente e de uma escova, Simon ajeitou os cabelos do acamado e, por fim, serviu-lhe o café da manhã numa bandeja cor de prata; observou-o, então, a consumir com cautela o desjejum, pausadamente, e o fez sem se cansar ou mesmo se impacientar, porque, afinal, impacientar-se seria, ali, uma atitude feia e inapropriada. Em seguida, levou embora a louça e retornou para vestir o enfermo, incapaz de se vestir por si só. Com certo temor, ergueu da cama o corpo leve e delgado, depois de lhe ter calçado as meias compridas e os chinelos pequenos nos pés; a seguir, apanhou a calça para vesti-la no rapaz, prendeu o cinto e puxou os suspensórios das costas para a frente, como convém — tudo isso com rapidez e sem fazer barulho, cada movimento cumprindo efetivamente uma função; agora, circundava o pescoço do menino com um colarinho, um colarinho juvenil, largo e dobrado, e, com habilidade, prendeu uma gravata no botão da camisa, camisa que, é claro, já vestira nele fazia algum tempo. Era a vez do colete, pelo qual enfiou os braços do enfermo, bem como do paletó e dos objetos que o garoto costumava carregar consigo, como o relógio, a respectiva corrente, um canivete, um lenço e um bloco de notas. O trabalho estava feito. Agora, precisava arrumar a cama de seu pequeno senhor, assim como dar uma ordem à totalidade do quarto, da maneira como a dama lhe mostrara: abrir as janelas, pendurar no parapeito travesseiros, colcha e lençol e fazer tudo isso como deve ser feito e como ele observara que se devia fazer. A dama acompanhava cada um de seus movimentos, da mesma forma como um mestre da esgrima acompanha os movimentos de seu discípulo, e julgou que ele realizava com talento o trabalho. Não que dissesse uma só palavra de reconhecimento. Jamais lhe teria ocorrido fazê-lo. Além disso, o criado podia notar por seu silêncio que ela aprovava seu proceder. Ficou contente com a delicadeza com que ele lidara com seu filho, porque notara como cada movimento de Simon ao vesti-lo manifestava respeito pelo doente. Teve de rir ao perceber o receio com que, de início, o criado o tocara, e como então, a seguir, superou o receio, agindo de forma mais vigorosa, tranquila e uniforme. Por enquanto, aquele jovem a agradava, teve de reconhecer para si mesma. "Se prosseguir como começou, vou gostar dele por não ter me iludido naquilo que senti a seu respeito desde o princípio", pensou ela. "É muito tranquilo e decente, e parece possuir o talento de se familiarizar logo com cada nova situação. E como provém de boa família, como penso poder inferir de suas maneiras, é meu desejo — por sua mãe, talvez ainda viva, e por seus irmãos, que talvez ocupem postos de respeito e se preocupem com o destino dele — educá-lo para que se comporte com graça e inteligência. Ficarei contente se vir que ele saberá tirar proveito disso, procedendo como se espera que faça. Talvez eu possa em breve tratá-lo com mais confiança do que demanda o contato com criados. Mas ficarei atenta e não lhe darei oportunidade de, em razão de uma amabilidade precoce de minha parte, me tratar de modo insolente. Seu caráter abriga um leve traço de insolência e desobediência, o qual não se deve despertar. O fato de ele ser do meu agrado, esse é um sentimento que vou precisar reprimir, se desejo que siga sempre querendo me agradar. Creio que ele aprecia a expressão severa em meu rosto; intuí-o há pouco, ao vê-lo sorrir quando o repreendi de maneira assaz inamistosa. É preciso intuir o que são as pessoas, se queremos desfrutar de seu lado bom. Esse jovem tem alma, razão pela qual é necessário abordá-lo também com muita alma e com plena consciência disso, a fim de conseguir alguma coisa dele. Embora tenha consideração para com ele, faço como se não a tivesse; nem seria, de resto, necessário tê-la. Mas é melhor e mais inteligente tratá-lo com consideração, se podemos fazê-lo com tranquilidade." Assim sendo, a dama decidiu aventurar-se um pouco e o mandou fazer compras.

 De novo, aquilo era uma novidade para Simon: apressar-se pelas ruas levando um cesto ou uma sacola de couro, ir comprar carne e legumes, entrar nas lojas e correr de volta para casa. Nas ruas, ele viu as pessoas indo atrás de seus diversos afazeres, cada uma delas munida de uma intenção, assim como ele também. Pareceu-lhe que elas se admiravam com ele. Será que seu passo não combinava com o cesto repleto, que carregava com facilidade? Eram seus movimentos demasiado livres para a tarefa que cumpriam, isto é, a de um criado cumprindo uma ordem? Mas os olhares eram amistosos, porque o viam ocupado e com pressa, o que só podia transmitir a impressão de um homem zeloso de seus deveres. "Como é bonito", Simon pensou, "andar pelas ruas assim, com um dever na cabeça, ao lado de uma multidão de pessoas, ser ultrapassado por algumas delas, que têm as pernas mais compridas, e deixar outras para trás, gente mais indolente em seu caminhar, como se tivesse chumbo nos sapatos. Como é belo ser contemplado como um igual pelas criadas mais esmeradas, observar o olhar perspicaz dessas criaturas simples, perceber que elas quase gostariam de parar para conversar por uns dez minutinhos. E como correm os cachorros pelas ruas, feito estivessem atrás do vento; quão ocupados são os velhos, com suas cabeças e costas curvadas! Quer-se ainda caminhar à toa? Como são encantadoras as mulheres, cada uma daquelas pelas quais podemos passar correndo, sem que elas nos notem. Por que haveriam de notar? Só faltava essa! Basta que tenhamos nós olhos de observadores. Dispomos, afinal, dos sentidos apenas para que sejam cutucados, e não para que eles próprios cutuquem? Numa rua matinal como aquela, os olhos das mulheres a contemplar a distância são algo de magnífico. Olhos que veem além de nós são mais belos que aqueles que nos contemplam. É como se perdessem alguma coisa com isso. Como são rápidos nossos pensamentos e sentimentos quando caminhamos depressa. Importante é não contemplar o céu! Não, melhor sentir apenas que, lá em cima, sobre nossa cabeça, sobre os edifícios, paira algo de belo e longínquo, algo a flutuar, talvez azul, certamente vaporoso. Tenho deveres, e também eles são coisas que pairam, voam, arrebatam. Carrego comigo algo que preciso conferir e entregar, a fim de que possa me tornar uma pessoa confiável, e hoje sou alguém cujo único prazer é ser visto como uma pessoa confiável. A natureza? Que se oculte por enquanto. Sim, para mim é como se ela se mantivesse oculta, lá na frente, atrás da longa fileira de casas. No momento, a floresta não me atrai mais, nem deve me atrair. Ainda assim, há algo de belo em pensar que tudo continua lá, enquanto, ligeiro e ocupado, caminho apressado pela rua deslumbrante, sem me preocupar com nada além daquilo que, de tão simples, eu poderia pensar com meu nariz." Com a ponta tateante dos dedos, Simon contou o dinheiro que levava no bolso do colete, sem tirá-lo dali, e foi-se embora para casa.

Cabia-lhe agora pôr a mesa.

Precisou estender sobre ela uma toalha branca e limpa, com as dobras voltadas para cima, e, depois, dispor os pratos de modo que suas bordas não ultrapassassem a beirada da mesa; em seguida, posicionou garfos, facas e colheres, copos e um jarro de água fresca, bem como guardanapos sobre os pratos e o saleiro sobre a mesa. Pôr e dispor, colocar, tocar e posicionar, apanhar com delicadeza e, depois, de forma mais bruta; tocar os guardanapos apenas com a ponta dos dedos, e os pratos, sempre com cautela, estender, arranjar — os talheres, nesse caso — sem fazer barulho, ser a um só tempo rápido e cuidadoso, cauteloso e ousado, rijo e suave, calmo e, no entanto, vigoroso também; não deixar tilintar os copos nem matraquear os pratos, mas não se espantar com um eventual tilintar ou matraquear, e sim julgá-lo compreensível; depois, anunciar à senhora que a mesa está posta e servir a comida; sair e, ao som da sineta, voltar; observar a refeição sendo consumida e se alegrar com isso; dizer a si mesmo que muito mais bonito do que comer é observar pessoas comendo, e, então, tirar a mesa, levar embora a louça, enfiar na boca um resto de assado e, ao fazê-lo, exibir uma expressão exultante, como se se tratasse de algo que demandasse semelhante júbilo; e, finalmente, comer e julgar que agora, sim, se é, de fato, merecedor de uma refeição. Tudo isso, Simon precisou fazer. Mas nem tudo era necessário. Ele não precisava, por exemplo, ter exultado quando roubou, mas era seu primeiro roubo, um roubo delicado, razão pela qual não pôde deixar de exultar; sim, porque se lembrou vivamente da infância, quando a gente rouba alguma coisa do armário da cozinha e fica exultante ao fazê-lo.

Depois da refeição, teve de ajudar a criada a lavar a louça, lavar e enxugar, e a própria criada não ficou menos perplexa ao ver com que destreza ele o fazia. Onde tinha aprendido? "É que morei no campo", Simon respondeu, "e, lá, a gente faz esse tipo de coisa. Tenho uma irmã que mora no campo e é professora, e sempre a ajudei a enxugar a louça."

"Muito simpático de sua parte."

12

A Simon, parecia absolutamente maravilhoso trabalhar naquela cozinha tranquila, no meio de uma cidade grande. Quem jamais teria pensado? Não, o homem nunca conseguiu imaginar seu futuro. Ele, Simon, que antes vagara livremente pelas pastagens montanhosas, que dormira a céu aberto qual um caçador e julgara sufocante o ar ao contemplar a paisagem que a terra desdobrava e estendia diante de seus olhos; ele, que desejara um sol mais quente, um vento mais tempestuoso, uma noite mais escura e um frio mais penetrante quando, a cada estação do ano e a cada clima, perambulava lá fora, buscando, esfregando as mãos e bufando; ele, pois, estava agora enfiado numa cozinha pequena a enxugar um prato do qual ainda pingava água quente. Estava feliz. "Estou contente por me ver tão tolhido, tão confinado e tão constrangido", disse a si próprio. "Por que o ser humano quer sempre a amplidão e, mais do que isso, por que o anseio, que, afinal, é coisa tão opressora? Aqui, vejo-me assaz limitado à estreiteza das quatro paredes de uma cozinha, mas meu coração é amplo e está repleto do prazer que me proporciona meu dever modesto."

Era um tanto humilhante para ele saber-se numa cozinha a realizar um trabalho que, em geral, é feito apenas por moças. Era algo humilhante e algo ridículo, mas era também decididamente misterioso e singular. Pessoa alguma podia imaginar-se na situação dele. E nesse pensamento, por sua vez, havia certo desagravo e certo orgulho. Podia-se sorrir ao pensá-lo. A criada perguntou a Simon o que ele fora antes na vida, ao que ele respondeu: "Fui escrevente". Ela não podia compreender como era que alguém podia ter tão pouca ambição, como podia uma pessoa abandonar a escrivaninha para se aviltar na realização de tarefas domésticas. Simon retorquiu que, em primeiro lugar, não havia nisso aviltamento nenhum, como ela tão amavelmente se expressara, e, em segundo, que era uma questão de saber o que era melhor: se um posto num escritório ou a condição de enxugador de pratos. Ele preferia de longe aquela cozinha livre, arejada, quente, vaporosa e interessante ao escritório árido, onde o ar era ruim, na maioria das vezes, e o humor, cheio de amargura. Não havia motivo para amargura ali, onde o assado assava na panela, os legumes cozinhavam, a sopa fumegava, as panelas de cobre o espreitavam com tanta amabilidade do armário mais acima e os pratos soavam tão amistosos, quando batiam um no outro. Mas ser um criado não era lá muita coisa, não tinha importância nenhuma, retrucou a moça com vivacidade. Ele não queria ter importância nenhuma, Simon respondeu com brandura. Ela se deu por satisfeita, mas achou-o uma pessoa curiosa, difícil de entender. Não obstante, pensou: "É um homem decente", e sentiu que era alguém que "podia se permitir muita coisa". Simon tinha acabado de concluir seu trabalho quando a dama entrou na cozinha e lhe disse que a acompanhasse, porque tinha uma tarefa para ele. "Que bela tarefa terá agora para mim?", pensou, seguindo-a pela casa. "Agora à tarde, você não tem mais nada para fazer e pode, portanto, ler um trecho de um livro para mim e para meu menino. Sabe ler em voz alta?"

Simon fez que sim.

Depois, pôs-se a ler por cerca de uma hora, com a respiração algo pesada mas com uma pronúncia correta, clara e bela, e com uma voz calorosa, a qual mostrava que vivia o que estava lendo. A dama pareceu gostar, e o garoto permaneceu todo ouvidos até o fim, quando agradeceu com graça pelo prazer que a leitura lhe proporcionara. Simon, com as faces vermelhas de emoção, achou bonito que lhe agradecessem. Como no momento não tinha mais o que fazer, dirigiu-se ao aposento dos empregados, que o sol do poente tingia de uma luz avermelhada, e pôs-se a fumar à janela.

"Não me agrada que você fume aqui", disse a dama ao entrar.

Mas ele continuou fumando, e ela, algo irritada, se foi. "Eu posso compreender que ela não goste, mas é necessário que tudo em mim lhe agrade? Não vou deixar de fumar. Não! Que diabo, isso não! Ainda que vinte damas aparecessem e, uma após a outra, me proibissem de fazê-lo." Estava furioso, mas logo se acalmou e disse a si mesmo: "Devia ter jogado fora o cigarro. Foi muito descaramento!".

Nesse momento, que ele pretendia aproveitar para ter consigo uma conversa, um grito ressoou no corredor e, logo a seguir, o belo estrondo de uma peça de louça espatifando-se no chão. Simon abriu a porta e viu a dama olhando para o chão com uma expressão lastimosa, muda e aflita; por ele, espalhavam-se os cacos de uma travessa de porcelana que decerto lhe era cara. A travessa, contendo um pedaço de torta, ela desejara tirar da geladeira para levar consigo para o quarto, mas a deixara cair, nem ela mesma sabia dizer como. Por certo, bastara uma pequena confusão dos sentidos, ou coisa parecida, e a desgraça estava feita. Quando a dama notou a presença de Simon às suas costas, sua expressão de tristeza transformou-se de pronto em outra, irada e acusatória, e, num tom que denunciava claramente o que estava sentindo, disse a ele: "Recolha tudo!". Simon agachou-se e começou a juntar os cacos. Enquanto o fazia, seu rosto roçou no vestido da patroa, e ele pensou: "Perdoe-me por ter testemunhado seu comportamento desastrado. Eu compreendo sua ira. Confesso minha culpa por ter quebrado a travessa que você deixou cair. Eu a quebrei. E como há de ter doído em você. Uma travessa tão bonita. Com certeza, gostava dela. Sinto pena de você. Meu rosto roça seu vestido. Cada caco que recolho me diz: 'Coitado', mas a barra de seu vestido me diz: 'Felizardo!'. De propósito, junto os cacos com vagar. Percebê-lo não lhe provoca novo acesso de fúria? Diverte-me ter sido o malfeitor. Gosto quando você fica furiosa comigo. Sabe por que sua ira me agrada? Por ser tão terna! Você só está furiosa comigo porque vi seu comportamento desastrado. E, se o fato de ter feito má figura diante de mim é capaz de magoá-la, então é porque você há de sentir respeito por mim — você, sublime, diante de mim, tão inferior. Que encantadora a fúria com que me mandou recolher os cacos. E eu o faço sem pressa nenhuma, porque gostaria que você ficasse mesmo muito irritada e brava por eu demorar tanto para apanhá-los, esses cacos que só podem me dizer, e hão de lhe dizer também, como você foi desastrada. Continua parada aí? Em seu íntimo só podem misturar-se agora os sentimentos mais estranhos: vergonha, dor, ira, dissabor, indiferença, irritação, serenidade, surpresa, grandeza e outros mais, menores, acessórios e indizíveis, que o momento leva antes que se possa efetivamente senti-los; este, agora, foi como uma picada de agulha, ou como um perfume, ou como o piscar de um par de olhos. É belo esse seu vestido de seda, quando se pensa que ele envolve um corpo de mulher, capaz de tremer de agitação e de fraqueza. Belas são suas mãos, que pendem compridas até mim. Espero que elas me deem um safanão um dia. Agora, você já vai embora sem ter me repreendido. Quando você caminha, seu vestido se ri e sussurra arrastando-se pelo chão. Antes, proibiu-me de fumar. Mas terei o descaramento de fazê-lo ao acompanhá-la às compras no mercado. É lá que você deve me ver fumar, cigarros brancos, brilhantes, e nutro a esperança de que então você tenha a presença de espírito de, com um tapa, arrancar o cigarro da minha boca. Agora mesmo, com tantos gestos à minha disposição, precisei me desculpar por você ter quebrado uma travessa. Eu gostaria de ter a oportunidade de fazer alguma coisa que a levasse a me mandar para o inferno. Ah, não, não, o que estou dizendo? Enlouqueci. Essa história dos cacos de fato me deixou louco. Na rua, lá fora, já estará anoitecendo. O amarelo-claro das luzes arde em meio ao dia que se apaga. É para lá que eu gostaria de ir agora. Não posso evitar, tenho de descer até a rua".

"Preciso sair um pouquinho", ele disse ao entrar no quarto dela. "Posso?"

"Sim, contanto que não se demore muito!"

Simon saiu correndo, desceu a escada, onde uma figura de mulher envolta num véu se espantou ao vê-lo passar e o seguiu com os olhos, enquanto ele deixava o prédio e saía para o ar fresco e a liberdade — ágil, úmida, resplandecente, a liberdade de um fim de tarde. Era estranha, pensou, aquela sua ligação com uma casa em que, na verdade, vivia como um prisioneiro. Era estranho ser um homem adulto e, como tal, precisar ir pedir a uma dama num quarto escuro, onde só se podia vê-la na penumbra, permissão para sair. Era como se ele fosse uma peça do mobiliário dela, um objeto adquirido, uma coisa, uma coisa qualquer, e era como se essa coisa não existisse, ou só existisse na medida em que se prestava a ser uma tal coisa, isto é, uma coisa dela! Era estranho também que, apesar de tudo, ele sentisse aquela sua condição como uma espécie de lar, um estar em casa. Na verdade, corria agora pelas ruas dez vezes mais animado, porque alguém, a quem precisava pedir permissão, o havia permitido. Receber uma permissão tinha por certo algo de escolar, mas até mesmo velhos, pensou, tinham muitas vezes de solicitá-la, e sob circunstâncias ainda mais humilhantes. Tudo era, portanto, maravilhoso na vida, e era preciso conformar-se com o maravilhoso, ainda que ele amiúde parecesse estranho.

    Simon desceu a rua e se apaixonou pela doce imagem que viu, com suas estrelas ascendentes, as árvores densas sucedendo-se numa comprida linha reta, as pessoas caminhando calmamente, o esplendor do fim de tarde, o profundo e vivaz pressentimento da noite. Também ele avançava calmamente, quase como num sonho. Naquele princípio de noite, não constituía vergonha nenhuma exibir um aspecto sonhador, uma vez que, numa atmosfera repleta do perfume do anoitecer de início de verão, as pessoas, ainda que sem querer, só podiam mesmo sonhar. Muitas mulheres passeavam por ali, cada uma levando sua bolsinha na mão enluvada, com olhos nos quais seguia brilhando a luz clara da tarde que se ia, vestindo suas roupas justas de talhe inglês ou trajando saias e vestidos longos, que se arrastavam ampla e maravilhosamente pela rua. "A mulher", Simon pensou, "como ela glorifica a imagem da rua. É como se tivesse sido feita para passear. Sente-se que ela passeia e desfruta de seu caminhar balançante e belo. No crepúsculo, são as mulheres que dão o tom do princípio de noite; suas figuras prestam-se a tanto, com seus braços cheios de melancolia e plenitude e os seios repletos da mobilidade de seu respirar. As mãos guarnecidas de luvas parecem crianças mascaradas: com elas acenam e, nelas, levam sempre alguma coisa. Toda a sua postura converte o mundo noturno em música sonora. Quando caminhamos atrás das mulheres, como agora eu o faço, já lhes pertencemos, em nossa mente, nas oscilações de nossos sentimentos, nas ondas que rebentam e quebram em nosso coração. Elas não nos acenam e, no entanto, acenam, sim. Embora não carreguem leques, vemos um leque numa das mãos, o qual relampeja e ofusca como prata na luz perdida e difusa do crepúsculo. As mulheres maduras e exuberantes combinam particularmente bem com o início da noite, assim como anciãs combinam com o inverno e mocinhas em flor com o dia recém-desperto, ou crianças com o nascer do sol e jovens esposas com o calor do meio-dia, que é quando o sol se apresenta mais ardente ao mundo."

Eram nove horas da noite quando Simon chegou de volta à casa. Tinha se atrasado e precisou ouvir recriminações como: "Se isso voltar a acontecer, se acontecer de novo uma única vez...". Na verdade, não prestou atenção, ouvia apenas o som da reprimenda; por dentro, ria; por fora, parecia aflito, isto é, fez uma cara de idiota e não julgou necessário abrir a boca para dar resposta. Despiu o garoto, deitou-o na cama e acendeu uma pequena lamparina.

"Será que eu poderia solicitar uma lâmpada para mim também?", perguntou à dama.

"Para que você quer uma lâmpada?"

"Para escrever uma carta."

"Então entre, você pode escrever aqui mesmo!", a dama respondeu.

Simon recebeu, pois, permissão para sentar-se à escrivaninha dela, que lhe deu uma folha de papel de carta, um envelope para o endereço, um selo, uma pena e autorizou-o a utilizar seu bloco de papel como apoio para escrever. Sentada bem ao lado numa poltrona, ela lia o jornal enquanto ele escrevia:

Caro Kaspar. Estou de volta à cidade que você tão bem conhece, sentado a uma bela escrivaninha escura num quarto bem iluminado, enquanto lá embaixo, na rua, as pessoas passeiam pela noite de verão sob as árvores repletas de folhas pendentes. Infelizmente, não posso juntar-me a elas, porque estou preso a uma casa, não propriamente pelas mãos e pelos pés, mas pela consciência do dever que pouco a pouco vou desenvolvendo e que, um dia, por fim terei. Transformei-me em criado de uma mulher que tem um garoto pequeno e doente de quem devo cuidar, de forma não muito diferente de uma mãe que cuida de um filho, porque a mãe dele, minha patroa, vigia cada um de meus movimentos como se os olhos dela dirigissem minha ação e como se, assim, ela pudesse me transmitir seu esmero, quando estou cuidando do menino. No momento, ela está sentada numa poltrona a meu lado enquanto escrevo, porque, com a autorização dela, é em seu escritório que me encontro. Por aqui, o que ocorre é que, toda vez que preciso sair para cuidar de um assunto particular, tenho, antes de mais nada, de perguntar a ela se posso fazê-lo, da mesma forma que um aprendiz tem de pedir autorização a seu mestre. Seja como for, é pelo menos a uma dama que me cabe solicitá-lo, o que torna a situação um pouco mais doce. Servir significa saber atentar para ordens, prever desejos, dispor de pronta agilidade e ágil prontidão no tocante ao que é necessário aprender, caso ainda não se saiba, como arrumar a mesa ou escovar tapetes. Já adquiri certa perfeição no que tange a lustrar os sapatos de minha senhora, a quem chamo pura e simplesmente de "minha senhora". É tarefa pequena, insignificante, mas que também demanda o anseio pela perfeição, como as grandes. No futuro, quando o tempo estiver bom, precisarei levar meu pequeno e jovem patrão a passear. Para tanto, temos aqui um carrinho marrom em que posso levá-lo, o que, pensando bem, na verdade pouco me alegra, porque haverá de ser coisa tediosa. Mas, Deus do céu, vou precisar fazê-lo. Minha patroa é daquele tipo de mulher na qual o que sobressai, o que é marcante, é seu caráter burguês. É, de cima a baixo, uma dona de casa, mas o é com tal rigor e simplicidade que se pode dizer que é nobre. Em zangar-se, ela é mestra, e eu, por minha vez, sou mestre em proporcionar-lhe oportunidades para tanto. Hoje, por exemplo, ela, por descuido, quebrou uma rica travessa de porcelana e ficou brava comigo, que não a quebrei. Zangou-se comigo porque fui a testemunha desagradável de sua inabilidade e fez uma daquelas caretas que amiúde se veem nos desenhos da Fliegende Blätter. Uma verdadeira careta da Fliegende Blätter. Eu me pus a apanhar os cacos com delicado vagar, apenas para irritá-la, porque, devo dizer, gosto de irritá-la. Irritada, ela é encantadora. Não é bonita, mas mulheres assim, severas, quando vivamente agitadas, exalam profunda magia. Todo o seu passado de decoro estremece quando elas se agitam, e é por isso que é delicioso vê-las agitar-se, porque se inflamam ao menor dos motivos. De minha parte, o que acontece é que só posso adorar mulheres assim, porque sinto por elas ao mesmo tempo admiração e pena. Elas sabem ser arrogantes na fala e nos gestos a ponto de as faces quase explodirem de rubor e a boca afunilar-se no mais doloroso escárnio. Adoro esse escárnio, porque ele me faz tremer, e gosto de me fartar de vergonha e raiva, porque isso conduz a coisas mais elevadas, estimula a agir. Mas essa minha senhora, tão escarnecedora, é, no fundo, apenas uma mulher boa e doce, eu sei, e esta é minha patifaria: o fato de eu o saber. Quando a ouço, quando ouço seu tom autoritário, só posso rir, porque noto que ela fica contente em ver o prazer e a rapidez com que obedeço. Quando lhe faço um pedido, ela me repreende com veemência, mas, bondosa, concede, talvez um tanto irritada com o fato de eu pedir de tal maneira que ninguém seria capaz de negar. Sempre lhe causo alguma dor e penso: "Isso mesmo! Continue assim! Siga causando-lhe alguma dor. Ela se diverte com isso. É o que ela quer. Não espera outra coisa!". Mulheres são tão fáceis de conhecer e, no entanto, abrigam tanto de incompreensível. É estranho, não é mesmo, meu caro irmão? Em todo caso, elas são o que há de mais instrutivo para um homem neste mundo. Se, sentada a meu lado, ela soubesse o que escrevo agora! Um de meus desejos mais ardentes é que ela me dê *um safanão, e o mais rapidamente possível, mas, para meu tormento, tenho infelizmente de duvidar que ela possa vir a fazê-lo. Um sonoro tapa na cara; por esse safanão eu trocaria todos os beijos que me cabe esperar receber no futuro. Na verdade, essa história de safanão é um sentimento abominável, mas, em compensação, genuinamente burguês. Ela me conduz de volta à infância, e com que frequência não sentimos saudade de tempos remotos? Minha senhora tem algo desse passado remoto, algo ante cuja visão nos lembramos de tempos muito, muito antigos, talvez anteriores ainda a nossa infância. Uma hora dessas, é provável que eu lhe beije a mão, e aí ela vai me mandar para o inferno, para os diabos, como se diz. Tomara que eu o faça, e tomara que ela o faça. Que importância tem? Ah, estou me acabando aqui, é o que posso dizer a você, e já noto isso. Minha mente ocupa-se de dobrar guardanapos e limpar facas, e o pior é que isso me agrada. Pode-se imaginar emburrecimento maior? E você, como vai? Estive no campo durante três meses, mas, para mim, é como se isso tivesse acontecido há muito tempo. Tenho todas as possibilidades de me tornar uma pessoa dedicada por inteiro ao dia presente, sem jamais voltar a considerar meu vínculo com questões mais complexas e pendentes. Às vezes, sinto preguiça até mesmo de pensar em você, o que já me parece configurar uma grande indolência. Espero rever Klara em breve. Talvez você já a tenha esquecido, e, nesse caso, não devo nem tocar no assunto. E, aliás, não vou. Adeus, meu irmão.*

"A quem você estava escrevendo?", perguntou a mulher, cansada de ler jornal, ao ver que Simon concluíra sua carta.

"A um amigo meu que hoje mora em Paris."

"O que ele faz?"

"De início, era encadernador, mas, como não obteve sucesso nesse ofício, tornou-se garçom. Gosto muito dele, que foi meu colega de escola e de quem me aproximei porque, desde menino, ele já era infeliz. Certo dia, vi como seus colegas de classe zombavam dele e o empurraram do alto de uma escada de pedra; no momento em que ele caía, tive ainda de ver seus belos olhos assustados e tristes. Desde então, me tornei seu amigo mais íntimo, e, se a compaixão de fato vincula as pessoas, então só posso me sentir vinculado a ele, mesmo sem refletir sobre o assunto, e para sempre! Ele é só um ano mais velho que eu, mas está muitos anos à minha frente no tocante a seus costumes e modo de vida, porque sempre viveu em metrópoles, onde as pessoas amadurecem mais cedo. Antigamente, era apaixonado por pintura e, durante o exercício de seu ofício de encadernador, muitas vezes tentou pintar quadros, mas, para seu desgosto, não foi adiante, até que um dia, envergonhado, confessou-me que tinha resolvido esquecer seus sonhos de artista e se lançar por completo no turbilhão do mundo: virou garçom. Que tombo e, ao mesmo tempo, que voo mais admirável! Quando, em seus momentos de solidão e quietude, ele só podia sucumbir à dor da lembrança, eu, para consolá-lo, dizia-lhe que o amava e admirava por aquela decisão. É claro que, com frequência, ele só pode sentir saudade daquele passado melhor, enquanto, à sua volta, a vida freme. Mas veja, prezada senhora, ele é uma pessoa orgulhosa e boa. Orgulhosa demais para lamentar uma vida perdida, e boa demais para lograr deixá-la de lado. Conheço cada um de seus sentimentos. Certa feita, ele me escreveu que com certeza morreria logo, em razão do vazio e do tédio. Essa era sua alma. E, em outra ocasião, escreveu: 'Esses sonhos tolos! A vida é que é doce. Bebo absinto e estou feliz!'. Esse era seu orgulho masculino. A senhora tem de saber: as mulheres são loucas por ele, porque ele tem, em si, algo que desafia o coração e, também, algo de frio, gélido. A despeito do paletó de garçom, tudo nele respira amor e delicadeza."

"Como se chama esse desafortunado?", a mulher perguntou.

"Kaspar Tanner."

"Como? Tanner? Mas esse é seu sobrenome também. Então ele é seu irmão, mas você disse antes que era seu amigo."

"Perfeitamente, é meu irmão, mas muito mais meu amigo! Um irmão assim, a gente tem de chamar de amigo, se deseja lhe atribuir a designação correta. Irmãos, nós somos por acaso, mas amigos, isso nós somos conscientemente, o que vale muito mais. O que é amor fraterno? Um dia, quando ainda éramos apenas irmãos, nós nos pegamos pelo pescoço e queríamos acabar um com o outro. Que belo amor! Entre irmãos, a inveja e o ódio não constituem nada de extraordinário. Quando amigos passam a se odiar, eles se separam; quando aqueles que se odeiam são irmãos, aos quais o destino determina que vivam sob um mesmo teto, as coisas não são tão amenas. Mas essa é uma história antiga e desprovida de beleza."

"Por que você não fecha essa sua carta?"

"Gostaria de pedir à senhora que tomasse conhecimento do que escrevi."

A mulher sorriu: "Não, isso eu não vou fazer".

"Escrevi coisas inapropriadas acerca da senhora."

"Não há de ser tão grave", comentou ela, levantando-se. "Vá dormir."

Simon fez o que ela lhe ordenou e, enquanto saía, pensou:

"Estou ficando cada vez mais insolente. Logo, logo, ela vai me pôr para fora de casa!"

13

Passadas três semanas, Simon, livre de toda e qualquer obrigação, se viu numa ruazinha estreita, íngreme e quente; pensava se devia ou não entrar numa casa. O sol do meio-dia queimava a pino, arrancando das paredes as piores emanações. Não soprava nem sequer um ventinho. E como poderia alguma brisa penetrar naquela ruazinha? Lá fora, nas ruas modernas, talvez ventasse, mas aquela viela, ao que parecia, já não era visitada ou varrida por nenhuma corrente de vento fazia séculos. Simon levava no bolso uma pequena soma em dinheiro. Devia pegar o trem e viajar para as montanhas? Era o que todos faziam naquele momento. Estranhos, forasteiros, homens e mulheres avançavam pelas ruas alvas e claras — sozinhos, aos pares ou em grupos. Véus divertidos esvoaçavam dos chapéus das damas, ao passo que os homens vestiam calças curtas até os joelhos e sapatos leves e amarelos de verão. Não devia Simon tomar decisão semelhante e seguir aqueles estranhos até as montanhas? Com certeza, estaria fresco lá em cima, e ele encontraria trabalho em algum hotel. Podia fazer as vezes de guia, era forte o bastante para tanto, e tinha também inteligência suficiente para, apresentando-se a ocasião, dizer: "Vejam, minhas senhoras e meus senhores, esta cascata, ou este deslizamento de rocha, ou esta aldeia, ou esta escarpa, ou este rio de águas azuis e reluzentes". Saberia descrever com palavras uma paisagem aos senhores viajantes. E poderia também carregar nos braços uma inglesa cansada e amedrontada, caso tivesse de atravessar uma passagem de não mais que três pés de largura. Vontade para tanto, tinha. Sobretudo em se tratando de americanas e inglesas. Aprenderia inglês, que, para ele, era uma língua doce, dotada de uma sonoridade ciciante e sussurrante, a um só tempo rude e suave.

Mas Simon não tomou o rumo das montanhas, e sim o da casa velha, alta, sombria e de paredes grossas situada naquela ruazinha. Bateu na porta e perguntou à mulher que veio atender se haveria ali um quarto para alugar.

"Haveria, sim."

Será que podia vê-lo? Seria, talvez, um quarto não muito grande nem muito caro, adequado a uma pessoa mais pobre?

Depois de lhe mostrar o quarto, a mulher perguntou:

"O que o senhor faz?"

"Ah, não faço nada. Estou desempregado, mas vou procurar um emprego. Não se preocupe. Já adianto à senhora esta soma aqui, para que a senhora possa, de certo modo, ficar mais tranquila. Aqui está, por favor."

Simon estendeu-lhe uma bela nota como adiantamento. A mão que a apanhou era gorda, e a mulher, satisfeita, disse:

"Infelizmente, não bate muito sol neste quarto, que dá para a viela."

"Isso me agrada muito", Simon replicou. "Eu amo a sombra. Nesta estação quente do ano, eu iria odiar um quarto ensolarado. O quarto é muito bonito e, tenho de dizer, muito barato também. É como se tivesse sido feito para mim. A cama parece boa. Ah, sim, por favor, não examinemos demais. Tem um guarda-roupa no qual cabem mais roupas do que possuo, e vejo também, com espanto e alegria, uma poltrona onde me sentar com conforto. De fato, um quarto que tem uma poltrona assim já está, a meus olhos, mais do que bem equipado. E, ali na parede, tem até um quadro. Eu adoro quando um quarto tem só um quadro, porque então se pode contemplá-lo mais profundamente. Vejo um espelho também, onde posso contemplar meu rosto. É feito de bom vidro, que reproduz os traços da gente com nitidez. Existem muitos espelhos que distorcem os traços, quando olhamos para eles. Este aqui é excelente. E, sentado a esta mesa, vou escrever minhas cartas de solicitação de emprego, as quais enviarei às mais diversas casas comerciais, a fim de obter um posto de trabalho. Espero obter sucesso. Não vejo por que não ser assim, já que tantas vezes fui bem-sucedido. É bom que a senhora saiba que já troquei de emprego muitas vezes. Isso é uma falha que espero poder corrigir. A senhora sorri! Mas eu falo com muita seriedade. Ao me alugar este quarto, a senhora me concedeu uma graça, por assim dizer, porque este é um quarto em que uma pessoa como eu pode se sentir feliz. Sempre me empenharei por cumprir prontamente com minhas obrigações para com a senhora."

"É o que acredito também", disse a mulher.

"De início", prosseguiu Simon, "eu queria ir para as montanhas. Mas este quarto na sombra é mais bonito até mesmo que a mais branca das montanhas. Sinto-me um pouco cansado e gostaria de me deitar por uma horinha. Posso?"

"Mas é claro. O quarto é seu agora."

"Ah, não!"

E Simon se deitou para dormir um pouco.

Teve um sonho singular, que lhe daria o que pensar por muito tempo:

Estava em Paris, e, por que Paris, já não sabia dizer. No começo, caminhava por uma rua coberta de uma folhagem verde e suculenta, e as caudas dos vestidos das damas arrastavam consigo a folhagem murmurante. Uma chuvinha verde de folhas sussurrantes caía sem parar, e um vento de uma suavidade indizível soprava, como um hálito das nuvens. Os edifícios erguiam-se a uma altura maravilhosa, ora cinzentos, ora amarelados, ora brancos como a neve. Os homens que caminhavam pela rua exibiam longos cabelos cacheados, até a altura dos ombros; por ali iam anões também, de fraque preto e chapéu vermelho, capazes de se meter entre as pernas cruzadas dos outros. Em seus vestidos longos, as damas compunham figuras magníficas, altas, bem mais altas que os homens, também eles esbeltos, porém. Nos bustos esguios das damas, pincenês pendiam até o ventre, e um arco de cabelos pesados e exuberantes emoldurava cada uma daquelas adoráveis cabeças. Sobre as cabeças, chapeuzinhos minúsculos com penas ainda mais minúsculas, mas viam-se também chapéus com penas grandes a descair ampla e magnificamente, parecendo dobrar para trás a própria cabeça. Maravilhosas eram as mãos e os braços das damas, munidos de longas luvas negras que os recobriam até além dos cotovelos graciosos. Absolutamente tudo parecia deslumbrante, até onde a vista alcançava. Os grandes edifícios não paravam de se mover para cima e para baixo, como estranhos cenários naturais sobre um palco. A luz era em parte a do dia, em parte a da noite que avançava. Então, Simon chegou a um edifício todo recoberto de um verde selvagem. "Ali moram as mulheres mais bonitas de Paris", diziam as pessoas, quando perguntadas. De repente, uma nuvem branca e vaporosa curvou-se sobre a rua. Quando, perplexo, perguntou: "O que é isso?", ouviu como resposta: "Você está vendo, é uma nuvem. Uma nuvem nas ruas de Paris não é um fenômeno nada estranho. Se você ainda consegue se espantar com isso, então por certo é estrangeiro". A nuvem deitou-se ali, pousando na rua como uma espuma branca, semelhante a um grande cisne. Muitas damas correram até ela e lhe arrancaram pedacinhos, que, com maravilhosos movimentos dos braços, depunham sobre o chapéu ou, brincando, jogavam umas nas outras, de modo que fragmentos de nuvem se dependuravam nos vestidos. Pensava-se: "Vejam só esses parisienses! Riem-se com facilidade do estrangeiro a admirá-los. Mas será que eles próprios não se admiram a cada novo dia com as belezas de sua cidade?". Foi quando chegaram os terríveis moleques de rua parisienses e começaram a fazer cócegas na nuvem com palitos de fósforo acesos, o que a levou a alçar voo, rumar leve e majestosamente para as alturas, até desaparecer sobre as casas. De novo, via-se a rua. Nos belos restaurantes que avançavam pela calçada, os garçons vestindo fraque de um cinza claro serviam café, que as damas bebiam, enquanto conversavam entre si com vozes encantadoras. Poetas postados sobre tábuas elevadas cantavam as canções que haviam composto em casa. Vestiam nobre veludo marrom. Não compunham figuras ridículas, de modo algum. As pessoas se divertiam com sua apresentação, sem prestar grande atenção neles, o que, em Paris, seria impossível. Cachorros bonitos e esbeltos seguiam seus donos e se comportavam como se soubessem que, ali, era necessário apresentar-se bem. Cada figura, cada uma daquelas criaturas, parecia antes flutuar que caminhar, mais dançava do que avançava passo a passo, voava em vez de andar. E, no entanto, todos caminhavam, andavam, avançavam passo a passo e marchavam com total naturalidade. A natureza parecia ter se instalado naquela rua. Rebanhos inteiros de ovelhas passaram com seus sinos a fazer blim-blim, a rua qual um vale num fim de tarde, os pastores à frente em seus trajes escuros. Em seguida, vieram as vacas com seus grandes cincerros: blém-blém, blom-blom! E, no entanto, tratava-se de uma rua, e não de alguma pastagem nas montanhas, de uma rua no meio de Paris, no coração da elegância europeia. Era, contudo, uma via larga, comprida e larga como um rio. Agora, de súbito, acendiam-se as luzes, garotos ágeis acenderam-nas com o auxílio de varas compridas. Com estas, abriam os registros de gás no alto dos postes, para que o gás fluísse e acendesse o lampião. Foram, assim, de um poste a outro, até que todos os lampiões estivessem acesos. Agora, pois, as luzes cintilavam por toda parte e pareciam vagar juntamente com as pessoas em movimento. Que luz mágica e branca era aquela? E aqueles garotos endemoniados que as inflamavam — de onde haviam surgido, para onde iam, partiam para onde? Onde era seu lar? Tinham pais, irmãos, irmãs? Iam à escola? Podiam também crescer, se casar, ter filhos, envelhecer e morrer? Vestiam, todos eles, casacos curtos azuis e pareciam usar sapatos de borracha, porque só se ouvia seu deslizar, e não seu caminhar. Desapareceram. Com o cair da noite, surgiram figuras femininas maravilhosamente curiosas na rua em transformação. Suas profusas cabeleiras tingiam-se tanto de amarelo-claro como de negro também. Os olhos reluziam e cintilavam de doer. E o mais magnífico nelas eram as pernas, não cobertas pela barra dos vestidos ou pelas saias, e sim expostas até a altura dos joelhos, a partir dos quais murmurantes calças de renda as envolviam. Os pés, botas de cano alto e do couro mais fino os calçavam até quase os mesmos joelhos flexíveis. As botas em si eram o que havia de mais delicado e apropriado para envolver ágeis pés femininos. Bastava ver aquilo para sorrir do fundo do coração. O andar daquelas mulheres era, antes, um flutuar que convidava ao júbilo; depois, ganhava peso e, por fim, fazia-se dança. O modo como caminhavam era de desenhar, de nos fazer compartilhar de um sentimento que nos elevava e arrastava consigo, pondo-nos a sonhar de olhos abertos com aquela doçura, despertando a alma e fazendo-a refletir sobre como podia Deus ter feito tão belas as mulheres. Sentia-se vivamente:

"Se há algum lugar nesta Terra onde os deuses poderiam se sentir em casa, o que decerto não é concebível, esse lugar só pode ser Paris". De súbito, sem nem mesmo perceber, Simon viu-se numa escada entalhada em madeira escura que subia em direção a um quarto onde uma moça dormia num divã. Ao observá-la mais de perto, viu que era Klara. Um gatinho dormitava ao lado dela, que, adormecida, o envolvia com o braço. Um criado, um negro, trouxe o jantar, e Simon se acomodou à mesa, enquanto, provinda do teto da sala, uma música baixa e abafada murmurava como o chapinhar de uma fonte rara e engenhosa; ela soava ora distante ora junto de seu ouvido. "Em Paris, as pessoas são servidas de um jeito estranho", pensou Simon, enquanto, qual num conto dos irmãos Grimm, degustava a refeição. Foi então que a adormecida despertou. "Venha, quero lhe mostrar uma coisa", ela disse num sussurro. Simon levantou-se, e ela abriu uma porta dupla como se com uma varinha de condão — ou, pelo menos, ele não a viu usar nenhuma das mãos para abri-la. "Transformei-me agora numa maga", ela sorriu para Simon, espantado. "Não duvide disso, mas tampouco se assuste. Não vou lhe mostrar nada de repugnante." Simon acompanhou-a até o cômodo vizinho; ela lhe soprava seu hálito quente e perfumado e, de repente, Simon viu seu irmão Klaus, que, sentado a sua escrivaninha, escrevia. "Ele é trabalhador e está escrevendo a obra de sua vida", disse Klara, referindo-se em voz baixa ao irmão dele. "Está vendo seu semblante pensativo? Está tecendo considerações sobre o curso dos rios, sobre a história e a idade das montanhas, sobre os volteios dos vales e das camadas terrestres, mais abaixo. Mas, entre uma coisa e outra, pensa no irmão, está pensando em você! Veja como sua testa se enruga. Ao que parece, você o preocupa, seu malvado! Infelizmente, ele não pode falar, ou nós dois ouviríamos agora o que ele pensa de você e de suas ações, que tanto o preocupam. Ele te ama, olhe para ele!

Uma tal criatura ama seu irmão e gostaria de sabê-lo um homem valente e respeitado neste mundo. Vejo, porém, que sua imagem já se desfaz. Venha. Vou lhe mostrar outra coisa." E, ao dizê-lo, ela de pronto abriu uma segunda porta, menorzinha, com o condão que, com efeito, segurava; Simon divisou, então, sua irmã Hedwig, estendida sobre um leito recoberto de linho branco. O aposento exalava um perfume maravilhoso de ervas e flores. "Olhe para ela", disse Klara, e um tremor fez estremecer também sua voz límpida e baixa: "Ela morreu. A vida lhe causava dor demasiada. Sabe você o que é ser uma moça e sofrer? No passado, você sabe, escrevi-lhe uma carta, uma carta longa, ardente e saudosa, e ela nunca mais vai poder erguer a mão para respondê-la. Vai-se sem ter respondido à pergunta do mundo: 'Por que você não vem?'. Parte sem palavras, tão moça e tão flor! Como era adorável. Você, como irmão, nem de longe pode senti-lo como eu, a amiga. Veja como ela sorri! Se ainda pudesse falar, por certo diria coisas gentis. Era severa ao falar. Queixosa, mordia os lábios. Mas isso você não vê em sua boca. A morte deve tê-la beijado, para que ela possa continuar sempre sorrindo, até na morte! Era uma moça corajosa. Morreu como uma flor, que morre quando murcha. Sigamos adiante. Em meu reino mágico, a ninguém é permitido embasbacar-se. Diga-me, machuquei você? Impossível. O que há de doloroso numa morte tão bonita? Vocês a fizeram sofrer; isso, sim, era doloroso. Não quero machucar você. Venha, que agora você verá outra coisa". E, com essas palavras, ela fez abrir-se uma terceira porta, e Simon olhava agora para um espaçoso ateliê de pintor. Sentiu o cheiro da tinta a óleo e, pendurados nas paredes, via os quadros de seu irmão Kaspar, que, em pessoa e de costas para ele, trabalhava diante de um cavalete, inteiramente absorto, ao que parecia. "Silêncio, não o incomode: está trabalhando", disse Klara. "Não se deve incomodar quem cria. Sempre soube que ele vivia apenas para a arte, já o sabia outrora, quando ainda acreditava segui-lo, ou poder segui-lo. Não, é melhor assim. Eu só o teria detido e atrapalhado. Ele tem de esquecer tudo à sua volta, até o que mais ama, se o que quer é ser capaz de criar. Criar assim demanda matar todo o amor e toda a profundidade de sentimento, para que se possa transferir a totalidade desse amor e dessa profundidade para a criação. Isso você não entende, só ele. Quando me vê contemplá-lo dessa forma, não crê que me sinto compelida a me atirar nos braços dele? Que quero ouvir o que me diz quando, sussurrante e cheia de medo, lhe pergunto: 'Você me ama, Kaspar?'. Ele decerto me acariciaria, mas eu, prenhe de pressentimentos, descobriria um traço de mau humor em sua bela testa. E essa descoberta me precipitaria qual uma condenada para todo o sempre num abismo indigno e imundo, muito distante dele. Não, isso Klara não faz. Ela me é boa demais para tanto, assim como ele me é bom e amável demais tal como é. Postada às suas costas, posso, pois, imaginar como ele cria, como gira adiante essa grande esfera ardente e fumegante que é a arte, qual um lutador magnífico que se entrega até o último suspiro para obter a vitória sobre seu oponente. Veja como lhe arrebata a condução do pincel, com o qual faz soar o carrilhão de mil notas de suas cores, a fim de pintar cada linha mais linear, cada cor mais colorida, cada pincelada mais definida e cada anseio mais pleno de anseios. Seu olhar, que tanto amei, sempre esteve dirigido para as formas, e, aqui em Paris, ele só precisa de um quarto simples para apreender o mundo em imagens. A natureza, ele a tomou nos braços como a uma amada voluptuosa, em cuja boca dá agora beijos e mais beijos, até faltar o ar aos dois, a ele e à natureza. A mim, chega mesmo a parecer que, ante artistas genuínos, a natureza se entrega impotente e sem forças, como uma amada de quem se pode exigir tudo que se queira. Seja como for, você mesmo pode notar, Kaspar tem muito que fazer, com a mente, com seus sentimentos e com as mãos; como um cavalo selvagem, indomado, vai adiante, trabalha, e mesmo à noite, ao dormir, segue trabalhando em seus sonhos delirantes, porque a arte é dura e, assim me parece, é a tarefa mais difícil que um homem honrado e honesto pode se propor a realizar. Jamais o perturbe nessa sua tarefa sagrada: ele cria para o deleite das gerações vindouras. Que coisa mais condenável e desprovida de beleza seria eu querer lhe impor o meu amor fraco e pobre. Ademais, uma mulher não gosta de beijar, quando sente que pensamentos feridos palpitam entre os beijos, sufocados por eles. Que assassina mais inconsiderada seria uma tal mulher! Assim, porém, tudo é belo; dói um pouco ter de estar às suas costas, atrás de seus ombros e cachos, mas, em contrapartida, ouve-se o dobrar de sinos na alma e sente-se a doce legitimação e o caráter imaculado da própria posição no mundo. Em algum ponto, é necessário abafar e ordenar os sentimentos, firmar posição. Mesmo uma mulher fraca saberá com precisão o que fazer num caso como esse. Contemplar um artista, seguir refletidamente seus movimentos, é mais belo do que querer influenciá-lo, como se ávida por obter alguma coisa, por significar algo para ele e para o mundo. Toda postura tem seu significado, menos a da interferência e a do imiscuir-se indevidamente! Teria ainda muita coisa a dizer a você, mas agora venha." Enquanto Klara conduzia Simon, de novo uma música estranha, incompreensível, começou a soar, vinda de todos os cômodos, de telhados e paredes, como um trinado de milhares de pássaros proveniente de um bosquezinho modesto. Tornavam a adentrar agora aquele primeiro aposento e viram o gatinho preto tentando enfiar a pata num jarro de leite de gargalo estreito. Ao ver os dois, porém, o gato deu um salto e foi se acocorar atrás de uma cadeira, de onde espiava atento com seus olhos de um amarelo ardente. Klara abriu uma janela, e uma visão maravilhosa se ofereceu. Nevava na rua verdejante de verão, e a neve era tão densa, um floco tão junto do outro, que era impossível enxergar através dela. "Em Paris, isso não é nenhuma raridade", disse. "Aqui, neva no meio do verão, não há estações do ano definidas, assim como tampouco existe um jeito próprio de falar. Em Paris, as pessoas precisam, muito rapidamente, estar preparadas para tudo. Depois de morar algum tempo na cidade, você vai aprender também e se desabituar desse espanto tão fora de lugar. Aqui, tudo é um apreender rápido, gracioso e modesto. Ter respeito pelo mundo se considera aqui a coisa mais sublime e refinada. Você logo vai aprender. Essa neve, por exemplo, o que acha? Pode imaginar que ela vai se elevar acima dos edifícios altos? Pois assim será, e o mais provável é que agora passemos um mês enterrados nela. Que importa? Temos iluminação e um quarto quente. Vou dormir boa parte desse tempo, porque, afinal, uma maga precisa dormir bastante; e você vai brincar com o gatinho ou ler um livro — tenho em minha biblioteca os mais belos romances parisienses. Os escritores parisienses escrevem de forma encantadora, você vai ver. Passado um mês, aliás, teremos música também, não é mesmo? E, depois de um mês, como disse, será primavera nas ruas da cidade. Aí, você verá como, depois de um longo enclausuramento, as pessoas vão se abraçar em plena rua e chorar lágrimas de alegria pelo reencontro. Tudo serão abraços. O gozo, contido por tanto tempo, vai irromper nos olhos cintilantes, nos lábios e nas vozes, e beijos serão dados em maio, mas isso tudo você vai experimentar por si só. Imagine o ar fazendo-se todo azul e baixando quente e úmido pelas ruas; o céu põe-se a passear por Paris e se imiscui em meio à gente deliciada. As árvores crescem e florescem num único dia e exalam um perfume maravilhoso; os pássaros vão cantar, as nuvens dançarão, e flores vão sibilar pelo ar como a chuva. E todos terão dinheiro no bolso, mesmo nos bolsos mais pobres e esfarrapados. Agora, porém, quero ir dormir. Vê como estou ficando sonolenta? Aproveite o tempo e estude uma das obras que vai encontrar e que estará apta a mantê-lo cativo pelo mês inteiro. Livros assim existem. Boa noite!" E assim ela adormeceu. O gato quis ir se deitar com ela, Simon correu em seu encalço, ele escapou, Simon o seguiu, mas, tão logo o apanhava, ele sempre lhe escapava das mãos. Perseguiu-o até que o ar lhe faltasse, numa angústia que por fim o fez despertar.

"Tive um sonho melancólico", pensou ao se levantar da cama.

Nesse meio-tempo, ia-se a tarde. Simon foi até a janela e, pela primeira vez, olhou para a rua lá embaixo, logo abaixo de seu quarto. Dois homens caminhavam por ela; tinham espaço apenas suficiente para, entre os muros altos, caminhar com conforto lado a lado. Conversavam, e o som de suas palavras chegava estranhamente nítido aos ouvidos dele, um som que os muros repercutiam. O céu exibia um azul dourado de uma intensidade profunda, que despertava anseio indefinido. Na janela do edifício defronte, bem diante de Simon, surgiam agora duas figuras femininas, cujos olhares assaz impertinentes e risonhos o tocaram. Era como se mãos impuras o tocassem. Uma das figuras lhe disse numa voz que soou na altura habitual, porque parecia que estavam os três sentados numa mesma sala, perpassada apenas por casualidade por uma estreita faixa de céu azul: "O senhor por certo está muito sozinho!".

"Ah, sim, mas é belo estar sozinho!"

E Simon fechou a janela, enquanto as duas mulheres explodiam numa gargalhada. O que teria a dizer a elas que não fosse indecente? Hoje, não se sentia disposto. A nova mudança que se introduzira em sua vida o fizera sério. Ele fechou as cortinas brancas, acendeu a lamparina e prosseguiu com a leitura do romance de Stendhal que, no campo, em casa de Hedwig, não conseguira terminar.

14

Depois de ler por uma hora, Simon apagou a lamparina, abriu a janela, deixou o quarto e saiu pela porta do edifício para a rua íngreme. Recebeu-o uma escuridão pesada e quente. O velho bairro estava cheio de pequenas tavernas, de forma que, caminhando por ele, a escolha podia resultar difícil. Deu ainda alguns passos pela rua animada e repleta e, então, entrou num bar. Em torno de uma mesa redonda encontrava-se reunido um grupo reduzido e alegre, cujo centro era sem dúvida um trocista baixinho, porque todos riam quando ele abria a boca. Devia ser uma daquelas pessoas que, dissesse o que fosse, soava engraçada e estimulava os músculos do riso. Simon sentou-se à mesma mesa, junto de dois homens ainda jovens, e involuntariamente pôs-se a ouvir o que diziam. Conversavam a sério, valendo-se de palavras assaz inteligentes. O tema da conversa parecia ser um rapaz infeliz, que os dois talvez conhecessem de perto. Agora, um deles ouvia do outro, sem interrompê-lo, a história daquele jovem, e Simon entreouviu o seguinte:

"Sim, era um sujeito magnífico! E já desde garoto, quando

ainda tinha cabelos compridos, vestia calça curta e passeava pelas ruas da cidadezinha segurando na mão de uma babá. As pessoas voltavam-se para olhar para ele e diziam: 'Mas que belo rapazinho, bonito como uma pintura!'. Fazia suas tarefas com muito talento, e me refiro às tarefas da escola. Os professores o amavam, porque ele era doce e fácil de educar. Com sua inteligência, cumpria brincando os deveres da escola. Era magnífico na ginástica, no desenho e em aritmética. Ou, pelo menos, sei que os professores o louvavam como um modelo para as novas gerações de estudantes e mesmo para as séries mais avançadas. Seus traços suaves e os olhos maravilhosos, repletos de promessas varonis, cativavam aqueles que o conheciam. Já desfrutava de certa fama quando os pais o enviaram para a escola secundária. Mimado pela mãe, o que era compreensível, e admirado por todos, seu espírito só podia desenvolver desde cedo aquela suavidade dos favorecidos e reconhecidos, aquele deixar estar, aquela bela despreocupação que permite a um jovem fazer-se, brincando, senhor dos prazeres da vida. Nas férias, além de notas brilhantes, levava para casa um bando de colegas da escola e extasiava os ouvidos da mãe com relatos de seus próprios e muitos sucessos. É claro que ocultava dela os sucessos que já na época começava a ter com as mocinhas levianas, que o achavam bonito e adorável. Aproveitava as férias para fazer caminhadas pelas planícies; na vastidão do alto das montanhas, que o atraíam por se estenderem rumo a tamanha altura e a distância inescrutável, passava não horas, mas dias inteiros na animada companhia de entusiasmados como ele. Fascinava e encantava todos eles. Em sua saúde e maleabilidade, tanto de alma como de corpo, era como um deus que, por diversão, parecia agora passar algum tempo fazendo o ginásio. Quando caminhava, as moças o seguiam com os olhos, como se atraídas pelos olhares que ele lançava para trás. Na cabeça loira e bela, levava, coquete, o boné azul de estudante. Era encantadoramente leviano. Certa feita, na barraca de tiro ao alvo — era época de feira, e a grande praça onde em geral se reunia o gado estava repleta de barracas, cabanas, carrosséis, escorregadores e picadeiros —, ele se pôs a atirar com um fuzil de caça carregado, em vez de usar a habitual e inofensiva espingarda da barraca de tiro, aonde ia sempre, porque o encantava a moça que ali distribuía as armas. A bala pequena atravessou a lona da barraca e penetrou num carro estacionado logo atrás, onde por um triz não atingiu uma criancinha que dormia num berço. Era o carro que aquela gente nômade utilizava como residência familiar. A brincadeira, ele a fizera com naturalidade, e muitas outras brincadeiras vieram juntar-se àquela; quando chegaram as férias seguintes, o boletim do jovem estudante trazia uma observação mordaz do diretor, que, generoso e ao mesmo tempo com grande solenidade, escreveu uma carta aos pais, na qual lhes pedia que, por iniciativa própria, tirassem o filho da escola, uma vez que, do contrário, sua expulsão era forçosa e iminente. Os motivos: comportamento insensato, possibilidade de contágio, influência negativa, irresponsabilidade, o interesse maior da instituição, seus deveres, considerações e tudo o mais que, em casos como esse, se alega como motivo — a moralidade em perigo, a proteção devida aos ainda inocentes, e assim por diante."

O rapaz interrompeu o relato por alguns instantes.

Simon valeu-se da oportunidade para se fazer notar, dizendo:

"Seu relato interessa-me em muitos aspectos. Queira, por favor, permitir que eu continue a ouvi-lo. Sou um jovem que acaba de abandonar seu emprego fixo e talvez aprenda alguma coisa com esse relato. Penso que sempre se tem algo a ganhar, quando se ouve uma história verdadeira."

Os dois jovens voltaram sua atenção para Simon, encarando-o, mas ele pareceu não lhes causar má impressão. Pelo contrário, o rapaz que contava a história lhe disse que ouvisse bem, se assim desejava, e prosseguiu com o relato:

"Em virtude daquela expulsão, os pais do garoto por certo mergulharam em grande consternação e em preocupação ainda maior. Afinal, que pais ficariam indiferentes a um caso aflitivo como aquele a ponto de considerá-lo uma questão cotidiana? De início, julgaram que o melhor a fazer era afastar por completo o filho maroto de uma carreira de estudos e fazê-lo aprender algum ofício árduo, como o de mecânico ou serralheiro. A América — tanto a palavra como o lugar — já lhes vinha à mente; ante a situação do rapaz, era quase natural que coisa semelhante lhes ocorresse. Mas não foi o que se deu. De novo, venceu a ternura da mãe, como já acontecera tantas vezes antes, quando o pai pretendera interferir com vigor, como desejava fazê-lo também naquela oportunidade. O garoto foi enviado a uma instituição afastada e solitária, onde se prepararia para o ofício de professor primário. Era uma instituição francesa, e ali não lhe seria possível exibir comportamento inconveniente. Pelo menos, terminado o curso, ele partiu para o mundo como um professor jovem e formado. Nas proximidades de sua cidade natal, conseguiu um posto provisório. Ensinava as crianças tão bem quanto podia e, quando lhe sobrava tempo, lia em casa os clássicos franceses e ingleses em sua língua original; para línguas, tinha de fato talento maravilhoso. Em segredo, pensava em outra carreira, razão pela qual escreveu cartas para os Estados Unidos, com o intuito de conseguir colocação como preceptor, cartas que, no entanto, permaneceram infrutíferas, e levava uma vida entre o dever e uma tímida liberdade de compromissos. Como era verão, com frequência levava os alunos para nadar num canal fundo e caudaloso. Também ele se banhava ali, a fim de mostrar a seus pupilos como proceder, se queriam aprender a nadar. Um dia, porém, o turbilhão de água o arrastou consigo de tal forma que parecia que iria tragá-lo. Os alunos já corriam de volta à cidadezinha, onde gritaram: 'Nosso professor se afogou!'. Mas o rapaz, ainda moço e vigoroso, desvencilhou-se do redemoinho de águas traiçoeiras e voltou para casa. Passado algum tempo, estava em outro lugar, isto é, no meio das montanhas, numa aldeia pequena mas rica, onde encontrou pessoas agradáveis, que o respeitavam antes como homem que como professor. Era excelente pianista e, em geral, um sujeito alegre que, num grupo de pessoas, sabia fazer o fio mágico de toda conversa girar unicamente em torno de sua pessoa. Uma senhorita muito amável, mas já não tão moça, apaixonou-se por ele, e de tal forma que passou a lhe propiciar toda a comodidade e todo o conforto possíveis, além de apresentá-lo às pessoas mais importantes da aldeia. Ela provinha de antiga família de oficiais, cujos ancestrais haviam outrora guerreado em terras estrangeiras. Assim sendo, um dia ela o presenteou, como recordação, com uma graciosa espada curta e decorativa, a qual, de todo modo, não havia de ter sido inofensiva e talvez já tivesse sido, a seu tempo, mergulhada em sangue. Era uma peça refinada, e a boa e amável senhorita entregou-lhe o ornamento com os olhos baixos, talvez reprimindo um suspiro profundo ao fazê-lo. Ouvia o professor com atenção, quando, em postura romântica e nobre, ele sentava ao piano e tocava; não conseguia tirar os olhos da figura dele. Como era inverno, com frequência iam patinar juntos no pequeno lago no alto da montanha, e ambos se comprazium com aquele belo divertimento. Mas o desejo do rapaz era o de, mais uma vez, partir em breve, tanto mais porque sentia agora os laços calorosos e sedutores que, de bom grado, o teriam prendido para sempre àquela aldeia, laços aos quais, no entanto, cumpria-lhe escapar, se pretendia ainda almejar ser algo de grande neste mundo. Partiu, pois, e, aliás, com dinheiro da senhorita, que, rica, deu-o a ele sem reserva alguma, concedendo, assim, a si própria uma alegria melancólica e plena de preocupações. Foi-se para Munique, onde viveu uma vida deveras folgazã, à maneira dos estudantes locais; depois, voltou para casa, procurou um emprego e o encontrou numa instituição particular ao pé de uma cadeia de montanhas adornada por uma floresta de abetos. Ali, cabia-lhe lecionar a garotos de todos os continentes, filhos de gente rica, o que ele fez com grande amor e interesse durante algum tempo; mas acabou por brigar com o proprietário da instituição e tornou a partir. Dessa vez, foi para a Itália, na condição de preceptor, e, em seguida, para a Inglaterra, onde, numa propriedade no campo, lecionou para duas mocinhas adolescentes, com as quais, entretanto, não fez senão maluquices. Tornou a voltar para casa; ideias amalucadas assombravam-lhe a mente e, em seu coração agora vazio, ardiam tão só fantasias desorientadas, sem nenhum direito à realidade. Por essa época, morreu-lhe a mãe, em cujo regaço ele tanto desejava lançar-se. Sentia-se vazio e desconsolado. Imaginou, então, que devia se dedicar à política, mas para tanto já não possuía visão global e tranquilidade suficientes, nem os necessários polimento e tato. Além disso, escrevia boletins sobre a Bolsa de Valores, mas sem sentido nenhum, porque ele os inventava, e, aliás, a partir de um intelecto já destruído. Escrevia poemas, peças de teatro e composições musicais; desenhava e pintava também, mas de modo diletante e infantil. Nesse meio-tempo, encontrara nova colocação, mas apenas por um breve período; e outra, e mais outra! Esteve em meia dúzia de lugares, mas, por toda parte, acreditava-se e se via enganado e ferido; perdeu a dignidade diante dos alunos, tomou dinheiro emprestado deles, porque dinheiro, nunca tinha. Ainda era um homem esbelto e belo, de aparência doce e distinta e de conduta ainda e sempre nobre, bastando para tanto que mantivesse a cabeça no lugar. Agora, porém, esse quase nunca era o caso. Em parte alguma se podia empregá-lo por muito tempo; mandavam-no embora tão logo descobriam sua natureza, ou ele próprio se ia, por razões inteiramente singulares, que ele próprio inventava. Isso, é claro, o exauriu e paralisou por completo. Da Itália, ainda escreveu cartas idealistas, de um alegre entusiasmo, ao irmão. Em Londres, onde passou necessidade, certa vez foi ao escritório de um comerciante de sedas muito rico — o comerciante era um tio seu —, para solicitar que o ajudasse naquela situação difícil. Pediu dinheiro, talvez não exatamente com palavras, mas percebeu o que ele queria e o mandou embora com indiferença, sem lhe dar nada. Como seu belo e doce orgulho humano há de ter sofrido para encontrar coragem de ir mendigar a pessoas indignas. Mas a que não o obrigava a necessidade por que passava? Pode-se falar em orgulho, mas há de se pensar também em todas as circunstâncias desta vida nas quais é inumano demandar orgulho de um homem. E, nesse caso, o suplicante era fraco! Tivera desde sempre um coração fraco e infantil; foi fácil à dor e ao arrependimento por uma vida perdida destruir um tal coração. Um dia, depois de todas as suas andanças, ele tornou a aparecer em casa, pálido, abatido, cansado e com as roupas esfarrapadas. O pai por certo o recebeu sem um pingo de compaixão, e a irmã, o melhor que podia, ante os olhos indignados do pai. Acreditava que conseguiria algum trabalho editorial e, enquanto isso, circulava pela cidade, dando anéis a todas as moças e dizendo-lhes que queria se casar com elas. Era evidentemente pueril, as pessoas comentavam e se riam. Depois, partiu ainda uma vez, para assumir um posto de professor, mas verificou-se que, neste mundo, ele se tornara uma impossibilidade. Certo dia, chegou à sala de aula com um pé descalço: faltavam-lhe o sapato e a meia. Não sabia mais o que estava fazendo, ou fazia justamente o que lhe ordenava sua outra mente, ensandecida. Por essa mesma época, apagou de sua caderneta do serviço militar a degradação registrada ali, a qual lhe fora imposta anteriormente em virtude de um grave erro cometido.

Tendo a transgressão temerária vindo à luz, sua consequência foi que o trancafiaram na prisão. De lá, uma vez constatado seu estado mental, enviaram-no para um hospício, onde ele se encontra até hoje. Sei disso tudo porque estive muitas vezes com ele ao longo dos anos, tanto na vida civil como na militar, e ajudei a levá-lo para onde ele agora se encontra e, por infelicidade, teve de ser conduzido."

"Que triste!", disse o outro rapaz.

"Terminemos de beber e vamos embora", sugeriu o narrador, acrescentando: "Há quem diga que as mulheres levianas com as quais ele teve contato teriam acabado com ele, mas não acredito nisso. Estou convencido de que, na maioria dos casos, as pessoas exageram a má influência que essas mulheres exercem sobre um homem. Não chega a tanto. A causa talvez esteja na família".

Muito agitado, Simon levantou-se de um salto, as faces tingidas pelo rubor da indignação.

"Na família? Como assim? O senhor está enganado, meu nobre senhor narrador. Por favor, olhe bem para mim. Vê, talvez, alguma coisa que poderia ser atribuída a minha família? Devo ser também enviado a um hospício? Eu sem dúvida deveria sê-lo, se a causa está na família, porque também pertenço a ela. O jovem de que o senhor fala é meu irmão. Não sinto a menor vergonha em chamar abertamente de meu irmão uma pessoa que é decerto infeliz mas de forma alguma daninha. Não se chama Emil, Emil Tanner? Teria eu como sabê-lo, não fosse ele meu querido irmão de sangue? Seu pai, que é também o meu, não é um comerciante de farinha, imponente negociador, ademais, de vinhos da Borgonha e de azeite de Provença?"

"De fato, isso tudo está correto", confirmou o jovem que contara a história.

Simon prosseguiu: "Não, a causa não pode estar na família. Isso eu vou negar enquanto viver. Trata-se pura e simplesmente de infelicidade. Não podem ter sido as mulheres. O senhor tem razão ao dizer que não foram elas. É necessário que as pobres mulheres sejam sempre as culpadas, quando os homens mergulham na infelicidade? Por que não pensar no assunto de uma forma mais simples? Não estará a causa no caráter, numa poeirinha da alma? Se é assim, e sempre assim, então assado. Observe, por favor, o movimento que faço com as mãos: assim, assado! É disso que se trata. O homem se sente de determinada maneira, age de determinada maneira e, então, esbarra numa série de obstáculos e acidentes de percurso. As pessoas sempre pensam em alguma herança terrível e em coisas desse tipo. Isso me parece ridículo. Que covardia, que desrespeito pretender atribuir aos pais e antepassados a culpa pela própria infelicidade. Falta de decência, de coragem e mais: uma fraqueza inapropriada de coração é o que isso é! Quando a infelicidade se abate sobre alguém, então é porque essa pessoa traz em si o modo de ser necessário a facilitar ao destino a transformação desse seu modo de ser em infelicidade. Sabe o senhor o que meu irmão foi para nós, os mais jovens, para mim e para Kaspar, meu outro irmão? Em nossas caminhadas conjuntas, ele nos ensinou a sentir coisas belas e elevadas, e isso numa época em que éramos ainda os mais terríveis malandros, atrás apenas de pregar as piores peças. De seus olhos, bebemos o fogo do entusiasmo pela arte. O senhor pode imaginar o que foi essa época — magnífica, ávida por compreensão, ambiciosa, no sentido mais belo e ousado do termo? Vamos beber outra garrafa de vinho, faço questão de pagar, sim, embora eu seja um miserável desempregado. Ei, senhor taberneiro, uma garrafa de Waadtländer! E do melhor que o senhor tiver aí. Sou uma pessoa inteiramente desprovida de compaixão. Meu pobre irmão Emil, eu já o esqueci há muito tempo. Nem sequer penso nele, porque, veja o senhor, sou uma pessoa que, para estar neste mundo e nele se manter ereta, precisa defender seu lugar com unhas e dentes. Tombar, talvez eu tombe apenas quando deixar de pensar em me levantar. Sim, aí então eu talvez tenha tempo de pensar nos infelizes e sentir compaixão, isto é, quando eu próprio me tornar digno de compaixão. Até o momento, isso não aconteceu; pretendo rir ainda, e brincar em face da minha própria morte. O senhor está diante de uma pessoa deveras inquebrantável, que sabe suportar toda sorte de infortúnios. Para mim, a vida não precisa ser tão resplandecente; a meus olhos, ela já brilha. A maior parte do tempo, acho-a bela e não entendo as pessoas que não veem beleza nela e, com isso, a insultam. Aí vem o vinho. Sempre me sinto muito distinto quando bebo vinho. Meu pobre irmão continua vivo! Eu lhe agradeço, meu senhor, por me ter feito hoje recordar um infeliz. E agora, sem nenhuma brandura de coração, brindemos, meus senhores: Viva a infelicidade!".

"E por quê, se me permite a pergunta?"

"O senhor está exagerando!"

"A infelicidade forma. É por isso que peço aos senhores que, com esta cintilante taça de vinho, brindem a ela. Mais uma vez! Isso. Eu agradeço. Deixem-me dizer-lhes que sou um amigo da infelicidade, e, aliás, um amigo muito íntimo, porque ela é merecedora dos sentimentos de amizade e confiança. A infelicidade nos faz melhores, e esse é um grande serviço que nos presta. Um serviço de genuína amizade, que é preciso retribuir, se desejamos que nos considerem pessoas decentes. Ela é a amiga um tanto rabugenta, e por isso mesmo tanto mais sincera, que temos nesta vida. Seria deveras impertinente e indigno de nossa parte não atentar para isso. De início, jamais a compreendemos, e é por isso que a detestamos, quando ela surge. Trata-se de uma companheira tão bela, tão silente, que jamais se anuncia e que sempre nos surpreende, como se fôssemos patetas aos quais sempre é possível surpreender. Quem possui o talento de surpreender, este — seja quem for e venha de onde vier — há de ser dotado de um refinamento extraordinário. Não se deixar pressentir, aparecer de repente, não trazer em si o mais leve sabor ou perfume antecipatório nem despertar curiosidade alguma e, então, bater de súbito em nosso ombro com tanta intimidade, chamar-nos de 'você', sorrir e dar-nos a ver um rosto pálido, brando, onisciente e belo — para tanto, é necessário força maior, é preciso mais que meras máquinas voadoras, de cuja parca invenção nós, os seres humanos, já nos jactamos antecipadamente com palavras tonitruantes a destronar o destino. Sim, o destino, a infelicidade é bela. E ela é boa porque contém também o seu contrário: a felicidade. Aparece equipada de ambas essas armas. Possui uma voz raivosa e aniquiladora, mas também outra, suave e adorável. Desperta vida nova depois de acabar com a antiga, que não a agradava. Estimula a uma vida melhor. Toda a beleza, se esperamos ainda viver algo de belo, nós a devemos a ela, que nos enfastia de belezas e, com os dedos esticados, nos mostra belezas novas! Não é um amor infeliz o mais pleno de sentimentos e, portanto, o mais terno, refinado e belo? Não ecoa a solidão os sons mais suaves, lisonjeiros e benfazejos? É novidade tudo isso que lhes digo, meus senhores? Por certo é novo, quando alguém o diz, porque raro é que seja dito. À maioria, falta coragem para saudar a infelicidade como algo em que a alma se pode banhar como nossos braços e pernas na água. É o que vemos quando, despidos de toda roupa, ficamos nus — que esplendor, um ser humano nu e saudável! Que felicidade não vestir mais coisa nenhuma, estar nu! Uma felicidade é já vir ao mundo e não dispor de outra ventura senão a de ser saudável; tem-se aí uma felicidade cujo brilho suplanta e ofusca o das pedras mais preciosas, a beleza de todos os tapetes e flores, os palácios e as maravilhas. A saúde é o que há de mais maravilhoso; ela é uma felicidade à qual não se pode acrescentar nenhuma outra parecida, a não ser que, no curso dos tempos, o ser humano se torne grosseiro o bastante para desejar para si apenas a doença e, como compensação por ela, um saco cheio de dinheiro. A essa plenitude de esplendor e felicidade — se estamos mesmo inclinados a contemplar como tamanha plenitude os membros nus, tesos, ágeis e quentes que nos acompanham nesta vida terrena — só pode vir juntar-se um contrapeso: a infelicidade! Ela pode nos impedir de transbordar, dá-nos a alma, educa nossos ouvidos para apreender o belo som que resulta da alma e do corpo respirando juntos, misturados um ao outro, invadindo um ao outro. A infelicidade faz de nosso corpo algo que é corpóreo e pleno de alma, algo a que a alma dá existência sólida dentro de nós, de modo que, assim o desejando, podemos sentir todo o nosso corpo como uma alma: a perna como a alma que salta, o braço como a que carrega, o ouvido como a que espreita, os pés como uma alma que caminha nobremente, o olho como a alma que vê, e a boca como a que beija. É a infelicidade que nos faz amar; afinal, quando foi que amamos sem sermos um pouco infelizes? Nos sonhos, ela é ainda mais bonita que na vida real, porque, quando sonhamos, compreendemos de súbito sua volúpia e sua bondade encantadora. No mais, ela nos é em geral um estorvo, como quando nos chega sob a forma de uma perda em dinheiro. Mas será isso infelicidade? Ainda que percamos uma cédula de dinheiro, o que estaremos perdendo de fato? Por certo, é muito desagradável, mas não há razão aí para desconsolo mais prolongado que o tempo necessário para compreendermos que não se trata de verdadeira infelicidade. E assim por diante! Muito se poderia dizer sobre isso. Mas a gente acaba se cansando."

"O senhor fala como um poeta", um dos homens observou sorrindo.

"Pode ser. O vinho sempre me faz poético", Simon respondeu, "por menos que eu em geral o seja. Tenho por hábito me impor regras e, de costume, pouco tendo a me deixar levar por fantasias e ideais, porque isso é algo que julgo inapropriado e de extrema tolice. Creia-me, posso ser um homem muito seco. Além disso, não é admissível que se tome logo por poeta entusiasmado todo aquele a quem ouvimos falar em beleza, como o senhor parece fazer; sim, porque creio que até mesmo a um negociante de penhoras ou a um caixa de banco, gente em geral fria e superior, pode ocorrer refletir sobre algo que não seja seu ofício de coletar dinheiro. Supomos serem muito poucas as pessoas sensíveis e capazes de reflexão porque não aprendemos a observá-las de outro modo. Eu sempre me proponho a ter com todas as pessoas uma conversa ousada e franca, a fim de constatar o mais rapidamente possível com quem estou lidando. Com frequência, fazemos má figura ao adotarmos semelhante regra de conduta, e por vezes levamos até um sopapo por causa disso — de uma dama delicada, por exemplo —, mas que mal há em assim proceder? A mim, dá prazer me expor, e sinto-me no direito de estar convencido de que perder o respeito daqueles com os quais à primeira palavra sincera nos indispomos não possui valor suficiente para fazer com que nos sintamos tristes com isso. O respeito às pessoas há sempre de padecer ante o amor ao próximo. É o que eu queria dizer acerca do comentário zombeteiro com que o senhor pretendeu me atingir."

"Mas eu não quis ofendê-lo, de modo algum."

"Então foi simpático de sua parte", Simon revidou, e sorriu ao fazê-lo. Em seguida, depois de algum silêncio, disse de súbito: "Quanto à história que o senhor contou do meu irmão, essa, porém, me atingiu de fato. Ele ainda está vivo, o meu irmão, e hoje quase ninguém se lembra dele, porque quem se oculta, e num lugar tão sombrio quanto ele o fez, é riscado da memória. Pobre rapaz! Veja o senhor, eu poderia dizer que teria sido necessária apenas uma pequena mudança em seu coração, talvez somente um pontinho a mais na alma, para fazer dele um artista criador cuja obra teria encantado a todos. Para ser forte, não é preciso mais do que isso, assim como, da mesma forma, pouco é quanto basta para completar a infelicidade de uma pessoa. Dizer o quê? Ele adoeceu e, onde está, já não brilha o sol. Vou começar a pensar mais nele, porque sua infelicidade é demasiado cruel. Trata-se de uma miséria que nem mesmo dez criminosos mereceriam, que dirá ele, possuidor de um coração tão bom. É, a infelicidade às vezes não é bonita, isso eu reconheço agora de bom grado. É preciso que o senhor saiba que sou insolente e gosto de lançar no mundo afirmações estapafúrdias, o que não é decente. Às vezes, meu coração é bastante duro, sobretudo quando vejo pessoas cheias de compaixão. Aí, o meu desejo é o de vilipendiar essa compaixão calorosa, o de zombar dela. Isso é ruim de minha parte, muito ruim! Estou convencido de que estou longe de ser um bom homem, mas espero poder ainda me tornar uma pessoa boa. Fiquei muito contente de conversar com os senhores. O fortuito é sempre o que há de mais valioso. Pareço ter bebido um pouco demais, e está tão quente aqui que preciso sair. Passem bem, meus senhores. Não, 'até mais' não digo! De jeito nenhum. Não é o que tenho em mente. Nem é meu desejo revê-los. Tenho ainda muitas pessoas a conhecer e, assim sendo, não me é lícito ser tão leviano e dizer: 'Até mais'. Isso seria mentir, porque meu desejo é o de não voltar a vê-los, a não ser por acaso, o que, então, me trará alegria, ainda que moderada. Não costumo fazer cerimônia, aprecio ser verdadeiro, e isso é, talvez, o que me distingue. Espero que também agora tenha me distinguido aos olhos dos senhores, embora me dirijam um olhar assaz espantado e aparvalhado, como se estivessem ofendidos. Pois que estejam. Afinal, como diabos ofendi os senhores? Os senhores?".

O dono do bar interferiu, pedindo calma a Simon.

"É melhor que o senhor se vá. Já passou da hora."

E Simon se deixou suavemente conduzir para a ruazinha escura. Era noite profunda, negra e abafada, que parecia caminhar de mansinho pelas paredes, furtiva. De vez em quando, aparecia a sombra escura de um prédio alto, depois outro, irradiando uma luz amarelada e esbranquiçada, como se possuidor da magia singular de rebrilhar numa noite tão escura. As paredes dos edifícios exalavam um cheiro muito estranho; delas emanava algo úmido e bolorento. Luzes isoladas clareavam por vezes um trecho de rua. Lá em cima, telhados ousados sobressaíam da parede alta e lisa dos prédios. Toda a amplidão da noite parecia ter se deitado naquele emaranhado de ruazinhas, a fim de ali dormir ou sonhar. Uma ou outra criatura tardia circulava ainda. Ali cambaleava um, cantando; acolá, outro xingava, disposto a rasgar os céus; um terceiro já estava deitado no chão, enquanto o capacete de um policial cintilava detrás da quina de um edifício. Ao caminhar, os passos ressoavam sob os pés. Simon deparou com um velho bêbado que oscilava de um lado para outro por toda a largura da ruazinha. Era uma imagem a um só tempo alegre e miserável, a daquela figura gorducha, lançada para lá e para cá como se por mão invisível e elástica. Então, o velho de barbas brancas deixou cair a bengala; quis ainda apanhá-la do chão — o que, para o bêbado, só podia constituir tarefa terrível — e, em consequência disso, ameaçava despencar ele próprio na rua. Simon, porém, tomado de sorridente misericórdia, correu em direção ao homem e a sua bengala, apanhou-a e deu-a na mão dele, que murmurou um agradecimento na língua curiosa dos ébrios e num tom que era como se tivesse motivo para se sentir ofendido. Aquela visão instilou sobriedade em Simon, que deixou a cidade velha em direção à região mais nova e elegante. Ao atravessar uma ponte que separava os dois bairros, sorveu o estranho aroma da água corrente do rio. Desceu a rua em que, três semanas antes, havia sido abordado por aquela dama diante da vitrine, viu que em casa da ex-senhoria a luz ainda brilhava, pensou que, no dia anterior, ela ainda era sua patroa e seguiu caminhando sob as árvores até chegar ao lago amplo e escuro, que, em toda a sua magnífica extensão, parecia dormir. E que sono! Quando um lago inteiro, com todos os seus abismos, dormia daquele jeito, impressionava. Sim, era mesmo uma coisa estranha, que mal dava para entender. Simon o contemplou por um tempo, até sentir nele próprio o anseio de dormir. Ah, sim, agora dormiria maravilhosamente bem. Adormeceria com toda a tranquilidade e, na manhã seguinte, permaneceria por um longo tempo na cama, porque, afinal, era um domingo. Foi para casa.

15

Na manhã seguinte, acordou apenas com o repicar dos sinos. Ainda da cama, notou que, lá fora, fazia provavelmente um dia azul magnífico. Os vidros da janela refletiam uma luz que permitia supor sobre a rua um maravilhoso céu matinal. Intuía-se um dourado claro ao se contemplar mais longamente a parede do edifício defronte. Tinha-se de considerar como havia de ser preta e sombria aquela parede manchada, quando nuvens encobriam o céu. Depois de olhar longamente lá para fora, imaginava-se que aspecto teria então o lago e suas velas naquela manhã dourada e azul. Certos relvados na floresta, certas vistas e determinados bancos sob as árvores verdes e suntuosas, a floresta em si, as ruas, os passeios, as campinas no dorso da larga montanha, cheias de árvores, as encostas e os barrancos na floresta, nos quais o verde vicejava do nada, a fonte e o riacho com suas grandes pedras e a água a cantar baixinho, quando alguém sentava ali e se deixava ninar por ela — tudo isso Simon podia ver com nitidez ao olhar para aquela parede, que nada mais era que uma parede mas que hoje refletia a imagem completa de um bem-aventurado domingo humano, e apenas porque uma espécie de sopro de céu azul pairava oscilante sobre ela. A isso vinham se juntar os sinos e seu repique familiar, e sinos, sim, sinos sabiam invocar imagens.

Ainda deitado na cama, Simon resolveu, dali em diante, ser mais diligente, estudar alguma coisa, uma língua estrangeira, por exemplo, e viver uma vida de modo geral mais regrada. Quanta coisa havia perdido! Estudar e aprender haveriam de ensejar grande alegria. Era tão bonito imaginar, com animação e fervor, como seria aplicar-se nos estudos e nunca mais abandoná-los. Sentiu certa maturidade humana em si; tanto mais belo haveria de se tornar, então, estudar e aprender, se o fizesse com a plena maturidade já adquirida. Sim, era o que queria: estudar, propor-se tarefas e encantar-se com a possibilidade de reunir em si professor e aluno. Que tal uma língua bem-sonante como o francês? "Eu aprenderia palavras e as guardaria na memória. E que ajuda receberia da força sempre viva da minha imaginação. A árvore: *l'arbre*. Veria a árvore com todo o meu sentimento. Klara me viria à cabeça. Eu a veria num vestido branco de pregas largas, sob o verde-escuro de uma ampla árvore frondosa. Tornaria, pois, a ver muita coisa já quase completamente esquecida, e minha mente ganharia maior intensidade e vivacidade na apreensão do mundo. É isso: quando não se estuda, fica-se cada vez mais embotado. Como é doce justamente a pequenez, o que apenas começou! Vislumbro agora um grande atrativo nisso e não compreendo como pude ser tão teimoso e indolente por tanto tempo. Ah, toda essa indolência se deve unicamente à teimosia em querer saber mais, e em querer saber mais, supostamente, que todo mundo. Quando se sabe muito bem que pouco se sabe, ainda se tem uma chance. Ao som da palavra estrangeira, eu pensaria ainda mais profundamente na alemã e expandiria seu significado em meus pensamentos, de tal modo que minha própria língua adquiriria um som novo, mais rico e repleto de imagens desconhecidas. *Le jardin*: o jardim. Aqui, pensaria na horta campestre que ajudei Hedwig a plantar na chegada da primavera. Hedwig! E novamente me lembraria de tudo, com a rapidez de um raio: tudo que ela disse, fez, sofreu e pensou ao longo dos dias que passei em sua casa. Não tenho nenhum motivo para me esquecer tão depressa de pessoas e coisas, menos ainda de minha irmã. Outrora, ao terminarmos de plantar nossa horta, tornou a nevar durante a noite, e ficamos bastante preocupados que ali não fosse brotar coisa nenhuma. Para nós, aquilo significava muito, porque esperávamos colher muitos e belos legumes. Como é bonito poder compartilhar com alguém o mesmo desassossego. Como haveria de ser, então, compartilhar as dores e a lida de todo um povo, sofrer e lutar com ele? Sim, tudo isso me ocorreria ao aprender uma língua, e muito mais, tantas coisas mais que ainda nem consigo imaginá-las. Aprender, aprender somente, tanto faz o quê! Quero me aprofundar também na história natural, e sozinho, sem professor, somente com o auxílio de um livro barato, que vou comprar amanhã mesmo, porque hoje é domingo e, claro, todas as lojas estão fechadas. Vai dar tudo certo, sem dúvida. Para que viemos ao mundo? Ou será que, já há algum tempo, nada mais devo a mim mesmo? Preciso enfim me reerguer, está verdadeiramente mais do que na hora."

E Simon se levantou da cama de um salto, como se constituísse uma necessidade sua começar agora mesmo a pôr em prática os novos planos. Vestiu-se depressa, e o espelho lhe disse que ele exibia aparência de fato muito simpática, o que o satisfez.

Quando estava prestes a descer a escada, deparou com a sra. Weiß, que lhe alugava o quarto. Ela estava vestida toda de preto e levava na mão um livrinho de orações; chegava da igreja naquele momento. Ao ver Simon, ela riu com verdadeira alegria e perguntou-lhe se ele também não gostaria de ir à igreja.

Fazia muitos anos que não pisava numa igreja, ele retrucou.

O rosto todo da boa mulher espantou-se ao ouvir aquelas palavras, que lhe pareceram inapropriadas na boca de um jovem. Não ficou brava, porque não era absolutamente uma beata intolerante, mas teve de dizer a Simon que aquilo estava errado. Ela, aliás, nem acreditava que fosse verdade. A seus olhos, não combinava com ele. Mas, caso fosse verdade, que ele pelo menos entendesse que não agia bem ao jamais ir à igreja.

Para manter o bom humor da sra. Weiß, Simon lhe prometeu que não demoraria a ir, ao que ela o contemplou com grande simpatia. Entretanto, ele desceu a escada, sem se deixar deter por mais tempo. "Uma mulher adorável", pensou, "e gosta de mim; sempre percebo quando uma mulher gosta de mim. Que divertido o modo como ela se amuou comigo por causa da igreja. O rosto todinho amuado. Sempre cai bem numa mulher. Vejo com muito gosto. Além disso, ela me tem respeito, um respeito que saberei conservar. Mas não falarei muito com ela, tampouco com frequência. Aí, desejosa de puxar conversa comigo, ela vai ficar contente com cada palavra que eu lhe disser. Gosto muito dessas mulheres como ela. O preto lhes fica magnífico. E que adorável aspecto lhe conferiu o livrinho de orações que carregava na mão opulenta. Na verdade, uma mulher a rezar reveste-se de um atrativo sensual a mais. Quão bela a mão pálida sobressaindo da manga preta. E seu rosto! Bem, agora basta. De todo modo, é muito agradável ter algo de adorável à nossa disposição, como se de reserva, por assim dizer. Temos, assim, uma espécie de lar, um lugar só nosso junto de alguém, um amparo, um encanto, visto que, afinal, não consigo viver na ausência de certo encanto. Antes, na escada, ela ainda quis seguir conversando comigo, mas eu lhe cortei a palavra, porque, em se tratando de mulheres, gosto de deixar desejos insatisfeitos. Desse modo, em vez de depreciar nosso valor, nós o alçamos às alturas. Aliás, é desejo das próprias mulheres que ajamos dessa maneira."

Na rua, pululavam as pessoas arrumadas para o domingo. As mulheres todas trajavam vestidos claros, brancos; as moças, com largas fitas coloridas nas saias brancas; os homens vestiam-se com simplicidade, em tecidos claros de verão, ao passo que os meninos envergavam trajes de marinheiro; cachorros seguiam atrás de umas poucas pessoas e, na água, circundados por uma tela metálica, cisnes nadavam de um lado para outro; debruçados sobre a mureta da ponte, alguns jovens os observavam com atenção, enquanto os homens iam solenes à urna, depositar seu voto nas eleições; os sinos tocaram pela segunda ou terceira vez, o lago luzia seu azul, e as andorinhas voavam alto pelos ares, para lá dos telhados que brilhavam ao sol; este, de início, era um sol de manhã de domingo, que depois se fez pura e simplesmente um sol e, então, um sol especial para dois ou três pares de olhos artísticos, porque em meio à multidão pintores decerto havia; no meio disso tudo, verdejavam e se espraiavam as árvores dos parques da cidade; sob o mundo mais escuro da sombra das árvores, mais mulheres e homens passeavam; barcos a vela voavam ao vento nas águas azuis e mais distantes, e, preguiçosos, barquinhos balançavam junto à margem, amarrados a barris; aqui, outros passarinhos voavam, e pessoas quietas, imóveis, contemplavam a distância azul, esbranquiçada, e os cumes das montanhas, que pendiam do céu distante qual renda preciosa, branca, quase invisível, como se o céu inteiro fosse uma mantilha matinal azul-clara. Todos tinham algo a contemplar, a dizer, sentir, mostrar, apontar, observar ou a fazê-los sorrir. De um coreto provinham os sons de uma banda, como os de pássaros saídos do verde a bater as asas e gorjear. No verde, Simon passeava. Através da folhagem, o sol lançava manchas claras pelo caminho, na grama, no banco onde babás rolavam carrinhos de bebê para a frente e para trás, nos chapéus das mulheres e nos ombros dos homens. Todos tagarelavam, contemplavam, olhavam, cumprimentavam e passeavam ao mesmo tempo. Nobres coches avançavam pela rua, vez por outra o bonde elétrico passava com estrépito, os barcos a vapor apitavam e, por entre as árvores, via-se subir sua fumaça espessa e pesada. No lago, jovens se banhavam. Vagando de um lado para outro no verde, não se podia vê-los, é verdade, mas sabia-se que corpos nus nadavam rebrilhantes por aquele azul liquefeito. E o que não rebrilhava naquele dia? O que não tremeluzia? Tudo e todos reluziam, fulguravam, cintilavam, nadavam nas cores e dissolviam-se em matizes diversos diante dos olhos. Simon repetiu várias vezes para si mesmo: "Como é belo o domingo!". Olhava para as crianças e para todo mundo nos olhos, contemplava feliz e confuso aquilo tudo; ora apanhava um movimento isolado e belo, ora era o todo que via. Sentou-se num banco ao lado de um homem aparentemente ainda jovem e olhou-o nos olhos. Teve início uma conversa entre os dois, porque era muito fácil pôr-se a falar onde tudo era felicidade.

O homem disse a Simon:

"Sou enfermeiro, mas, no momento, não passo de um vagabundo. Sou de Nápoles, onde cuidava dos doentes no Hospital dos Estrangeiros. Em dez dias, talvez eu esteja em alguma parte do interior dos Estados Unidos ou na Rússia, porque nos mandam para qualquer lugar que precise de um enfermeiro, mesmo que seja para as ilhas dos mares do Sul. É certo que, dessa maneira, a gente fica conhecendo o mundo, mas a terra natal torna-se tão estranha que tenho dificuldade de expressar a contento essa estranheza. O senhor, por exemplo, é provável que viva o tempo todo na sua terra, que o envolve continuamente. Sente-se cercado de conhecidos, trabalha aqui, é feliz aqui e aqui vive também suas desventuras; seja como for, está pelo menos vinculado a seu chão, a sua terra, a um céu — se me é lícito exprimi-lo dessa forma. É tão belo estar ligado a alguma coisa. A gente se sente bem, tem o direito de se sentir bem e pode nutrir a esperança de contar com a compreensão e o amor do próximo. Mas eu? Eu não! Veja, tornei-me um estorvo para minha limitada terra natal, ou talvez bom demais para ela, possuidor de um entendimento demasiado de todas as coisas. Já não sinto empatia com meus conterrâneos. As predileções deles, eu as entendo tão pouco quanto sua raiva ou repulsa. Em todo caso, tornei-me um estranho e sinto que levam a mal o fato de assim eu ter me tornado. Por certo têm razão, porque cometi uma injustiça ao me alienar. De que me serve ter opiniões mais sofisticadas e inteligentes sobre tanta coisa, se minhas opiniões só machucam as pessoas? Se machucam, então são opiniões ruins. Os costumes e pontos de vista de uma terra são coisas que devemos ter por sagradas, se não desejamos um dia nos tornar estranhos ali, como aconteceu comigo. Mas, enfim, muito em breve me vou para junto de meus doentes."

Então, sorriu e perguntou a Simon: "E o senhor, o que faz?".

"Sou uma figura esquisita em minha própria terra", Simon respondeu. "Na verdade, sou escrevente, e o senhor bem pode imaginar que papel cumpro em minha terra natal, onde o escrevente é, na prática, o último dos últimos na hierarquia das classes. Outros, jovens e esforçados, dedicam-se ao comércio e viajam em busca de formação, rumam para países distantes e voltam com uma mala repleta de conhecimentos para casa, onde postos dignos os aguardam. Já eu, cumpre-me dizê-lo, nunca deixo esta minha terra. É como se tivesse medo de o sol não brilhar em outras partes, ou de ele o fazer com menor intensidade. Estou como se amarrado aqui e vejo sempre algo de novo no velho; essa é, talvez, a razão pela qual só viajo a contragosto. Vou arruinar-me aqui, vejo bem, e, no entanto, ao que parece, preciso respirar sob o sol de minha terra para poder viver. Naturalmente, gozo de pouco respeito, julgam-me desleixado, mas isso pouco me importa, não me importa nada. Fico, e é provável que permaneça aqui para sempre. É tão doce ficar. Por acaso a natureza viaja para o exterior? Perambulam as árvores, a fim de adquirir folhas mais verdes em outra parte para, depois, voltar para casa e exibir-se? Os rios e as nuvens se vão, mas trata-se aí de outro tipo, mais profundo, de partida, que nunca mais volta. E rios e nuvens tampouco se vão de fato: é mais uma espécie de repouso que voa e flui. Ir-se dessa maneira é bonito, quero dizer. Sempre contemplo as árvores e digo a mim mesmo: se elas tampouco se vão, por que eu não haveria de poder ficar? Quando estou numa cidade no inverno, quero vê-la também na primavera; se vejo uma árvore no inverno, quero vê-la também vangloriar-se na primavera, desdobrar suas primeiras e adoráveis folhas. Depois, vem sempre o verão, inexplicavelmente belo e suave, como uma ardorosa onda grande e verde subindo do abismo do mundo, e esse verão, quero desfrutar dele aqui, o senhor me entende? Aqui, onde vi florescer a primavera. Veja, por exemplo, aquele pequeno relvado na borda da mata — como é doce contemplá-lo pouco antes do início da primavera, quando, sob o sol, derrete-se a neve que o recobre. É dessa árvore, dessa borda de mato, desse mundo que se trata: acredito que, estivesse eu em outro lugar, não notaria o verão. A questão é que sinto uma vontade diabólica de permanecer onde estou, e tenho um monte de razões nada prazerosas que me proíbem de viajar para o exterior. Por exemplo: teria dinheiro para tanto? O senhor sabe, a gente precisa de dinheiro para viajar de trem ou navio. Eu tenho dinheiro para vinte refeições, mais ou menos, mas, para viajar, não tenho. E fico feliz de não ter. Que outros viajem e voltem mais inteligentes. Eu sou inteligente o bastante para querer, um dia, morrer dignamente nesta terra."

Depois de um breve silêncio, durante o qual o enfermeiro permaneceu olhando fixo para ele, Simon prosseguiu:

"Além disso, tampouco sinto a menor vontade de fazer carreira. O que, para outros, é o máximo, para mim, tem pouco valor. Por Deus do céu, fazer carreira é coisa que não consigo respeitar. Gosto de viver, mas não me agrada seguir um curso determinado, que outros dizem ser magnífico. O que há de magnífico nisso? Costas precocemente tortas de tanto ficar em pé diante de uma secretária demasiado baixa, mãos enrugadas, rostos pálidos, calças puídas, pernas trêmulas, barrigas grandes, estômagos arruinados, a cabeça tomada pela calvície, olhos furibundos, admoestadores, insípidos, empalidecidos, apagados, testas fatigadas e a consciência de ter sido um bobo cumpridor de seus deveres. Não, obrigado! Prefiro permanecer pobre mas saudável, renuncio a uma moradia luxuosa em favor de um quarto barato, ainda que na mais escura das vielas; prefiro passar por constrangimentos financeiros a passar pelo constrangimento de, no verão, ter de viajar para restabelecer minha saúde estropiada; de resto, uma única pessoa me tem respeito, e essa pessoa sou eu mesmo, aquela cujo respeito mais me importa; sou livre e, quando quiser, quando a necessidade assim determinar, posso vender minha liberdade por um período e, depois, recuperá-la. Pela liberdade, vale a pena permanecer pobre. Tenho o que comer, porque possuo o talento de me saciar com muito pouco. Fico furioso quando vêm me falar em 'emprego fixo', presumindo ser coisa do meu interesse. Quero permanecer um ser humano. Em poucas palavras: amo tudo que é perigoso, insondável, incerto e incontrolável!"

"Gosto do senhor", disse o enfermeiro.

"Não pretendi, em absoluto, suscitar sua estima. Alegra-me, não obstante, que o senhor goste de mim, porque, de certa maneira, falo agora sem peias. De todo modo, eu não teria por que agredir os outros. Isso é sempre uma burrice, e não temos o direito de xingar circunstâncias que nos desagradam. Podemos partir, eu mesmo posso partir! Mas não, sinto-me bem aqui. Minha situação me agrada. Gosto das pessoas como elas são. Eu, de minha parte, me valho de todos os meios para agradar meus semelhantes. Sou aplicado e trabalhador, quando tenho uma tarefa a cumprir, mas o prazer que este mundo me dá, isso não sacrifico por ninguém, poderia fazê-lo no máximo pela pátria sagrada, mas até o momento a oportunidade para tanto não se apresentou e tampouco há de se apresentar. Que sigam fazendo carreira, eu os compreendo, querem viver uma vida confortável, querem cuidar para que seus filhos também tenham alguma coisa, são pais precavidos, respeitáveis no que fazem; mas que me deixem também fazer como quero, que me permitam tentar extrair da vida seu encanto à minha maneira, é o que todos tentam fazer, todos, só que não do mesmo jeito. É tão maravilhoso ser maduro o bastante para permitir que cada um faça as coisas à sua maneira, como entende que deve ser. Não, se alguém passou trinta anos desempenhando fielmente sua função, no final de sua trajetória ele não será um tolo, de forma alguma, ao contrário do que declarei anteriormente com tanta veemência; será, sim, um homem honrado, merecedor de que lhe depositem uma coroa de flores no túmulo. Mas, veja o senhor, eu não quero uma coroa de flores no meu túmulo, essa é a grande diferença. Meu fim me é indiferente. Dizem-me sempre, aqueles outros, que ainda vou pagar caro por minha arrogância. Pois pago, então, e aí vou descobrir o que significa pagar caro. Aprendo tudo com prazer e, por isso, não sinto tanto temor como aqueles que se preocupam com um futuro tranquilo. Tenho sempre medo de que alguma experiência de vida me escape, ainda que uma única vez. Nisso, possuo a ambição de dez Napoleões. Agora, porém, estou com fome, gostaria de ir comer alguma coisa. O senhor vem comigo? Muito me alegraria."

    E os dois partiram juntos.

    Depois de seu falatório algo impetuoso, Simon de repente se tornara dócil e brando. Contemplava com olhos encantados a beleza do mundo, as copas redondas e exuberantes das árvores altas e as ruas por onde iam as pessoas. "Esses seres adoráveis e misteriosos!", pensou, e permitiu que o novo amigo lhe tocasse o ombro. Apreciava que o outro se fizesse tão íntimo; convinha-lhe, porque aquilo a um só tempo estabelecia um vínculo e libertava. Via tudo com olhos sorridentes e felizes, e de novo pensou: "Como são belos os olhos!". Uma criança erguera o olhar para ele. Caminhar ao lado de um companheiro como o enfermeiro parecia-lhe algo inteiramente novo, jamais vivido e, em todo caso, agradável. A caminho, este último comprou um prato de vagens frescas num merceeiro e toucinho no açougue; em seguida, convidou Simon para ir almoçar na casa dele. O convite foi aceito de bom grado.

"Eu sempre cozinho eu mesmo", disse o enfermeiro, ao chegarem à casa. "Me acostumei a fazê-lo. É divertido, acredite. Tenho certeza de que achará delicioso o prato de vagem com toucinho. Também tricoto minhas meias, por exemplo, e lavo minhas roupas. Assim, a gente economiza um bom dinheiro. Aprendi a fazer tudo isso, e por que trabalhos dessa natureza não se adequariam também, excepcionalmente, a um homem, se ele possui acentuado talento para tanto? Não compreendo o que poderia haver de vergonhoso nessas atividades. Também confeccionei sozinho estas pantufas aqui, para usar em casa. É um trabalho que demanda certa atenção. Tricotar munhequeiras de lã para o inverno ou coletes é coisa que não tenho nenhuma dificuldade particular para fazer. Quando se vive sempre tão sozinho como eu, e sempre viajando, a gente descobre coisas singulares. O senhor, por favor, se acomode, ou acomode-se, Simon! Não deveria eu me permitir chamá-lo de 'você'?"

"E por que não? Claro!", respondeu Simon, enrubescendo de um modo que lhe era inteiramente inexplicável.

"Senti uma grande afeição por você desde o primeiro momento", prosseguiu o enfermeiro, que se chamava Heinrich. "Basta olhar para você, e já nos convencemos de que se trata de uma pessoa adorável. Eu gostaria de te beijar..."

O cômodo fez-se abafado para Simon. Ele se levantou da cadeira. Adivinhava que tipo era aquele que agora o contemplava com estranha ternura. Mas que mal tinha? "Vou deixar que aconteça", pensou. "Nem por isso vou agora ser grosseiro com o Heinrich, que no mais é simpático!" E, oferecendo a boca, Simon se deixou beijar.

O que tinha de mais?

Aliás, achou bonito e, naquele estado de suavidade em que se encontrava, apropriado que o tratassem com tanta ternura. Ainda que dessa vez assim o tratasse um homem! Sentiu nitidamente que aquela estranha afeição do outro por ele demandava consideração e que, portanto, cabia poupá-lo e, por enquanto, deixar acontecer; jamais teria conseguido destruir as esperanças daquele homem, ainda que fossem esperanças indignas. Então ele haveria de, por causa disso, se fazer de revoltado? "De jeito nenhum", pensou Simon. "Por enquanto, concedo-lhe o que deseja, porque combina com tudo que se passa à minha volta!"

Ao anoitecer, puseram-se ambos a perambular de bar em bar; o enfermeiro bebia com considerável entusiasmo, até porque não sabia o que mais fazer com seu tempo livre. Simon julgou conveniente acompanhá-lo em tudo que fizesse. Naquelas bodegas pequenas e bolorentas, conheceu gente capaz de jogar cartas com incrível perseverança. Àquelas pessoas, o jogo de cartas parecia constituir um mundo muito próprio, no interior do qual não gostavam de ser perturbadas. Outras ficavam sentadas ali a noite inteira, com um charuto comprido e pontudo passeando entre os dentes, sem se fazer notar a não ser pelo fato de, uma vez tendo o charuto se tornado demasiado curto para ficar preso entre os lábios, elas o espetarem na ponta de um canivete, a fim de poderem seguir fumando até o fim a guimba curtíssima. Uma pianista mirrada e dissoluta contou a Simon acerca da própria irmã, que era má porém cantora lírica famosa, com quem não se relacionava havia muito tempo, nem mesmo como membro da família. Simon achou aquilo compreensível, mas comportou-se com delicadeza e não lhe disse o que achava. Considerou-a mais infeliz que depravada, e infelicidade ele respeitava sempre, ao passo que a depravação era, para ele, consequência da infelicidade, a qual pelo menos demandava decoro. Viu taberneiras gordas, baixinhas e terrivelmente vivazes aproximando-se de seus fregueses com toda sorte de familiaridade, enquanto seus maridos dormiam em sofás ou poltronas. Com frequência, cantava-se alguma boa e velha canção popular, interpretada por alguém que, no tocante à tonalidade e à modulação da voz, era mestre naquele tipo de repertório. Soavam belas e tristonhas aquelas canções, tinha-se a sensação involuntária de que muitas vozes, roucas ou cristalinas, haviam de tê-las cantado outrora, muito tempo antes. Um sujeito não parava de fazer piadas, era um jovem baixinho com um chapéu velho, grande e largo, alto e fundo, que ele devia ter comprado em algum bricabraque. Sua boca estava suja, assim como sujas eram suas piadas, que, no entanto, querendo-se ou não, faziam rir. Alguém lhe disse: "Admiro sua argúcia!". Mas o engraçadinho recusou a tola admiração com fingida perplexidade, o que de fato constituiu piada capaz de agradar a qualquer pessoa culta. O enfermeiro contava a todos que foram sentar a seu lado que, no fundo, era um homem demasiado ruim, mas, por outro lado, se pensasse bem, demasiado bom para sua terra natal. Simon pensou: "Que tolice!". De Nápoles, porém, fez um relato bem mais bonito, ao dizer, por exemplo, que, nos museus de lá, se podiam ver restos incríveis de homens ancestrais, e eles nos permitiam constatar que os humanos de épocas remotas nos sobrepujavam consideravelmente em altura, largura e peso. Seus braços, por exemplo, eram como nossas pernas! Aquilo, sim, havia de ter sido uma bela estirpe de mulheres e homens! Comparados a ela, o que éramos nós? Tão somente uma geração degradada, mutilada, atrofiada, afilada, mais comprida e delgada, dilacerada, esfarrapada e mirrada. Soube também descrever com palavras graciosas o golfo de Nápoles. Muitos o ouviam com atenção, mas outros tantos dormiam, e, como dormissem, não puderam ouvir nada daquilo.

Simon chegou bem tarde em casa, encontrou a porta do edifício trancada e não levava consigo a chave, motivo pelo qual tocou desavergonhadamente a sineta; sim, porque se achava num estado em que costumamos ser inescrupulosos. Uma janela abriu-se de pronto àquele barulho todo que a sineta provocou, e uma figura branca, sem dúvida a senhoria de camisola, jogou a chave embrulhada em papel grosso.

Na manhã seguinte, em vez de se mostrar furiosa, ela lhe dirigiu, sorrindo, o mais simpático "bom dia" e não disse uma palavra sobre o incômodo noturno. Por isso mesmo, Simon julgou inconveniente mencionar o ocorrido e, em parte por delicadeza, em parte por comodismo, tampouco se desculpou.

Saiu em busca do enfermeiro. Também a manhã de segunda-feira estava maravilhosa. Com todos no trabalho, as ruas exibiam-se vazias e claras; Simon entrou no quarto onde, ainda sonolento, o enfermeiro jazia na cama. Notou agora, nas paredes do cômodo, o que não tinha notado na véspera: um monte de enfeites cristãos muito doces — anjinhos com chapeuzinhos avermelhados de papel e quadrinhos com provérbios emoldurados por misteriosas flores secas. Leu-os todos, e entre eles havia alguns bem profundos, que convidavam à reflexão, provérbios que, talvez, fossem mais antigos que a idade somada de oito velhos; mas havia outros quadrinhos também, mais simples e novos, que pareciam ter sido produzidos aos milhares numa fábrica. Simon pensou: "Que coisa mais estranha! Por toda parte, aonde quer que se vá e o que quer que se esteja fazendo, veem-se penduradas nas paredes de cômodos e quartinhos essas peças de velhas religiões; algumas dizem muito, outras, menos, e outras, ainda, já não dizem coisa nenhuma. No que acredita o enfermeiro? Por certo, em nada! Para muitas pessoas hoje em dia a religião talvez não seja nada mais que questão de gosto, superficial e inconsciente, uma espécie de interesse ou hábito, pelo menos entre os homens. Talvez alguma irmã do enfermeiro tivesse decorado o quarto daquela maneira. Sim, foi o que pensei, porque as moças têm razões mais profundas para a devoção e para a reflexão religiosa do que os homens, cuja vida sempre esteve em conflito com a religião, desde sempre, a não ser no caso dos monges. Seja como for, um pastor protestante de cabelos brancos como a neve, sorriso suave e paciente e nobre caminhar é sempre, e permanecerá sendo, algo bonito de ver, quando ele avança por solitárias clareiras na floresta. Na cidade, a religião é menos bela que no campo, onde vivem camponeses cujo modo de vida já, em si e por si, possui algo de profundamente religioso. Na cidade, a religião é igual a uma máquina, o que não é bonito, ao passo que, no campo, sentimos a fé em Deus como algo semelhante a um trigal florescente, a um relvado extenso e exuberante ou às ondulações encantadoras das colinas ligeiramente curvas, em cujo topo se ergue uma casa escondida a abrigar pessoas tranquilas, para as quais a reflexão é como um amigo. Não sei, a mim me parece que, na cidade, o pastor mora demasiado próximo daquele que especula na Bolsa e do artista sem fé. Nela, falta à fé o devido distanciamento. A religião desfruta ali de muito pouco céu e de pouquíssimo cheiro de terra. Não sei dizer ao certo, e que me importa, afinal? Na minha experiência, religião é amor à vida, apego profundo à terra, sentir a alegria do momento, ter confiança na beleza, fé na humanidade, gozar de despreocupação ao compartir a refeição com amigos, ter prazer na reflexão e o sentimento de não ser responsável pelos infortúnios, sorrir diante da morte e ter coragem em toda sorte de empreitada que a vida oferece. Nos últimos tempos, o decoro humano profundo transformou-se em nossa religião. Quando as pessoas preservam o decoro diante das outras, preservam-no também perante Deus. O que mais Deus há de querer? O coração e o sentimento mais refinado podem, juntos, produzir esse decoro, que há de agradar mais a Deus do que a fé sombria e fanática, capaz de confundir até mesmo o Pai Celestial, e de tal modo que, no fim, ele desejará não mais ouvir as orações que sobem trovejantes a suas nuvens. O que representará para ele nossa oração, se ela lhe chega tão insistentemente petulante e grosseira, como se ele fosse surdo? Não devemos imaginá-lo dotado da audição mais refinada, se é que nos é dado imaginá-lo? Será que os sermões e as notas do órgão lhe agradam mesmo, a ele, cujo nome é impronunciável? Por certo, ele há de rir de nossos tenebrosos esforços e de acalentar a esperança de que, um dia, nos ocorra dar-lhe um pouquinho de paz".

"Está tão pensativo, Simon", observou o enfermeiro.

"Vamos indo?", Simon sugeriu.

O enfermeiro estava pronto, e os dois subiram os caminhos íngremes em direção ao alto da montanha. O sol ardia de tão quente. Entraram numa pequena cervejaria ao ar livre, com seu jardim opulento e desarranjado, e fizeram-se servir de um copo de cerveja matinal. Quando ameaçavam partir, a proprietária do estabelecimento, uma mulher bonita, incentivou-os a continuar ali, e lá ficaram até o anoitecer. "É assim que, sem nem pensar, se passa um dia claro de verão bebendo", Simon pensou, com um misto de prazer cambaleante e dor suave, bela e melodiosa. As cores do anoitecer em meio ao verde o embriagavam. Desejoso, seu amigo o olhou profundamente nos olhos e enlaçou um braço em seu pescoço. "Na verdade, isso é feio", Simon pensou. No caminho, abordaram com estardalhaço cada mulher ou moça. Os trabalhadores voltavam para casa do trabalho, caminhavam ainda com vigor e um estranho balanço nos ombros, como se agora respirassem livres. Simon descobriu figuras suntuosas entre eles. Quando os dois chegaram à floresta que coroava a montanha, ainda quente mas já revestida de cores escuras, o sol se punha no mundo distante lá de baixo. Acomodaram-se em meio às folhas verdes e aos arbustos e ficaram em silêncio, respirando apenas. Então, como Simon já esperava, seu camarada se aproximou, o que o deixou absolutamente frio.

"Não tem sentido", disse. "O senhor pare com isso. Ou melhor: pare com isso."

O enfermeiro deixou-se acalmar, mas agora estava contrariado. Pessoas passavam, de modo que eles precisaram se levantar e seguir adiante. Simon perguntou a si mesmo: "Por que passo o dia com alguém assim?". Mas, de imediato, admitiu que aquele homem lhe dava certa alegria, apesar de suas inclinações estranhas, nada belas. "Outra pessoa desprezaria o enfermeiro", pensou, enquanto tomavam o caminho de volta, "mas eu sou do tipo que acha todo ser humano, em suas virtudes e vícios, interessante e adorável. Não consigo desprezar as pessoas, ou, na verdade, desprezo apenas a covardia e a ausência de vida, mas me é muito fácil encontrar algo de interessante na depravação. E, de fato, ela esclarece muita coisa, nos permite olhar o mundo com mais profundidade, nos torna mais experientes e nos ensina a julgar de maneira mais branda e acertada. É preciso conhecer de tudo, mas só conhecemos realmente as pessoas e as coisas quando temos a coragem de tocá-las. Evitar alguém por medo, isso, para mim, seria indigno. E, ademais, ter um amigo é algo inestimável! Que mal tem ser o amigo uma pessoa um tanto singular?"

Simon perguntou:

"Está bravo comigo, Heinrich?"

Mas o enfermeiro nada mais disse. Seu rosto assumira uma expressão grave. Chegaram de volta ao jardim da cervejaria, agora uma graciosa silhueta na penumbra. Lampiões coloridos e cintilantes iluminavam parte do verde-escuro, ruídos e risadas provinham lá de dentro, e os dois, atraídos pela vida alegre e fogosa, tornaram a entrar. Simpática, a proprietária os saudou.

O vinho vermelho e escuro faiscava nos copos claros, o brilho da luz confundindo-se com os rostos acalorados, as folhas dos arbustos tocando as saias das mulheres; parecia muito natural passar a noite quente de verão num jardim ciciante, com bebida, cantoria e risadas. Da estação ferroviária, lá embaixo, subia o barulho dos trens até os ouvidos dos exaltados. O filho rico, comprido e com as maçãs do rosto avermelhadas de um comerciante de vinhos pôs-se a travar com Simon uma audaciosa conversa filosófica. O enfermeiro discordava de tudo, porque estava contrariado e zangado. A garçonete, uma morena esbelta, sentou-se ao lado de Simon e deixou que ele a puxasse para junto de si e a beijasse. Aceitou de bom grado o beijo em seus lábios orgulhosos e arredondados, que pareciam feitos para sorver o vinho, rir e beijar. O enfermeiro ficou ainda mais bravo e quis partir, mas conseguiram contê-lo. Um jovem rapaz, um moreno escuro portando chapéu verde de caçador, começou a cantar uma canção, e, bem encostada nele, aninhada em seu peito, sua namorada pôs-se a cantar também, baixinho e feliz. Aquilo soou tão inebriante, sombrio e meridional. Simon pensou: "Canções são sempre melancólicas, pelo menos as belas. Elas nos exortam a partir!". Mas permaneceu ainda muito tempo naquele jardim noturno.

16

Por todo o restante da semana, Simon seguiu circulando naquela mesma ociosidade com o enfermeiro, com quem logo brigou e, em seguida, reconciliou-se. Jogou baralho como quem jogava fazia anos, assim como bilhar, e em pleno dia quente, enquanto tudo que tinha mãos trabalhava. Viu as ruas banhadas de sol e as vielas debaixo de chuva, mas através de uma janela e com um copo de cerveja na mão; de madrugada, no meio do dia e à noitinha, teve longas conversas inúteis e desvairadas com toda sorte de gente desconhecida, até perceber que não tinha mais do que viver. E, certa manhã, deixou de ir até Heinrich para, em vez disso, entrar numa sala em que jovens e velhos diversos, sentados diante de escrivaninhas, escreviam. Era o escritório de escreventes no qual trabalhavam os desempregados, o local para onde iam aqueles que, por alguma circunstância, viam-se numa situação em que se tornara inconcebível conseguir um posto de trabalho. Em troca de parca remuneração diária, com dedos apressados e sob rigorosa supervisão de um supervisor ou secretário, esse tipo de gente copiava ali endereços aos milhares, em sua maioria endereços comerciais, um trabalho que grandes empresas encomendavam ao escritório. Escritores entregavam ali os manuscritos que garatujavam, e estudantes, suas quase ilegíveis teses de doutorado, a fim de recebê-las de volta datilografadas ou passadas a limpo com pena fluida e límpida. Os que não sabiam escrever mas precisavam fazê-lo por algum motivo, para lá levavam sua papelada e eram atendidos com rapidez. Atendentes de bufês, garçonetes, engomadeiras e arrumadeiras solicitavam cópias de suas cartas de recomendação, para poder apresentá-las. Associações beneficentes mandavam milhares de relatórios anuais, que precisavam ser endereçados e enviados para toda a cidade. A Associação de Medicina Naturalista pedia a multiplicação de convites para palestras populares, e catedráticos tinham trabalho de sobra para os escreventes, que, por sua vez, ficavam contentes quando tinham trabalho. O escritório de escreventes recebia contribuições anuais da comunidade e era dirigido por um administrador, também ele outrora um desempregado, para quem haviam criado o posto a fim de lhe garantir, na velhice, ocupação apropriada. Ele provinha, de certo modo, de antiga família patrícia e possuía parentes ricos na Câmara Municipal, os quais não gostariam de ver acabar-se no opróbrio um membro da família. Assim sendo, tornou-se rei e protetor de todos os vagabundos, perdidos e das tristes existências, posto que revestiu de dignidade indolente, como se jamais em sua vida desregrada, que já o havia conduzido por um tempo a andanças pela América, tivesse provado das amarguras da necessidade.

    Simon fez uma mesura diante do administrador do escritório.

    "O que o senhor deseja?"

    "Trabalho!"

    "Hoje está fraco. Volte amanhã cedo, e talvez apareça algo apropriado. Por enquanto, escreva seu nome, cidade onde mora, local de nascimento, profissão e idade nesta folha de papel, assim como seu endereço completo, e esteja aqui amanhã às oito horas em ponto, ou não vai mais encontrar trabalho nenhum", disse o homem.

O administrador costumava sorrir ao falar, o que fazia com voz nasalada. Além disso, assumia um tom sempre suave e irônico perante os desempregados, sem intenção nenhuma — as palavras simplesmente saíam-lhe da boca daquele jeito e de nenhum outro. Possuía um rosto lânguido, cadavérico, da cor da cal branca e gélida, que terminava num desgrenhado cavanhaque grisalho, como se a barba fosse um retalho pontudo a pender do rosto. Os olhos jaziam em cavernas profundas, e as mãos davam testemunho de enfermidade e devastação física.

Simon começou a trabalhar já no dia seguinte, às oito horas da manhã, e, passados uns poucos dias, acostumara-se aos companheiros de labuta. Eram pessoas que, uma vez na vida, tinham cometido algum tipo de desmazelo e perdido o chão sob os pés hesitantes. Havia também aqueles que, tendo cometido falta grave, já tinham estado na prisão. De um homem velho, de muito boa aparência, sabia-se, por exemplo, que passara anos num presídio por crime moral grave, cometido contra a própria filha, que o denunciou ao juiz. Simon jamais o viu mover um único músculo do rosto sereno e peculiar, como se ali, em seu semblante, calar e ouvir houvesse, por necessidade, fincado raízes. Trabalhava tranquila, pacífica e vagarosamente, era bonito, olhava de volta com tranquilidade para quem o contemplasse e parecia inteiramente livre de qualquer lembrança tormentosa. Seu coração parecia bater com a mesma calma com que a velha mão trabalhava. Não se percebia nem um único traço contorcido em seu rosto. Era como se tivesse expiado e purificado tudo que um dia o desfigurara e maculara. Vestia-se com mais asseio que o administrador, embora devesse ser pobre; notável era seu cuidado com os dentes e as mãos, os sapatos e as roupas; sua alma parecia tranquila e extraordinariamente pura. Sobre aquele homem, Simon pensou: "E por que não? Por acaso, não podemos nos purificar de um pecado? Deve uma pena aniquilar a totalidade da vida? Não, nesse homem não se nota nem o pecado cometido nem a pena que teve de suportar. Ele parece ter se esquecido por completo das duas. Há de haver bondade e amor nele, e muita, muita força. Mas, seja como for, que estranho!".

O desfalque, o roubo, a impostura e a vadiagem tinham seus representantes naquele salão. Além desses, havia apenas os infelizes, os desajeitados, os que a vida ludibriava e os estrangeiros, estes simplesmente desprovidos do pão de cada dia, porque enganados em suas esperanças. Por certo, havia ali também vagabundos notórios e eternos insatisfeitos. Estavam presentes todas as combinações possíveis de culpa e azar, assim como a frivolidade, que extraía prazer de tamanha decadência. Ali, Simon podia conhecer a diversidade de caráter dos homens, mas não pensava muito em observar os outros, porque ele próprio era um deles, um escrevente que, como num rio, afundava na vida e no trabalho do escritório, em suas preocupações, seus esforços, suas pequenas questões e nos acontecimentos do cotidiano. Como alguém afundado na coisa, não pensava tanto nela quanto nas necessidades do corpo, como todos os demais. Todos ali ganhavam, escrevendo, aquilo que de pronto precisavam gastar para comer e beber, se desejassem se manter vivos. O ganho fluía goela abaixo, da mão para a boca. Simon logrou ainda comprar um chapéu de palha e um par de sapatos barato. Mas, quando pensava no aluguel do quarto, tinha de admitir que não teria dinheiro para pagá-lo. Todo fim de tarde, quando terminava de escrever, estava cansado e feliz. Então, na companhia de um dos colegas de escritório, caminhava pelas ruas de cabeça erguida e sorria distraído para os passantes. Não lhe custava esforço nenhum aquela postura bonita e orgulhosa, vinha-lhe naturalmente; quando saía pela porta do escritório para o ar livre, o peito se expandia e estirava feito um arco distendido. Sentia-se dono e senhor inato de seus membros e atentava com consciência para cada passo. As mãos, já não as mantinha nos bolsos da calça, o que lhe teria parecido indigno. Enfim, não perambulava mais: passeava agora, comedido e consciente, como se apenas em seu vigésimo primeiro ano de vida começasse a exercitar os membros num caminhar belo e seguro. Não se deveria notar nele nenhum sinal de pobreza, e sim sentir que se tratava de um jovem rapaz que voltava do trabalho e se permitia um passeio de fim de tarde. Naquele mundo esforçado e movimentado da rua, seus olhos detinham-se com encanto. Quando passava um coche com um par de graciosos cavalos dançarinos, Simon examinava com um olhar atento somente o trotar dos animais, desprezando a oportunidade de dirigir os olhos para os cavalheiros no interior do carro, como se só se interessasse pelos cavalos, qual um verdadeiro conhecedor. "Isso é agradável", pensava, "e é preciso aprender a dominar o olhar e dirigi-lo sempre para onde é decente e viril fazê-lo." De soslaio, passava os olhos também por muitas damas e, interiormente, só podia rir ao notar a impressão que aquilo causava. Ao fazê-lo, sonhava, como sempre! Só que, agora, cerrava os dentes ao sonhar e não se permitia mais a postura preguiçosa e cansada de antes. "Ainda que eu seja o mais pobre dos pobres-diabos, não me passa pela cabeça permitir que as pessoas percebam isso. Pelo contrário. A falta de dinheiro demanda, em certa medida, um comportamento orgulhoso. Fosse eu rico, talvez pudesse ainda me permitir o desmazelo. Mas, sendo pobre, não, porque o homem precisa cuidar de manter um equilíbrio. Estou morto de cansaço, mas tenho sempre de pensar que outros também têm motivos para o cansaço. Não vivemos pensando apenas em nós, e sim em todos. Quando observados, temos obrigação de fazer uma figura exemplar, rigorosa, que sirva de modelo aos menos corajosos. Devemos passar a impressão de uma solidez despreocupada, ainda que nossos joelhos tremam e o estômago ressoe na garganta, de tão vazio. São essas coisas que podem dar prazer a um jovem em desenvolvimento! O sino ainda não tocou as doze badaladas para ninguém; todo pobre tem sempre a perspectiva de ascender. Algo me diz que já uma postura livre e orgulhosa pode atrair a felicidade, como uma corrente elétrica, e, de fato, nos sentimos mais sublimes e ricos ao caminhar com decência. Se estamos em companhia de outro pobre-diabo malvestido, como é o caso aqui, tanto mais motivos temos para erguer a cabeça, na medida em que, assim, de certo modo desculpamos com suavidade, mas também com vigor, seu penteado ruim e sua postura ante aqueles que se admiram de ver passar pela rua elegante dois companheiros de porte tão desigual mas tão próximos e intimamente ligados. Esse tipo de coisa gera respeito, ainda que passageiro. É mesmo encantador pensarmos que nos distinguimos tão agradavelmente de um acompanhante que ainda não chegou lá nem vai chegar. De resto, meu companheiro é um homem mais velho, mais infeliz, ex-proprietário de uma cestaria, alguém que decaiu em razão de toda sorte de infortúnios e que é agora, como eu, escrevente diarista; a diferença é que não tenho propriamente o aspecto de um escrevente diarista, mas antes de um inglês extravagante, ao passo que meu companheiro se parece com alguém que sente penosa saudade de dias melhores. Seu caminhar e sua forma eterna, adorável e comovente de assentir com a cabeça narram sua infelicidade numa linguagem absolutamente desprovida de vergonha. Trata-se de um homem mais velho, que já não deseja impressionar, mas apenas, na medida do possível, manter-se de pé. A mim, ele impressiona, porque conheço sua dor e conheço o pesado fardo que carrega consigo. Sinto orgulho de caminhar assim, a seu lado, por um bairro tão belo, e caminho desavergonhadamente bem junto dele, a fim de demonstrar minha desinibida predileção por seu terno humilde. Recebo muitos olhares espantados, olhos maravilhosos encaram-me com estranheza, inquiridores, o que apenas me diverte: que o diabo os carregue! Falo alto, energicamente. O finzinho da tarde é tão apropriado para falar. Trabalhei o dia inteiro. É coisa magnífica ter trabalhado o dia todo e, à tardezinha, estar tão cansado e reconciliado com tudo, sem preocupação nenhuma, nem um único pensamento na cabeça. Poder sair a passear assim, levianamente, e com o sentimento de não ter feito mal a nenhuma pessoa. Olhar em torno para ver se, por acaso, somos do agrado de alguém. Sentir que se é agora um pouco mais adorável e digno de respeito que antes, quando da ociosidade preguiçosa, com seus dias mergulhando como se num abismo e desaparecendo como a fumaça que se esvai. Sentir muita coisa, muita, num fim de tarde que é um presente! Perceber esse fim de tarde como uma dádiva, porque é isso que ele é para aqueles que dedicam o dia ao trabalho. É assim que se presenteia e se é presenteado."

Simon notava cada vez mais que o escritório era um mundo em miniatura dentro do grande mundo. Inveja e ambição, ódio e amor, exploração e honradez, seres impetuosos e modestos faziam ali — em escala menor mas perceptivelmente, e para obter vantagens mesquinhas — o mesmo que em toda parte onde as pessoas lutam pelo dia a dia. Cada sensação, cada impulso podia encontrar seu uso ali, ainda que em pequena escala. Conhecimentos fabulosos, porém, não eram de grande utilidade naquele salão. Alguém que os possuísse só poderia ali, no máximo, exibi-los de improviso, o que, se ajudava a granjear prestígio, não possibilitava a compra de um terno novo. Havia vários entre os jovens escreventes que dominavam à perfeição três línguas estrangeiras, na fala e na escrita. Estes eram empregados nas traduções, mas nem por isso ganhavam mais que os toscos endereçadores ou que os copistas de manuscritos. O escritório, afinal, não permitia a ascensão de ninguém; do contrário, teria falhado em seu propósito e sentido, uma vez que só existia para possibilitar a desempregados uma vida miserável, e não para pagar salários altos, exorbitantes. Se, às oito horas da manhã, o sujeito realmente encontrava trabalho, só podia se dar por satisfeito. Era comum o administrador dizer a um grupo à espera: "Me desculpem. Hoje, não temos nada. Voltem às dez. Até lá, talvez tenha chegado alguma coisa". E, às dez horas: "É melhor os senhores voltarem amanhã cedo. Hoje, não deve chegar mais quase nada". Tristonhos, esses enjeitados, entre os quais Simon esteve mais de uma vez, desciam então vagarosamente, um a um, a escada em direção à rua, onde, por um momento, como se precisassem refletir, formavam um belo círculo para, depois, dispersarem, um após o outro, em todas as direções. Não constituía prazer nenhum passear sem dinheiro pelas ruas da cidade; isso, todos sabiam, e cada um deles pensava: "E como será, então, no inverno?".

Às vezes, chegavam ao escritório pessoas muito bem-vestidas e de maneiras elegantes, também elas em busca de trabalho. A esse tipo de gente, o administrador costumava dizer: "Ao que parece, o senhor se encaixa mais na agitação da vida mundana que num escritório. Aqui, terá de passar o dia todo sentado e quieto, entortando as costas e trabalhando com afinco para ganhar uma mixaria. Falo assim, com toda a franqueza, porque sinto que isso não combina com o senhor. Além do mais, não me causa a impressão de pobreza tristonha e de necessidade extrema. Eu, no entanto, devo dar trabalho sobretudo aos pobres, ou seja, àqueles cuja ruína vejo estampada nas roupas em farrapos. Já o senhor aparenta demasiada elegância, e seria um pecado eu lhe dar trabalho aqui. Circule de preferência em meio à gente refinada, é meu conselho. Penso que não percebeu como são lúgubres os escritórios, se entra aqui com uma expressão tão alegre no rosto para pedir trabalho, como se estivesse a caminho de um salão de baile. Aqui, as pessoas costumam fazer mesuras desajeitadas e inconformadas, ou, em geral, mesura nenhuma; a mesura, porém, que o senhor me fez há pouco foi a de um consumado cavalheiro, um homem do mundo. Não é assim, não tenho como empregá-lo. Não tenho a oferecer aqui nem trabalho à sua altura nem um mundo que lhe seja adequado. Quando quiser, o senhor poderá encontrar colocação como vendedor ou na administração de um hotel, caso não seja o seu desejo procurar aventuras nesta cidade, como chega a me parecer. Neste escritório, um rapaz só experimenta humilhação, nenhuma outra aventura. Quem vem procurá-lo, sabe por que veio. O senhor com certeza não me pareceu sabê-lo. Toda a sua figura é uma ofensa a meus trabalhadores, o senhor há de admitir: basta lançar um olhar para o recinto. Olhe para mim. Também vi o mundo, conheço todas as suas metrópoles e não estaria aqui, se não precisasse. Quem vem até aqui é porque já experimentou a infelicidade e inúmeros reveses. São os inúteis, os mendigos, os malandros e os naufragados, ou, numa única palavra, os infelizes. Então, eu lhe pergunto: o senhor é um deles? Não, e, por isso, deixe agora mesmo este salão, cujo ar o senhor não conseguiria respirar por muito tempo. Conheço aqueles que têm aqui o seu lugar. Já basta. Passe muito bem!".

Depois, com um movimento da mão, costumava dispensar, sorrindo, os não aptos a trabalhar no escritório. O administrador possuía educação e requinte, os quais, vez por outra, exibia com prazer aos visitantes que ali apareciam como se soprados feito a neve, mais por curiosidade que por necessidade.

Ao lado do escritório dos escreventes, corria um canal tranquilo, verde, profundo e velho, antigo fossado de uma fortaleza e elo entre o lago e o rio, que levava a água do lago em viagem até os mares distantes. Era o bairro mais tranquilo da cidade, tinha algo de reservado, de aldeia. Ao descer a escada, pois, de bom grado os enjeitados permaneciam sentados ainda por um tempo na mureta à beira do canal, e era como se uma fileira de pássaros grandes e estrangeiros tivessem pousado ali. Aquilo tinha algo de filosófico e, de fato, muitos olhavam lá para baixo, para aquele mundo aquático verde e morto, e se punham a cismar em vão com a inexorabilidade do destino, como um filósofo costuma fazer em seu gabinete. O canal tinha alguma coisa que convidava ao sonho e à reflexão, para o que os desempregados encontravam fartas ocasiões.

 O escritório era, ao mesmo tempo, um reservatório de mão de obra para os comerciantes. Para lá se dirigia, por exemplo, um cavalheiro ou uma dama, ia ao gabinete do administrador e solicitava alguém por um ou dois dias, isto é, um auxiliar para o trabalho no comércio. O administrador aparecia, então, na porta do gabinete, examinava seus trabalhadores e, depois de pensar um pouco, chamava alguém pelo nome. Este arranjara, pois, uma colocação por oito, um, dois ou catorze dias. Era sempre coisa que despertava inveja, alguém ser, assim, chamado pelo nome, porque todos gostavam de ir trabalhar fora, uma vez que o ganho era maior e o trabalho, mais divertido. Além disso, gente de bom coração oferecia ao escolhido um belo lanche no café da manhã e à tarde, algo de que não se podia desdenhar em circunstância nenhuma. Havia, assim, sempre um anseio por esse tipo de trabalho e um flerte com a possibilidade de ser chamado. Muitos se julgavam constante e injustamente preteridos; outros acreditavam que deveriam mesmo cortejar e adular o administrador e seu auxiliar direto, a fim de conseguir a almejada escolha. Era mais ou menos como acontece numa matilha adestrada que salta para alcançar a salsicha pendurada num barbante mantido constantemente no alto: cada um dos cães vai sempre acreditar que o outro não tem o direito de tentar abocanhá-la, mas não saberá indicar razão nenhuma para semelhante crença. Também no escritório um rosnava para o outro em virtude da vantagem abocanhada, exatamente como, aliás, acontece entre grandes comerciantes, acadêmicos, artistas ou diplomatas — entre estes, não se passa outra coisa; a diferença é apenas que a briga é mais astuta, altiva e culta.

Simon também trabalhou fora algumas vezes, como se dizia na linguagem abreviada do escritório, mas nunca deu muita sorte nisso. Certa feita, foi escorraçado pelo chefe, um corretor de imóveis ladino e deveras grosseiro, que se imaginava praticamente Deus em carne e osso; a reação se devera ao fato de Simon não estar labutando de pena em punho, e sim lendo jornal. Outra vez, ele próprio atirou a pena na cara do patrão, um atacadista de frutas e legumes a quem disse apenas: "Então, escreva o senhor mesmo!". A esposa do atacadista não parava de lhe dar toda espécie de ordem, razão pela qual Simon parou de trabalhar. Sim, porque sentiu que a mulher só queria machucá-lo e humilhá-lo, e àquilo, afinal, ele não era obrigado a sujeitar-se, ou ao menos foi o que disse seu sentimento.

17

E assim se passaram algumas semanas daquele maravilhoso verão. Simon jamais percebera o verão como o milagre que via acontecer naquele ano, em que vivia na rua em busca de trabalho. A despeito de seus esforços, não deu em nada, mas pelo menos era bonito. Quando, ao anoitecer, andava pelas ruas modernas, de folhas tremelicantes, sombras e luzes a piscar, de súbito se dirigia com palavras tolas às pessoas, apenas para ver no que daria. Todas elas, contudo, exibiam apenas uma expressão perplexa, não diziam coisa nenhuma. Por que não falavam com o caminhante a seu lado, por que não o convidavam com voz grave a acompanhá-las, a entrar num edifício estranho, a fim de fazer lá o que fazem as pessoas ociosas, aquelas que, como ele, não têm nenhum outro objetivo na vida senão ver o dia passar e a noite chegar, para, então, dela esperar prodígios repletos de ação? "Eu estaria pronto a fazer qualquer coisa, bastando que fosse pelo menos um ato de ousadia, só possível a um destemido", ele dizia a si próprio. Ficava horas sentado num banco, ouvindo a música que provinha do jardim de algum hotel requintado, como se a noite houvesse se transformado em sons suaves. As figuras femininas noturnas passavam por aquele solitário e só precisavam olhar bem para ele para, de pronto, perceber sua situação financeira. "Se eu pelo menos conhecesse alguém a quem pudesse pedir algum dinheiro...", Simon pensava. "Meu irmão Klaus? Não seria uma atitude honrada; ele me daria o dinheiro, mas, ao mesmo tempo, me faria também uma reprimenda suave e tristonha. Existem pessoas para as quais não podemos pedir esmolas, porque seu pensamento é demasiado belo. Se ao menos eu conhecesse alguma pessoa que pouco me importa se me respeita ou não. Não, não conheço nenhuma. Importa-me ser respeitado por todo mundo. Tenho de esperar. Na verdade, no verão ninguém precisa de muita coisa, mas vai chegar o inverno! Sinto um pouco de medo do inverno. Não duvido que estarei em má situação quando chegar. Bem, aí, então, caminharei pela neve, ainda que com os pés descalços. Que importância tem? Andarei até me queimarem os pés. No verão, é tão belo repousar, deitar-se num banco sob as árvores. O verão todo é como um quartinho aquecido e perfumado. O inverno é um escancarar de janelas, o vento e a tempestade sopram e zunem, e isso leva a gente a se movimentar. Essa minha vagabundice vai desaparecer. Venha o que vier, terei merecido! Como o verão me parece longo! Começou faz apenas umas poucas semanas, e já me parece longo. Penso que o tempo dorme e se expande em seu sono, quando temos de pensar a todo momento em como fazer para viver mais um dia com tão pouco dinheiro. Penso também que o tempo dorme e sonha no verão. As folhas nas árvores altas se fazem cada vez maiores; de noite, ciciam, de dia, dormem sob os raios quentes do sol. Eu, por exemplo, o que faço? Se não tenho trabalho, passo o dia todo deitado no meu quarto, com as venezianas fechadas, lendo à luz de uma vela. Velas têm um cheiro tão encantador, e, quando as apagamos, uma fumacinha fina e úmida flui pelo quarto escuro, e aí nos sentimos tão serenos, tão novos, é como se tivéssemos ressuscitado. Como vou fazer para pagar meu aluguel? Teria de fazê-lo amanhã. As noites são tão longas no verão porque passamos o dia embromando, dormitando e, assim que a noite chega, todo o espalhafato, toda a balbúrdia nos acorda, e começamos a viver. A mim, pareceria agora um pecado passar dormindo uma só noite de verão. Além disso, está abafado demais para dormir. No verão, as mãos ficam úmidas e pálidas, como se sentissem a preciosidade desse mundo perfumado; no inverno, ficam vermelhas e grossas, como se furiosas com o frio gélido. Sim, assim é. O inverno nos faz andar para cima e para baixo batendo os pés de raiva; no verão, seria difícil saber com que se enfurecer, senão, talvez, com o fato de não ter como pagar o aluguel. Mas isso nada tem a ver com o belo verão. E já nem sinto raiva; acho que perdi o talento para enraivecer-me. É noite agora, e a ira é coisa clara como o dia, vermelha, fogosa, tanto quanto é possível ser. Amanhã, vou falar com minha senhoria."

Na manhã seguinte, Simon enfiou a cabeça no cômodo em que morava a senhoria e perguntou, com ênfase deliberada, se podia ter uma palavrinha com ela, se ela dispunha de tempo para tanto.

"Mas claro! Do que se trata?"

Ele disse: "Não posso pagar o aluguel deste mês. Não vou nem tentar explicar à senhora como isso me é constrangedor. Num caso como esse, qualquer um saberia dizer como é penoso. Eu, de minha parte, pressuponho que a senhora confie em que me empenharei para encontrar meios e caminhos que me conduzam a uma considerável soma em dinheiro, para que eu possa, tão logo quanto possível, saldar minha dívida. Conheço pessoas de quem conseguiria o dinheiro, se quisesse, mas meu orgulho me impede de aceitar empréstimo de pessoas das quais é meu desejo me manter próximo. De uma mulher, porém, aceitaria algum, até mesmo de bom grado, pois nutro em relação às mulheres sentimentos muito especiais, balizados por um conceito de honra diverso. Gostaria a senhora, sra. Weiß, de me oferecer o dinheiro, primeiramente para o aluguel e, além deste, uma pequena contribuição para que eu possa seguir vivendo? Abriga a senhora o sentimento de que estou sendo impertinente? Não, vejo que a senhora balança a cabeça. Creio que confia em mim. Pode ver como minha demanda nada razoável me faz enrubescer; creia que, neste momento, a senhora contempla alguém não desprovido de embaraço. Mas costumo tomar decisões rápidas e pô-las de pronto em prática, ainda que me falte até o ar ao fazê-lo. De uma mulher, aceito de bom grado um empréstimo, porque sou incapaz de ludibriar mulheres. Aos homens, se a situação assim o exige, minto sem misericórdia alguma, acredite. Às mulheres, jamais. A senhora deseja mesmo me adiantar tudo isso? Com esse dinheiro, passo metade do mês. Até lá, muita coisa vai melhorar em minha situação atual. E nem sequer lhe agradeço. Veja a senhora, assim sou eu. Raras vezes em minha vida exprimi minha gratidão a alguém. Sou um incompetente quando se trata de agradecer. E tenho de dizer ainda que favores são coisa de que, sempre que possível, desdenhei. Favores! Pois neste momento sinto verdadeiramente o que é um favor. Na verdade, nem deveria aceitar o dinheiro".

"O senhor é um belo de um tipo!"

"Bem, vou aceitá-lo. Quanto a recebê-lo de volta, a senhora não se preocupe. No momento, sinto-me muito feliz com este dinheiro. Dinheiro é coisa que só os cabeças de vento são capazes de desprezar."

"O senhor já vai?"

Simon já saíra pela porta e se recolhera a seu quarto. Era-lhe desagradável — ou ele agiu como se desagradável fosse — seguir conversando sobre aquele assunto. De resto, já tinha conseguido o que queria e não apreciava se estender em pedidos de desculpa nem gostava de fazer promessas, quando pedia um favor a alguém e era atendido. Caso algum dia viesse a ser ele o doador, tampouco demandaria desculpas e juramentos, jamais lhe ocorreria nada parecido. Ou se doava porque se sentia confiança e simpatia, ou então era melhor dar as costas ao pedinte, por julgá-lo repugnante. "Repugnância, não lhe causei, de jeito nenhum; afinal, notei a rápida alegria com que ela me deu o dinheiro. Quando se quer atingir um objetivo, tudo depende da conduta. Deu prazer àquela mulher saber-me em débito, provavelmente porque, a seus olhos, sou uma criatura tolerável. A pessoas desagradáveis, ninguém dá nada, porque ninguém quer se vincular a elas. Sim, porque uma obrigação, como é o pagamento de uma dívida, vincula, une, aproxima, provoca a ousadia da proximidade, necessita dessa aproximação e a enseja constantemente. Ter devedores repugnantes não é coisa de dar inveja. Eles ficam literalmente no pescoço do credor, que preferiria, assim, perdoar a dívida, apenas para chacoalhá-los de si. É absolutamente encantador observar a despreocupação e a prontidão com que alguém doa, e esse é o melhor testemunho de que existem ainda seres humanos a nosso redor que nos julgam agradáveis."

Depois de deixar deslizar pelo bolso do colete o dinheiro recebido, Simon foi até a janela e notou lá embaixo, na ruazinha estreita, uma dama vestida de preto que parecia procurar alguma coisa, porque olhava com frequência para cima, de tal modo que, em dado momento, os olhos dela encontraram os dele. Eram verdadeiros olhos femininos, grandes, escuros, e Simon só pôde, involuntariamente, pensar em Klara, a quem não via fazia tanto tempo e mesmo já quase esquecera. Não era Klara, porém. A bela aparição na ruazinha lá embaixo, com seu vestido nobre e opulento, compunha contraste singular com as paredes sombrias e sujas entre as quais caminhava com lentidão. Simon teria podido gritar: "É você, Klara?". Mas a figura logo desapareceu na esquina, sem deixar na viela mais do que aquele perfume de melancolia que a beleza sempre deixa em lugares sombrios. "Como teria sido bonito e apropriado se, no momento em que ela olhou para cima, eu tivesse lhe jogado uma grande rosa, de um vermelho escuro, que a dama, então, se agacharia para apanhar. Ela abriria um sorriso e ficaria muito espantada de, numa ruazinha tão pobre, topar com saudação tão amistosa. Uma rosa teria combinado com ela qual uma criança suplicante e chorosa com a mãe. Mas onde conseguir rosas caras, quando se acaba de precisar recorrer à bondade alheia? E como prever que, justamente às nove horas da manhã, uma bela figura de mulher vai aparecer numa ruazinha que é a mais escura de todas as vielas, ao passo que a mulher se me afigura a mais elegante que já vi em toda a minha vida?"

Simon seguiu ainda sonhando por um bom tempo com a dama que, tão estranhamente, lembrava Klara, esquecida e desaparecida. Deixou, então, seu quarto, desceu a escada apressado, caminhou pelas ruas, passou o dia inteiro sem fazer nada e, à tardezinha, viu-se num bairro limítrofe da cidade que se estendia ao longe. Ali, em edifícios relativamente altos e bonitos, moravam os trabalhadores; quando, porém, se examinavam mais de perto os prédios, chamava a atenção certo desleixo que subia pelas paredes nuas, espiava dos quadrados uniformes e gélidos das janelas e se acomodava nos telhados. A paisagem de floresta e relvado, que ali principiava, oferecia um contraste peculiar com aqueles caixotes altos mas pobres, que, mais do que adornar, enfeavam a região. Paralelamente, contudo, viam-se também algumas casas antigas e baixas, de construção adorável, casas que repousavam no campo como crianças no colo quentinho da mãe. A terra erguia-se ali numa colina recoberta de floresta, sob a qual um túnel dava passagem aos trens, tão logo eles deixavam aquele emaranhado de edifícios. O fim de tarde iluminava os relvados, era como se já se estivesse no campo, tendo deixado para trás a cidade e seus ruídos. Simon não se deu conta da falta de beleza dos prédios de trabalhadores, porque percebia como bela toda aquela mistura de cidade e campo, que ali se apresentava numa imagem singular, plena de graça. Quando caminhava por uma rua de pedra nua e, bem ao lado, sentia o calor do relvado, aquilo lhe parecia uma coisa única, e, quando em seguida atravessava a grama por uma trilha estreita de terra, que mal havia em saber que se tratava, na verdade, de solo urbano, e não rural? "Os trabalhadores têm aqui um belo lugar para morar", pensou, "cada janela lhes oferece uma vista para a floresta e para o verde, e, quando sentam em suas sacadas, desfrutam de um ar bom, saudável, perfumado e de uma agradável panorâmica de colinas e vinhedos. Ainda que os prédios novos e altos tenham sufocado e, por fim, expulsado dali as velhas construções, há que se considerar que a Terra nunca para de girar e que os seres humanos precisam se mover sempre, embora de um modo nada adorável em um ou outro momento. Toda região é bonita, porque sempre dá testemunho da vivacidade da natureza e da arquitetura. Assim, construir numa região bonita de relvados e floresta parece, de início, uma barbaridade, mas os olhos acabam, enfim, por se acertar com a combinação de prédio e mundo, encontram toda sorte de paisagens encantadoras para lá das paredes e esquecem seu veredito crítico-irritado, que, afinal, tampouco produz coisa melhor. Não é necessário comparar, qual um erudito em questões arquitetônicas, as construções antigas aos edifícios novos; podemos nos comprazer de ambos, do que eles têm de humilde e de arrogante. Quando vejo uma edificação, não tenho de pensar em fazê-la desaparecer apenas porque ela não me parece bonita o suficiente; afinal, ela se ergue assaz sólida, abriga muitas pessoas dotadas de sentimentos e, por isso mesmo, não deixa de ser uma visão respeitável, em cuja construção mãos numerosas e dedicadas trabalharam. Aqueles que procuram beleza neste mundo devem sentir muitas vezes que a simples procura pela beleza não basta, que às vezes há mais a encontrar que a felicidade de contemplar o antigo e encantador. A luta dos pobres por um pouco de paz, refiro-me à chamada questão operária, também é, por assim dizer, algo interessante e há de animar um espírito honrado mais do que a questão de saber se uma construção combina ou não com a paisagem em que se ergue. Quantas cabeças ociosas e bem-falantes há neste mundo! Decerto, toda cabeça que pensa é importante, e toda questão, preciosa, mas é lícito supor mais decente e honrado resolver, em primeiro lugar, as questões vitais, para só então intentar resolver as graciosas questões da arte. As questões da arte são por vezes, é verdade, questões vitais, mas questões vitais são também, e num sentido bem mais elevado e nobre, questões da arte. Naturalmente, eu assim penso porque, no momento, a questão primordial que se me apresenta é a da minha sobrevivência, porque copio endereços em troca de parca remuneração diária, e não consigo simpatizar com o nariz arrebitado da arte porque, no momento, ela me parece a coisa mais secundária que há no mundo; e, de fato, pensando bem, o que é a arte comparada à natureza que morre e renasce constantemente? De que meios dispõe a arte, quando deseja representar uma árvore perfumada e florescente ou o rosto de uma pessoa? Bem, são pensamentos um tanto insolentes os que agora me vão pela cabeça, pensados de cima para baixo, ou antes algo furiosos e de baixo para cima, vindos das profundezas, porque o dinheiro me falta. Na verdade, estou sendo a um só tempo crítico e melancólico porque não tenho dinheiro. Preciso conseguir algum, e isso é muito fácil. Dinheiro emprestado não é dinheiro; dinheiro, a gente precisa ganhar, roubar ou receber de presente. A isso vem se juntar outra coisa: o anoitecer! Quando a noite cai, estou em geral cansado e sem ânimo."

Enquanto assim pensava, Simon subia por uma ruazinha assaz íngreme e curta, até que parou diante de um edifício do qual, de uma janela aberta lá em cima, uma mulher o contemplava. Olhou-a nos olhos e acreditou divisar um mundo longínquo e naufragado, quando uma voz maravilhosa e conhecida o chamou: "Ah, é você, Simon! Venha, suba!".

Era Klara Agappaia.

Depois de subir correndo, ele a viu num pesado vestido de um vermelho escuro, sentada à janela. Os braços e o peito, o tecido magnífico os recobria apenas em parte. O rosto estava mais pálido que da última vez que a vira. Nos olhos, ardia um fogo profundo, mas os lábios comprimiam-se com força. Ela sorriu e estendeu-lhe a mão. No colo, repousava um livro aberto, decerto um romance que começara a ler. De início, Klara não conseguiu falar. Perguntar ou relatar alguma coisa eram atos que pareciam causar-lhe vergonha e demandar esforço. Aparentemente, ela se empenhava em chacoalhar de si uma estranheza que talvez sentisse diante do jovem amigo de outrora. Tão logo intentava abrir a boca e amolecê-la, era como se sua boca chorasse. As belas mãos, compridas e opulentas, pareceram encarregar-se da conversa, pelo menos até que a boca se libertasse daquele seu acanhamento. Klara não examinou Simon de alto a baixo com os olhos, como costumamos observar alguém que não vemos há muito tempo; pelo contrário, olhava apenas para os olhos dele, cuja expressão tranquila lhe fazia bem. Então, tomou-lhe a mão de novo e, por fim, disse:

"Me dê sua mão e deixe-me ser para você o que sou para minha criança, que me entende já ao ouvir apenas o murmúrio de meu vestido, o qual, vindo do quarto vizinho, se aproxima; que me abarca com o seu olhar e a quem nada preciso dizer, nem mesmo sussurrar em seu ouvido, para lhe comunicar segredos; que, sentada, indo, vindo, em pé ou deitada, me diz que todo o seu sentimento serve apenas ao propósito de entender sua mãe; junto de quem me agacho até o chão, a seus pés, para amarrar-lhe os sapatos, quando os cadarços afrouxam; em quem dou um beijo, quando ela foi corajosa e obediente; para quem revelo todos os meus segredos e diante de quem não saberia guardar segredo nenhum; e a quem dou tudo, ainda que ela seja uma pequena traidora capaz de negligenciar a própria mãe por muito, muito tempo, como você, e capaz até mesmo de esquecê-la, como você. Não, você nunca conseguiu me esquecer. Por certo, com frequência quis me desafiar e me expulsar de si, mas, ao encontrar uma mulher só um pouquinho parecida comigo, acreditava ter me visto e reencontrado. Você não tremia? Nesses reencontros ilusórios, não era como se, de repente, as duas folhas de uma porta se abrissem sobre uma escada iluminada, magnífica, talhada em pedra, a fim de conduzi-lo a uma alcova repleta do prazer do reencontro? Que alegria é o reencontro! Quando, na rua ou no campo, as pessoas se perdem uma da outra e, depois de um ano, sem mais nem menos tornam a se ver tão calmamente num princípio de noite para o qual já os sinos pressagiaram esse reencontro, então o que fazem é dar-se as mãos, sem seguir pensando na separação e na causa de tão longa demora. Dê-me as mãos! Seus olhos continuam bondosos e belos. Você não mudou. Agora, posso lhe falar:

"Quando nós todos, Kaspar, eu e você, precisamos sair daquela casa na floresta no verão passado, você há de se lembrar, e, em seguida, vocês dois desapareceram — para onde haviam ido, eu não sabia —, aluguei lá embaixo, na cidade, um quarto elegante. Sentia saudade de vocês e permaneci inconsolável por um bom tempo. Quando chegou o inverno, tudo à minha volta parecia mergulhado numa luz vermelha, esqueci tudo e me lancei num labirinto de diversões; afinal, dispunha ainda de parte da minha fortuna, pequena mas bastante grande para esta cidade. Gastei-a e, em troca, aprendi que, muitas vezes, precisamos da embriaguez para, na medida do possível, nos mantermos acima das ondas desta vida. Tinha um camarote no teatro, mas o teatro interessava-me bem menos que os bailes, onde eu podia mostrar que era bela e cheia de ânimo. Rapazes aos montes me cortejavam, e eu não via nada que me proibisse de desprezá-los a todos e de os fazer sentir meus humores. Pensava em vocês dois e, em meio a todo aquele cortejar, tão desprovido de toda e qualquer masculinidade, desejava seus rostos calmos e suas maneiras francas. Foi então que um homem de pele escura, negra, um estudante do Politécnico de aparência pesada e desajeitada, um turco de olhos grandes e dominadores, veio até mim e dançou comigo. Terminada a dança, ele me possuía de corpo e alma, eu era sua. Para nós, mulheres, quando nos inebriamos de diversões, existe um tipo de homem que só consegue nos subjugar num salão de baile. Se ele tivesse me encontrado em qualquer outra parte, talvez eu tivesse rido dele. Desde o primeiro momento, ele se comportou como meu senhor, e só o que pude fazer foi me espantar com sua impertinência; de me defender, não fui capaz. Ele me ordenava: faça assim, faça assado! — e eu obedecia. Em matéria de obediência, nós, mulheres, se é o que queremos, somos capazes de feitos extraordinários. Aceitamos tudo e até desejamos, talvez por vergonha e raiva, que nosso amado seja ainda mais brutal do que já é. Nesse caso, é-lhe impossível nos tratar com atrocidade suficiente. Esse homem viu como absolutamente seu o que me restava de dinheiro; eu também, e dei o dinheiro a ele, dei-lhe tudo. Um dia, depois de me oprimir, tiranizar, exaurir e explorar o bastante, ele foi embora para sua terra natal, voltou para a Armênia. Eu, sua serva, não tentei impedi-lo. Achava correto tudo que ele fazia. Ainda que o tivesse amado menos do que era o caso, eu o teria deixado partir; sim, porque aí meu orgulho não me teria permitido detê-lo. Restou-me, portanto, apenas obedecer quando ele ordenou que eu o ajudasse na partida: meu amor obedeceu de bom grado. Não me senti humilhada ao lhe dar um beijo de despedida, nele, que mal me dirigia o olhar e que, por sua vez, manifestou a esperança de, um dia, quando as condições lhe permitissem, me levar para sua terra natal e, lá, desposar-me. Percebi que era mentira, mas não senti amargura. Para mim, toda e qualquer percepção que não fosse bela era uma impossibilidade, em se tratando daquele homem. Tive um filho com ele, uma menina, que está dormindo no quarto aqui ao lado."

Klara deteve-se por um instante, sorriu para Simon e prosseguiu:

"Fui obrigada a procurar emprego, e encontrei o de recepcionista de um fotógrafo. Cortejos e propostas de casamento, de que fui objeto muitas vezes, já que lidava com grande clientela, eu os recusei todos, sorrindo. De mim, os homens pensavam: 'Ela tem algo de tão delicado, um aspecto tão maternal: seria a mulher certa!'. Mas não o fui para ninguém! Meu emprego me permitia ainda um luxo considerável, porque eu podia pelo menos ficar com as belas roupas que vestia, coisa que me vem a calhar ainda hoje. Meu patrão era pessoa merecedora de respeito, e isso facilitou muito meu trabalho, que eu executava como se mergulhada num sonho prazeroso e tranquilo. Especificamente para a clientela, me acostumara a abrir um sorriso radiante, pelo qual me fiz benquista; a todos, parecia adorável, e atraía, assim, mais clientes, o que levou meu patrão a me dar um aumento. Naquela época, era quase feliz. Para mim, tudo se dissipava em belas e doces lembranças. Sentia aproximarem-se as dores do parto, e isso contribuía para uma atmosfera de felicidade melancólica. Nevava tanto que os flocos de neve recobriam a rua. E, quando, à noitinha, eu caminhava pelas ruas nevadas, pensava em vocês, os irmãos — em você, em Kaspar e sobretudo em Hedwig, a quem em pensamentos e sentimentos expressava minha gratidão. 'Só pude escrever-lhe uma única vez. Ela não respondeu. Mas é bonito que tenha sido assim', pensava, e eu própria me achava muito bonita por pensar dessa maneira. Sentia-me cada vez mais repleta de tudo e caminhava sempre a passos bem lentos, cada um dos quais percebia como um ato de bondade humana. Entretanto, deixei o quarto elegante no centro da cidade e vim morar aqui, onde você agora me vê. Pegava o elétrico para ir e voltar, de manhã cedo e ao entardecer, e sempre atraía os olhares de todos os passageiros. Havia algo de estranho em mim, era o que eu própria sentia. Inconscientemente, muitos se punham a falar comigo; alguns, apenas para trocar uma palavrinha, outros, com o intuito de me conhecer. Conhecer pessoas, porém, já não me encantava tanto. Eu julgava conhecer todo mundo de antemão, abrigava um sentimento definido, de recusa, mas, ao mesmo tempo, de uma suavidade que me fazia bem. Os homens! Como era frequente que me dirigissem a palavra. Eram como crianças querendo saber o que eu fazia, onde morava, quem eu conhecia, onde almoçava e o que costumava fazer à tardezinha. A mim, me pareciam crianças inocentes, algo intrometidas; assim era eu naquela época. Nunca fui grosseira com nenhum deles, nem era necessário, porque nenhum jamais se comportou mal para comigo: para eles, eu era uma dama a um só tempo atraente e gélida. Certa vez, abordou-me uma moça baixinha, com aspecto inteligente, você a conhece: Rosa. Revelou-me seus sofrimentos e sua vida inteira, ficamos amigas, e agora ela se casou, embora eu a tivesse desaconselhado a fazê-lo. Visita-me com frequência, a mim, a rainha dos pobres!"

Klara calou-se de novo por um momento, enquanto contemplava Simon com um olhar divertido e infantil. Depois, continuou:

"A rainha dos pobres! Sim, sou eu. Você não vê que sua Klara está vestida como uma princesa? É um vestido do meu guarda-roupa de baile: tem um belo decote nas costas! Dá-me, sim, algum gasto, essa minha condição de princesa. Minha gente gosta disso, tem sensibilidade para o que é nobre; o esplendor de um vestido de baile se destaca muito neste bairro de trajes femininos manchados e cinzentos. É preciso chamar atenção, Simon, se a gente deseja exercer alguma influência, mas ouça o restante do que tenho a lhe contar. Você é um ouvinte tranquilo e agradável. Isso, sabe fazer melhor do que ninguém: ouvir! É uma de suas qualidades! Contar coisas a você é tão natural, tão bonito. Quando me mudei para este bairro afastado, fui aos poucos aprendendo a amar cada vez mais os pobres, aquela gente amontoada do outro lado do mundo, o lado escuro — a escória, que é o nome que se dá a esse mundo cheio de anseios e tribulações. Vi que podia ser útil aqui e, sem nenhuma pressão ou espalhafato, ajustei-me de tal maneira que me tornei realmente necessária. Se hoje eu os deixar, essa gente lamentará, essas mulheres, crianças e esses homens. No começo, sua sujeira me repugnava e enojava, mas vi que, de perto, essa sujeira não era tão horrível quanto parece de uma distância empertigada e pedante. Ensinei minhas mãos, e mesmo minha boca, a tocar essas crianças, cujos rostos não eram dos mais limpos. Acostumei-me a apertar as mãos rudes dos operários e dos trabalhadores diaristas, e de pronto notei a delicadeza com que me estendiam a mão. Encontrei muita coisa nesse mundo que me lembrou de você e de Kaspar. Em todo caso, a sutileza e as muitas qualidades ocultas dessas pessoas foram os fatores que me atraíram e levaram a me tornar sua senhora e tutora. Foi fácil e difícil a um só tempo. As mulheres, por exemplo! Quanto empenho não foi necessário para convencê-las de seus próprios padecimentos e faltas abomináveis, de modo a, gradualmente, fazê-las sentir vontade de se libertar de sua ignomínia! Acostumei-as à bênção e ao prazer do asseio e vi que, depois de longa hesitação e desconfiança, elas por fim começaram a ter alegria naquilo. Os homens revelaram-se mais flexíveis; como eu era bonita, me obedeciam mais, mostraram-se mais talentosos na apreensão de meus ensinamentos tão simples. Simon, se você soubesse como me faz feliz ser uma extremosa educadora desses pobres! Quão pouco precisamos saber para encontrar pessoas ainda mais pobres de conhecimentos, as quais podemos, então, orientar. Não, a ciência, sozinha, não basta. Nesse caso, são necessárias coragem e vontade, uma atitude enérgica: é preciso assumir uma postura, assegurá-la com orgulho e delicadeza e defendê-la com paixão. Acostumei-me a empregar uma linguagem capaz de tornar facilmente compreensível toda a cultura que eu possuía e podia oferecer, e de o fazer em expressões como as que aprecia o povo humilhado e humilde. Tornei-me, assim, sua soberana, na medida em que fui me adaptando a seus pensamentos e sentimentos, muitas vezes contrariando meu próprio gosto. Aos poucos, porém, o gosto popular foi se tornando o meu. Quando uma pessoa exerce influência, ela tem ao mesmo tempo o dom de, sem dar a perceber, deixar-se influenciar por aqueles que influencia. O coração e o hábito providenciam-no com facilidade. Quando, pois, certo dia, deitada em minha cama, sentia dores à espera de minha filha, que agora dorme aí ao lado, mulheres e moças vieram me ajudar, cuidaram e trataram de mim até eu poder me levantar de novo. Durante esse tempo todo, seus maridos, muito preocupados, perguntavam por mim e, quando tornaram a me ver, ficaram aparentemente felizes de me encontrar ainda mais bela que antes. Reverenciavam, assim, sua princesa. Isso foi na primavera. Ainda um tanto enfraquecida pelo parto, eu ficava sentada em meu quarto como se no meio de um canteiro de flores; sim, porque eles me traziam todas as flores, tantas quantas podiam carregar. Um jovem rico da vizinhança visitava-me com frequência, e eu permitia que sentasse a meus pés, porque sentia que me venerava, uma veneração terna de sua parte. Um dia, suplicou-me que me tornasse sua esposa, e eu apontei para a criança, o que, no entanto, só pareceu encorajá-lo a, nos dias que se seguiram, repetir o seu pedido, que tão estranhamente me comovia. Contou-me toda a sua vida vazia e corrida, senti pena dele e prometi-lhe que, sim, me tornaria sua esposa. Um simples aceno, um olhar meu já o faz feliz, e ele me ama tanto que posso sentir seu amor a todo momento. Quando lhe digo: 'Artur, isso é impossível', ele empalidece, e eu temo que aconteça uma desgraça. Seu desamparo não tem comparação, diante de mim e do mundo. Não tenho forças para fazê-lo infeliz. Além disso, ele é rico, e eu preciso de dinheiro para meu povo, do dinheiro que ele vai me dar. Faz tudo que quero. Não permite sequer que eu peça: ele é quem me pede ordens. Essa é a situação. Aliás, ele já está chegando, vou apresentar você a ele. Ou prefere ir? Sua cara é de quem está de partida. Então vá! Talvez seja melhor. É melhor, sim. Ele ficaria desconfiado. É terrível nesse aspecto. É capaz de meter a cabeça na parede até sangrar, se me vir na companhia de um rapaz jovem. Ademais, quando você está aqui, não quero ver mais ninguém por perto, assim como, quando outros estão comigo, não quero você por perto. Quero você para mim, só para mim. Há muito ainda que preciso dizer, de tudo que aconteceu. As pessoas dizem tanta coisa, mas dizem as coisas certas? Agora vá. Sei que logo vai voltar. E vou lhe escrever também. Deixe-me seu endereço. Pronto, até logo!"

Ao descer a escada, Simon topou com uma figura apressada de pele escura: "Deve ser Artur", pensou, e seguiu seu próprio caminho. Anoitecera. Ele tomou uma trilha estreita pelo campo e, dois ou três passos adiante, virou-se para trás: agora, a janela estava fechada, assim como, atrás dela, a cortina de um vermelho escuro, que irradiava a luz estranha e sombria de uma lâmpada que, por certo, haviam acabado de acender. Uma sombra movia-se detrás da cortina; era a de Klara. Simon seguiu em frente, devagar, mergulhado em pensamentos. Não tinha pressa nenhuma de chegar à cidade, onde ninguém o aguardava. No dia seguinte, voltaria a trabalhar no escritório. Estava mais do que na hora de dar duro, empenhar-se, ganhar algum dinheiro. Talvez ele finalmente arranjasse algum posto. Riu-se ao pensar na palavra "posto". Ao chegar à cidade, já era tarde da noite. Com o intuito de se distrair, entrou num café-concerto, mas não viu muita coisa que prestasse. Apresentava-se um cômico que ele gostaria de ver desaparecer na plateia, como homem absolutamente comum, e que, a julgar pelo que apresentava, mereceria na verdade uma bofetada. Mas não, o que é isso? Simon logo sentiu vívida compaixão por aquele pobre-diabo, que tinha de contorcer pernas, braços, nariz, boca, olhos e até as miseráveis maçãs ossudas do rosto para, nem mesmo assim, depois de tantos tormentos, alcançar aquele que era seu objetivo: fazer comédia. Simon poderia ter gritado um "arre!" ou um simples "ai!". Via-se claramente que o homem só podia ser uma pessoa honesta, honrada e não muito perspicaz. Tanto mais abominável se afigurava sua atuação no palco, uma atividade que só combina com gente que há de ser tão flexível quanto dissoluta, se deseja apresentar uma figura bem-acabada e agradável. Um palpite dizia a Simon que aquele comediante tinha ainda, talvez, pouco tempo antes, um emprego fixo e tranquilo, do qual, provavelmente por algum descuido ou delito, fora afastado. Toda a figura daquele homem lhe pareceu vergonhosa e repugnante. Depois, apresentou-se uma cantora jovem e baixinha, vestida com os trajes justos e apertados de um oficial hussardo. Deu-se melhor, porque era quase arte o que oferecia. Em seguida, veio um malabarista, que teria se saído melhor abrindo garrafas com um saca-rolhas do que equilibrando-as na ponta do nariz, o que fazia de uma maneira infantil e desprovida de todo e qualquer bom gosto. Pôs, então, uma lâmpada acesa sobre a cabeça chata e impôs à plateia sua pretensão de que ela compreendesse aquilo como obra de arte. Simon ainda ficou para ouvir um rapaz cantar uma canção; gostou do que ouviu e, com essa impressão boa, deixou o local em seguida. Estava de novo na rua.

Eram poucos os que ainda circulavam por ali. Numa ruazinha lateral, uma briga parecia em andamento, e de fato, ao se aproximar, Simon assistiu a uma cena tumultuada: duas moças se digladiavam, uma valendo-se de seu próprio punho, outra, de uma sombrinha vermelha. Iluminava o combate um único e melancólico poste de luz a clarear parcialmente os rostos. Dos vestidos e chapéus das moças, restavam apenas farrapos, e as duas gritavam, não tanto de raiva, mas antes de dor, e uma dor que não decorria dos golpes, e sim de um resquício de vergonha por seu comportamento tão animalesco e miserável. Foi uma luta terrível mas breve, à qual pôs fim um policial. Levou consigo as duas, bem como um cavalheiro em trajes elegantes, que parecia ser a causa do conflito. Um carteiro fizera as vezes de denunciante e atribuía-se agora grande importância. As duas moças voltaram toda a sua raiva contra ele, que, por isso, deu no pé.

Simon foi para casa. Ao chegar a sua rua, porém, notou um grupo de homens rindo e gritando, e era uma mulher que chamava a atenção daquelas excêntricas figuras noturnas. É que, com uma vara, ela açoitava um homem bêbado, provavelmente seu próprio marido, arrancado de um barzinho qualquer. Ao fazê-lo, ela gritava também e, quando Simon se aproximou, passou a se queixar a ele, gritando a todo o volume, da porcaria de marido que tinha. De súbito, do alto do edifício defronte do qual o grupo se encontrava, proveio um jorro d'água que capturou com maldade cabeças e roupas de todos à volta. Naquele bairro do centro velho da cidade, era costume despejar água na cabeça de notívagos ruidosos. O costume podia ser antigo, distinto e sagrado, mas, para os envolvidos, era sempre novidade revoltante e surpreendente. Todos xingaram a figura feminina que, lá do alto, postada à janela de camisola branca, olhava para baixo qual um espírito rancoroso e maligno. Simon tomou a frente do grupo e pôs-se a gritar para o alto: "O que a senhora está pensando, ou o senhor aí à janela? Se a água lhe sobra, despeje-a em sua própria cabeça, em vez de fazer isso na cabeça dos outros. Sua cabeça pode estar precisando mais. Que modos são esses? No meio da noite, jogar água na rua e, à traição, encharcar as pessoas e suas roupas? Se a senhora ou o senhor não estivesse aí em cima, e eu aqui embaixo, eu morderia essa sua cabeça de melão até lhe arrancar água da boca. Deus do céu, se existisse justiça, eu lhe cobraria um táler por gota derramada nos meus ombros, o que, imagino, lhe estragaria a diversão. Recolha-se, seu fantasma, ou sou capaz de escalar a parede até aí, só para descobrir se seus cabelos são de homem ou mulher! Um aguaceiro como esse é capaz de transformar qualquer um num diabo, de tanta raiva".

 Simon se embriagou de seu próprio discurso maldoso. Fez-lhe bem poder gritar e vociferar. Pouco depois, deitaria em sua cama e dormiria. Como era aborrecido fazer sempre a mesma coisa. A partir do dia seguinte, era preciso que, decidido, se tornasse outra pessoa. De manhã, no escritório, distraído de tanto pensar em Klara, cometeu vários deslizes, de tal modo que seu superior, um ex-capitão do estado-maior, se viu obrigado a repreendê-lo e ameaçá-lo: não receberia mais trabalho, se não desempenhasse seu papel de forma mais conscienciosa do que aquela.

18

O outono chegou. Simon seguira caminhando muitas vezes pela rua noturna e quente, e o fazia ainda, mas a estação do ano se tornara mais inóspita. Era sabido que, lá fora, nos prados, as árvores perdiam suas folhas, mesmo que não se fosse até lá para constatá-lo com os próprios olhos. Na rua, podia-se senti-lo também. Num dia ensolarado de outono, Klaus chegou, levado até ali por um único dia em razão de trabalho e propósito científicos. Saíram juntos em direção aos campos ondulantes mais acima, atraídos pelo sol quente mas em relativo silêncio, tomando o cuidado de evitar conversas mais íntimas. O caminho os conduziu pela floresta e, de novo, por extensas pradarias, cuja grama tardia e viçosa Klaus admirou, assim como as vacas salpicadas de manchas marrons que ali pastavam. Para Simon, foi bonito aquilo, um tanto meditativo mas muito bonito perambular com Klaus pela planura outonal sem falar muito e sem muita cerimônia, ouvir tocar os cincerros das vacas, dizer duas ou três palavras e, mais do que falar, contemplar a paisagem ao longe. Depois, subiram pelo bosque na encosta de uma colina, caminhando agradável e calmamente, porque Klaus queria se certificar de ter contemplado tudo com carinho, cada galho, cada frutinha, e alcançaram afinal o topo, à beira de uma bela floresta, onde os recebeu um sol outonal indizivelmente ameno e carinhoso de fim de tarde, e onde recuperaram o olhar desimpedido, uma vista do vale lá embaixo pelo qual serpenteava um rio a luzir seu brilho esbranquiçado, por entre copas amareladas de árvores e a mata que avançava, em meio à qual se via uma aldeia graciosa de telhados vermelhos circundada de colinas marrons repletas de vinhedos — uma vista que só podia alegrar o coração. Ali, jogaram-se na grama e permaneceram quietos por um longo tempo, sem dizer uma palavra, olhando para toda aquela região que se estendia ao longe e ouvindo o tilintar dos sinos; descobriram, assim, que sempre, em toda parte, se podiam ouvir sons na paisagem, não necessariamente os dos sinos, e tiveram uma daquelas conversas silentes, mais com os sentimentos que com palavras, conversas que não podem ser registradas por escrito, que não possuem outro propósito senão a amabilidade e que não pretendem dizer coisa alguma, permanecendo inesquecíveis apenas por seu aroma, seu som e sua intenção. Klaus dissera: "Por certo, se me é lícito imaginar que tudo ainda pode dar certo para você, então me permito novo ânimo, mais alegre. Pensar que você se tornaria um homem útil, cumpridor de um propósito, sempre fez ressoar em meu coração uma música particularmente bela. Você sempre almejou tanto quanto qualquer um gozar do respeito dos outros, e até mais, porque possui traços próprios que outros não têm, só que, no seu caso, traços de um querer demasiado ambicioso e inflamado. Basta que você não seja tão ambicioso no que quer, e tampouco tão suscetível nas exigências que impõe a si mesmo. Isso prejudica, desgasta e acaba tornando frias as pessoas, acredite em mim. Apenas porque você não encontra o mundo como gostaria que fosse, isso não o autoriza nem de longe a guardar rancor. Existem outras opiniões e inclinações também, e intenções demasiado boas envenenam o coração de um homem mais que as más, o que decerto é um mal. Ao que me parece, você possui uma vontade exagerada de dar grandes saltos. Correr atrás de uma meta até perder o fôlego é uma diversão para você. Isso não serve para nada. Deixe que cada dia se complete com calma e naturalidade, e sinta um pouco mais de orgulho de ter tornado as coisas mais fáceis para você, como, aliás, convém a todo ser humano. Temos o dever de, ante nossos semelhantes, tornar as coisas mais fáceis para nós e de fazê-lo com decência e certa dignidade, porque vivemos em meio a uma profusão de silenciosas e preocupantes questões culturais que nada têm a ver com o bufar rancoroso e quente dos briguentos. Há em você, preciso dizê-lo, algo de selvagem que, num piscar de olhos, se transforma em delicadeza, e esta, para que possa subsistir, demanda ela própria demasiada delicadeza dos outros. Muito do que deveria ser-lhe ofensivo não o magoa de forma alguma, ao passo que você se deixa, sim, ofender por coisas óbvias, que decorrem naturalmente do mundo e da vida. Empenhe-se para ser apenas um homem entre os homens, e as coisas com certeza começarão a andar bem; sim, porque, no cumprimento de toda sorte de exigências, você é incansável, e, uma vez tendo conquistado o amor das pessoas, vai querer mostrar a elas que é merecedor desse amor. Do jeito como é hoje, você se esconde pelos cantos e mergulha em anseios que não são propriamente dignos de um cidadão, de um ser humano e sobretudo de um homem. Quanta coisa já não pensei que você poderia fazer e empreender para se firmar, mas, no fim, tenho de deixar a você o trabalho de configurar sua própria vida, porque conselhos raras vezes servem para alguma coisa". Simon, então, perguntou: "Por que preocupar-se assim num dia tão bonito, em que contemplar a distância já nos faz derreter de felicidade?".

Passaram, então, a conversar sobre a natureza e esqueceram os assuntos graves.

No dia seguinte, Klaus partiu.

Chegou o inverno. Curioso: o tempo avançava com igual segurança além tanto das boas intenções como de tudo que se tinha de ruim e invencível. Havia algo de belo, de arrebatador e de indulgente nesse caminhar do tempo, que avançava igualmente sobre os mendigos e o presidente da República, sobre a pecadora e a dama de companhia, fazendo com que muita coisa fosse percebida como ninharia desimportante, porque só ele, o tempo, representa o sublime e o grandioso. O que era, afinal, toda aquela agitação, toda aquela vivacidade, o anseio de ir em frente, comparado a uma eminência à qual pouco ou nada importava se alguém se tornaria de fato um homem ou uma criatura simplória, se desejava ou não para si o que era justo e bom? Simon adorava aquele farfalhar das estações do ano sobre sua cabeça, e, quando um dia a neve soprou sobre sua ruazinha escura e enegrecida, ele se alegrou com o avanço da natureza calorosa e eterna. "Ela neva, é o inverno chegando, e eu, tolo, acreditei que não o viveria de novo", pensou. Para ele, era como um conto de fadas: "Era uma vez um floco de neve que voava para o chão, porque não sabia fazer nada melhor que isso. Muitos iguais a ele voaram para os campos e ali ficaram; outros caíram sobre os telhados das casas, e ali permaneceram também; uns e outros, ainda, depositaram-se sobre os chapéus e capuzes das pessoas avançando apressadas, até serem chacoalhados dali; outros poucos voaram rumo ao semblante fiel e adorável de um cavalo atrelado a uma carroça, repousando sobre os cílios compridos dos olhos do animal; um floquinho voou por uma janela adentro, e não se sabe o que foi fazer ali, mas, seja como for, por ali mesmo ficou. Neva na ruazinha e na floresta, lá em cima; ah, como deve estar bonita a floresta! Por que não ir até lá? Tomara que neve até anoitecer, quando se acendem os postes de luz. Era uma vez um homem que, todo preto, queria se lavar mas não tinha água e sabão. Quando viu que nevava, foi até a rua, lavou-se com a água da neve, e seu rosto ficou branco como ela. Podia, assim, se gabar disso, e o fez. Mas pegou uma tosse e agora não parava de tossir, o pobre homem tossiu um ano inteiro, até chegar o inverno seguinte. Aí, então, subia correndo a montanha até começar a suar, mas seguia tossindo. A tosse não parava mais. Foi nesse momento que uma criança se aproximou dele, era uma mendiga segurando na mão um floco de neve que parecia uma florzinha tenra. 'Coma o floco de neve', ela disse. O homem comeu o floco de neve, e cessou sua tosse. Depois, o sol se pôs, e tudo ficou escuro. A criança permaneceu sentada na neve, mas não congelou. Tinha levado uma surra em casa sem nem saber por quê. Sim, porque era ainda uma criança pequena, que nada sabia. Seus pezinhos tampouco congelaram, embora estivessem nus. Em seu olho, rebrilhou uma lágrima, mas a criança ainda não era esperta o bastante para saber que estava chorando. Talvez ela tivesse congelado durante a noite, mas não sentia nada, absolutamente nada, era pequena demais para sentir alguma coisa. Deus viu aquela criança, mas ela não o comoveu; ele era grande demais para sentir alguma coisa".

Por essa época, apesar do frio gelado de inverno que imperava em seu quarto, Simon se compelia a pular cedo da cama, ainda que não tivesse nada a fazer. Ficava ali simplesmente, mordendo os dentes, e logo algo de interessante haveria de surgir. Sempre aparecia algo para fazer. Poderia, para passar o tempo, esfregar-se as mãos ou as costas, ou tentar caminhar pelo quarto apoiado nas mãos. Algum exercício da vontade, ainda que o mais ridículo, precisava fazer constantemente, porque aquilo expulsava os pensamentos, além de fortalecer e estimular o corpo. Toda manhã, ele se lavava com água gelada, de cima a baixo, até esquentar, e dispensava o casaco ao sair para a rua. Queria ensinar a si próprio a se defender daquela estação do ano! O casaco, ele o empregava para embrulhar os pés, quando sentava à mesa e lia. Comprou um par de botas grandes e grossas, como as que os recrutas usam no exército, a fim de, sempre que quisesse, poder chapinhar pela neve funda da montanha. Aquilo o ensinaria a valorizar os sapatos elegantes. Um par de sapatos tão grosseiro lhe permitiria erguer-se no mundo com tanto mais firmeza. Agora, era questão de permanecer acima da superfície e fincar pé. Contanto que não se curvasse, naturalmente haveria de aparecer alguma coisa que ele pudesse agarrar. Começar de novo, do zero, cinquenta vezes, se necessário fosse, que mal havia? Bastava que ele mantivesse os olhos e o espírito atentos, e o que era seu haveria de chegar.

Por essa época, Simon era como alguém que havia perdido dinheiro e que se empenhava para recuperá-lo mas que, além de empenhar a própria vontade, nada mais fazia para tanto.

Perto do Natal, ele subiu a ampla encosta da montanha. Foi à tardezinha e fazia muito frio. Um vento cortante assoviava em torno do nariz e das orelhas, vermelhos e inflamados pelo frio gélido. Sem querer, Simon tomou o mesmo caminho, agora mais transitável, que outrora o conduzira à casa de Klara na floresta. Por toda parte se viam sinais do trabalho transformador de mãos humanas. Ele deparou com uma casa grande mas nada deselegante, no lugar onde antes se erguia o chalé de madeira que tantas vezes visitara, quando Kaspar ainda pintava ali, para ver a mulher adorável e singular que o habitava. Agora, o local fora convertido em sede de uma estância termal para o povo e era, ao que tudo indicava, bastante frequentado, considerando-se o bom número de pessoas bem-vestidas que entrava e saía. Simon refletiu por alguns momentos se deveria entrar ou não, mas já o frio terrível tornava agradável a ideia de um salão aquecido e cheio de gente. Entrou, pois, e deu de cara com um aroma quente e forte de folhas de abeto; todo o cômodo iluminado, um verdadeiro salão, encontrava-se adornado e revestido, forrado, por assim dizer, do verde dos abetos. Somente as máximas pintadas nas paredes brancas estavam livres de tal revestimento, de modo que todos podiam lê-las. Pelas mesas, viam-se pessoas alegres e sérias, muitas mulheres, mas homens e crianças também, à parte a uma mesa redonda ou reunidas em torno de outra, comprida. O aroma das bebidas e comidas misturava-se àquele perfume natalino dos abetos. Moças belamente vestidas circulavam e serviam os convidados de uma maneira tão simpática quanto absolutamente descontraída, que em nada lembrava o jeito das garçonetes. Seu comportamento era tão maternal e infantil ao mesmo tempo que era como se aquelas moças graciosas estivessem ali entretidas tão só numa brincadeira sorridente, ou como se servissem apenas a seus pais, parentes, irmãos, irmãs ou a seus próprios filhos. Em outra ponta do salão, via-se um palco envolto, também ele, numa densa moldura de galhos de abeto, talvez para a apresentação de alguma peça natalina ou de qualquer outra peça teatral de conteúdo igualmente encantador. De todo modo, era um lugar que parecia quente, acolhedor e amigável, o que levou Simon a sentar sozinho a uma mesinha redonda e baixa, onde ficou à espera de que uma das moças fosse até ele para perguntar o que desejava. Por enquanto, contudo, nenhuma havia aparecido. Por isso, ele permaneceu um bom tempo sentado e quieto àquela mesinha, o queixo apoiado na mão, como costumam fazer os rapazes. Até que, de repente, uma dama esbelta caminhou na direção dele, fez-lhe um aceno amistoso com a cabeça e, em seguida, voltando-se para uma das moças, chamou-a e perguntou como era possível deixar um jovem cavalheiro aguardando tanto tempo para ser servido. A reprimenda foi antes sorridente e amável que séria, mas, fosse como fosse, a dama era uma espécie de diretora, gerente — ou como se quisesse chamá-la — da casa.

"O senhor me perdoe a espera", disse ela, voltando-se novamente para Simon.

"Oh, eu não saberia dizer o que há para perdoar aí. Eu é que, na verdade, tenho do que me desculpar, se lhe dou ensejo para chamar a atenção de uma de suas moças. Estou, de resto, muito bem acomodado, sem que ninguém precise se preocupar comigo. Para dizê-lo francamente, o que teria a despender com pedidos às moças é uma ninharia."

"Coma e beba quanto quiser. O senhor não precisa pagar nada", disse-lhe a dama.

"Isso vale só para mim ou também para todos que estão aqui?"

"Naturalmente que apenas para o senhor, e só porque darei ordem nesse sentido, para que nada lhe seja cobrado."

A dama se juntou a ele na mesinha redonda e marrom:

"Tenho um tempinho para conversar com o senhor e não vejo por que não o faria. Afinal, parece-me um rapaz jovem e solitário, é o que seus olhos me dizem, e eles me dizem também, com suficiente clareza, que aquele a quem pertencem sente o desejo de fazer contato com outras pessoas. Não sei de onde vem isso, mas vejo-me obrigada a considerá-lo um homem muito culto. Assim que o vi, senti já uma grande vontade de lhe falar. Se o tivesse observado com a nitidez de meu binóculo, talvez houvesse descoberto que o senhor possui aparência assaz desalinhada, mas quem haveria de querer aprender a conhecer pessoas com o auxílio de uma lente? Na condição de diretora deste estabelecimento, tenho interesse em saber com a maior exatidão possível quem são meus hóspedes. Acostumei-me a julgar as pessoas não por um chapéu de feltro surrado, e sim por seus movimentos, o que explica sua essência muito melhor que trajes bons ou ruins, e, com o passar do tempo, constatei ter tomado o caminho correto. Se me quer bem, Deus há de me impedir de me tornar presunçosa e arrogante. Uma mulher de negócios que não é boa conhecedora de pessoas vai, com o tempo, fazer maus negócios. E o que ensina o conhecimento cada vez maior dos seres humanos? A coisa mais simples do mundo: ensina a tratar todas as pessoas com cordialidade! Não estamos todos juntos, nós, seres humanos, neste planeta solitário e perdido, todos irmãos? Irmãos e irmãs? Irmãos com irmãs, irmãs com irmãs e irmãs com irmãos? Pode e há de haver muita ternura aí, sobretudo em pensamento! Mas é preciso também que esse sentimento cresça e se transforme em ato. Se um homem rude ou uma mulher simplória vem até mim, o que fazer? Devo de pronto me retrair e sentir antipatia? Ah, não, de forma alguma! Penso: não, essa pessoa não me agrada muito, ela me repugna, é inculta e petulante, mas esse sentimento, não posso dá-lo a perceber com muita clareza nem a ela nem a mim. Vou precisar dissimular um pouco, e também ela talvez dissimule outro tanto, ainda que apenas por preguiça ou parvoíce. Como é adorável agir com consideração! Interiormente, sinto-me sagrada e ardorosamente convencida de que isso é adorável, nada mais saberia dizer a esse respeito. Ou talvez possa ainda dizer o seguinte: um irmão não tem necessariamente de estar entre as pessoas mais refinadas e requintadas do mundo, e pode, no entanto, talvez de uma distância apropriada, digamos, ser um irmão. Fiz disso minha lei, e ela me serve muitíssimo bem. Muitas pessoas que antes pouco se importavam comigo e ao me ver torciam o nariz acabam por ganhar minha simpatia. Por que eu não haveria de ser um pouquinho cristã, no que concerne a um ensinamento tão encantador como o do exercício da paciência amorosa e observadora? Todos nós temos de novo, hoje em dia, mais necessidade do que jamais tivemos, talvez, do cristianismo, mas essa é uma maneira tola de dizê-lo. O senhor sorri, e sei muito bem por quê. Tem razão, por que falar em cristianismo, se o que importa é uma cordialidade simples e inteligente? Sabe de uma coisa? Eu às vezes penso: em nossos dias, o dever cristão vem se convertendo calma e quase imperceptivelmente em dever humano, o que é mais fácil e se deixa cumprir bem melhor. Mas preciso ir. Estão me chamando. Não se levante, por favor, eu volto."

E, dizendo isso, ela se foi.

Passados alguns minutos, voltou e, ainda a alguns passos de distância, retomou a conversa, exclamando: "Como tudo aqui se reveste de novidade! Dê só uma olhada a seu redor: tudo é novo, fresco, acaba de nascer. Nem uma única lembrança do velho! Em geral, tem-se em cada casa, em cada família, alguma peça antiga de mobiliário, algum hálito de velhos tempos que seguimos amando e venerando, porque achamos bonito, da mesma forma como julgamos bonita uma cena de despedida ou um crepúsculo nostálgico. O senhor vê algo assim aqui, ou mesmo mera sugestão disso? Para mim, é como uma ponte altíssima, arqueada e leve que conduz a um futuro ainda inexplicável. Ah, olhar para o futuro é mais belo que sonhar com o passado. Sonhamos também ao pensar o futuro. Não tem algo de maravilhoso nisso? Não seria mais inteligente da parte dos seres bem-pensantes dedicar seu entusiasmo e suas intuições aos dias vindouros, em vez de dedicá-los aos dias passados? Os tempos futuros são para nós como crianças, mais necessitados de nossa atenção que as lápides dos mortos, que adornamos talvez com um amor para lá de exagerado. Os tempos passados! O pintor fará bem agora em desenhar roupas para gente distante, pessoas dotadas da graça para envergá-las com garbo e liberdade; o poeta sonha virtudes para os fortes, imunes a todo e qualquer anseio; o arquiteto inventa formas que, tanto quanto possível, conferem verve mais encantadora à pedra e à construção, na medida em que vai à floresta e toma nota de quanto e com que nobreza crescem do chão os abetos, a fim de empregá-los como modelos para futuros edifícios; e o homem em geral, pressentindo o que virá, descarta muito do que há de vulgar, de indigno e de inoportuno, e, quando a esposa aproxima a boca para que ele a beije, sussurra o melhor que pode seus pensamentos no ouvido dela, que sorri. Nós sabemos instigar vocês, homens, com um sorriso, e imaginamos ter cumprido nossa tarefa quando conseguimos, com um sorriso muito vivaz e encantador, lembrá-los da sua. Alegramo-nos mais com o que vocês realizaram do que com o que nós próprias fizemos. Lemos os livros que vocês escrevem e pensamos: se pelo menos agissem um pouco mais e escrevessem um pouco menos. De modo geral, não sabemos fazer nada de mais proveitoso que submeter-nos. E o que mais haveríamos de fazer? Submetemo-nos de bom grado. Mas esqueci-me naturalmente de falar do futuro, desse arco ousado sobre águas sombrias, dessa floresta cheia de árvores, dessa criança com olhos radiantes, desse indizível que sempre nos sentimos encorajados a apreender com palavras, como se com uma rede. Não, eu acredito que o presente é o futuro. O senhor também não acha que tudo à nossa volta respira apenas e tão só presente?".

"Acho", concordou Simon.

"Lá fora, o inverno agora é terrivelmente rigoroso, e aqui dentro está tão quentinho, tão bom que podemos conversar, e aqui estou eu, sentada ao lado do senhor, ao lado de um homem tão jovem e, ao que parece, um tanto malogrado, com o que, no final das contas, negligencio meus deveres. Seu comportamento tem algo de cativante, o senhor sabia? Dá vontade de lhe dar de pronto um safanão, de raiva pelo fato de o senhor ficar aí sentado, aparvalhado mas capaz de me seduzir a perder meu tempo precioso com sua presença repentina como a neve. Sabe de uma coisa? Apesar disso, o senhor pode ficar sentado aí por mais um tempo. Com certeza poderá ficar, e eu tornarei a me valer de seus ouvidos. Agora, porém, tenho deveres a cumprir."

E lá se foi ela.

Enquanto a dama permaneceu ausente, Simon pôs-se a examinar o ambiente à sua volta. As luminárias irradiavam luz quente e clara. As pessoas conversavam despreocupadas. Como já era noite, algumas estavam indo embora, porque tinham ainda de descer a montanha para chegar à cidade. Dois velhos sentados confortavelmente a uma mesa lhe chamaram a atenção por sua placidez. Os dois exibiam barbas brancas, rostos bem-dispostos e fumavam seu cachimbo, o que lhes emprestava um ar antiquado. Não conversavam entre si, algo que pareciam considerar supérfluo. Vez por outra, seus olhares se encontravam, e um ligeiro tremor fazia oscilar os cachimbos e os cantos da boca de ambos, mas com muita calma e, é provável, pela força do hábito. Pareciam desocupados, mas de um ócio calculado, bem pensado, superior, um ócio decorrente de seu bem-estar. Por certo, haviam se associado apenas em razão dos hábitos compartilhados: o cachimbo, os passeiozinhos a pé, o gosto pelo vento, pelo clima e pela natureza, a condição saudável, a preferência do silêncio ao falatório e, por fim, a idade e as peculiaridadezinhas a ela vinculadas. A Simon, não pareciam desprovidos de dignidade. A visão circunscrita e bela de ambos fazia rir um pouco, mas era uma visão que não prescindia da reverência que já a idade, por si só, demanda. Uma expressão resoluta irradiava de seus traços serenos, expressão de algo pronto, que já não se podia contestar de modo algum. Decerto não se deixavam mais desviar de seu curso, talvez equivocado. Mas o que poderia, na verdade, constituir um equívoco? Se, aos sessenta ou setenta anos, se escolhe um equívoco como estrela-guia, aquilo era coisa intocável, que só podia exigir respeito de um jovem. Aqueles dois esquisitões — porque, afinal, um tanto esquisitos eram — deviam ter algum procedimento, algum sistema segundo o qual haviam jurado viver até o fim da vida; era esse seu aspecto, como duas pessoas que tinham encontrado para si algo que lhes era de valia e que os levava a contemplar com serenidade o seu fim. "Nós dois descobrimos o segredo de vocês", era o que expressavam seus rostos e sua postura. Observá-los e tentar adivinhar seus pensamentos era divertido, comovente e por certo matéria para reflexão. Tendo-os contemplado por algum tempo, descobria-se de imediato, por exemplo, que aqueles dois sempre seriam vistos juntos, jamais de outra forma, jamais apartados, sempre os dois! Sempre! Esse era o pensamento central que se depreendia de suas cabeças brancas. A dois pela vida inteira, e mesmo talvez pelo abismo da morte: esse parecia ser seu princípio. De fato, assemelhavam-se também a dois princípios vivos, envelhecidos mas ainda divertidos e alegres. Quando o verão voltasse, assim eles poderiam ser vistos, sentados à sombra de um terraço ao ar livre mas ainda enchendo enigmaticamente seus cachimbos e preferindo o silêncio à conversa. Ao partirem, partiriam os dois, e não um e, depois, o outro — isso seria inconcebível. Sim, pareciam confortáveis, isso Simon tinha de reconhecer: confortáveis e obstinados, pensou ele ao desviar os olhos dos velhos e voltá-los para outra direção.

Roçou diversas pessoas com o olhar, descobriu uma família inglesa com rostos singulares, homens que pareciam eruditos, e outros aos quais era difícil atribuir um posto ou profissão; viu mulheres de cabelos brancos e moças acompanhadas de seus respectivos noivos; notou a presença de pessoas que evidentemente não se sentiam bem ali, ao passo que outras se apresentavam sentadas como se em casa, na companhia da própria família. O salão, contudo, esvaziava-se a olhos vistos. Lá fora, o vento assoviava e se podiam ouvir os abetos gemendo uns nos braços dos outros. A floresta ficava a apenas dez passos da casa, o que Simon sabia muito bem de tempos passados.

Ele seguia entregue a seus pensamentos, quando a diretora reapareceu.

Ela tornou a sentar perto dele.

Uma mudança silenciosa parecia ter acontecido com ela, que tomou a mão de Simon: aquilo era inesperado. Depois, falou baixinho, sem que ninguém a visse ou ouvisse:

"Agora, já não me hão de perturbar, sentada aqui a seu lado; as pessoas começam a partir pouco a pouco. Diga-me uma coisa: quem é o senhor? Como se chama? De onde vem? Seu aspecto parece demandar essas perguntas. O senhor irradia perguntas e uma espécie de espanto, não um espanto que o senhor próprio sinta, mas o de quem está a seu lado e o sente em relação ao senhor. Seu interlocutor pergunta, se espanta e, depois, tem grande vontade de ouvi-lo falar, imagina o que haveria de ser que fala de dentro do senhor. A gente se preocupa sem querer, afasta-se, vai fazer seu trabalho e, de súbito, ao pensar no senhor, se compadece. Não é pena, porque isso o senhor, em absoluto, não inspira, nem compadecimento puro e simples. Não sei o que pode ser. Curiosidade, talvez? Deixe-me pensar um pouquinho. Curiosidade? Um desejo de saber alguma coisa a seu respeito, qualquer coisa, uma palavra, um som. As pessoas acreditam que já o conhecem, não o julgam muito interessante e se põem, no entanto, a escutar, à espreita de alguma coisa de valor que possam de novo ouvir de sua boca. Ao contemplá-lo, elas se lamentam pelo senhor, involuntariamente, ligeiramente, mas de cima a baixo. O senhor há de possuir algo de profundo, o que ninguém parece notar, porque o senhor não faz o menor esforço para trazer à tona e deixar brilhar essa profundidade. Eu gostaria de ouvi-lo contar sobre si próprio. Seus pais estão vivos? Tem irmãos? Ao vê-lo, o que se imagina é que tem irmãos importantes, ao passo que do senhor próprio, a ideia que se tem, e só se há de ter, é a de uma pessoa desimportante. Por que é assim? As pessoas sentem-se facilmente superiores e, todavia, uma vez tendo se envolvido com o senhor, percebem que cometeram um erro, e um erro que só acontece porque estavam diante de alguém absolutamente tranquilo, que nada mais fez que desdenhar toda e qualquer afetação e que não quis parecer melhor nem mais perigoso do que é. O senhor parece pouco interessante e menos ainda perigoso; só que as mulheres, elas são uma mistura da ternura de que necessitam e do prazer que extraem do perigo nu e cru que há de estar sempre a ameaçá-las. O senhor, claro, não leva a mal isso que acabo de lhe dizer, porque não leva nada a mal. Com o senhor, é difícil saber onde se está. Conte-me, pois, estou tão curiosa! Eu gostaria muito de ser sua confidente, sabe? Ainda que só por uma hora, ou mesmo apenas na imaginação. Quando eu estava lá em cima, agora há pouco, senti um grande ímpeto de correr para cá, como se para junto de uma personalidade importante, que não se deve deixar à espera em nenhuma hipótese, alguém de cujas graças e algum respeito condescendente só podemos nos alegrar. E, sentado aqui, encontro alguém cujas faces enrubescem ainda mais quando chego correndo! Que confuso, não é estranho? Bom, agora quero ficar sentada aqui, quieta, e ouvi-lo com atenção."

Simon, então, contou:

"Meu nome é Tanner, Simon Tanner, e tenho quatro irmãos; sou o caçula e aquele que menos esperanças inspira. Tenho um irmão pintor que mora em Paris, onde vive mais calado e recolhido que numa aldeia, porque o que faz é pintar. Agora, há de ter mudado um pouquinho, porque já faz um ano que o vi pela última vez, mas creio que, se a senhora o encontrasse, teria a impressão de estar diante de um homem importante e fechado em si mesmo. Meter-se com ele não é empreitada livre de perigos, porque é uma pessoa cativante, de um modo capaz de levar outros a cometer tolices por ele. É verdadeiramente um artista, e, se eu, seu irmão, entendo alguma coisa de arte, isso se deve a ele, e não a minha própria capacidade de entendimento, que, conduzida por ele, só se desenvolveu até certo ponto. Creio que agora seus cabelos formem longos cachos, mas os cachos lhe caem com tanta naturalidade quanto a cabeça raspada a um oficial: eles não despertam atenção. Ele desaparece em meio às pessoas, e deseja mesmo desaparecer, a fim de poder trabalhar com tranquilidade. Certa vez, escreveu-me uma carta em que falava de uma águia que abria as asas à beira de um penhasco e só se sentia bem sobre abismos; outra vez, escreveu que o artista precisava trabalhar como um cavalo; cair não significava nada, tinha de cair e, de pronto, se levantar e voltar ao trabalho. Nessa época, ainda era um garoto, e hoje pinta quadros. Quando não puder mais fazê-lo, mal conseguirá viver. Seu nome é Kaspar e, quando menino, era tido constantemente, na escola e na casa paterna, como um moleque preguiçoso, acredite, e apenas porque toda a sua natureza era sossegada e branda. Tiraram-no cedo da escola, porque não ia bem, e ele precisou se dedicar a carregar caixas e caixotes de um lado para outro; depois, partiu da terra natal e, lá fora, aprendeu a demandar das pessoas o respeito que lhe era devido. Esse é um de meus irmãos. Outro se chama Klaus. É o mais velho, e eu o considero a melhor pessoa deste mundo, e a mais ponderada. Seus olhos irradiam benevolência, preocupação e reflexão. É um homem muito capaz, tão capaz que ninguém jamais vai descobrir sua capacidade modesta e oculta. A nós, os mais jovens, ele nos viu crescer, viu-nos perseguir nossos desejos e paixões: calou-se e esperou; de vez em quando, dizia uma palavra de preocupação e de aconselhamento, mas sempre compreendeu que cada um tem de seguir seu próprio caminho; buscou apenas prevenir o pior e sempre teve especial perspicácia para identificar o que havia de bom em nós. Esse irmão preocupa-se comigo em silêncio, sei muito bem disso; e o faz porque me ama, ama a humanidade como um todo e possui para com ela um respeito particularmente tímido, que nós, seus irmãos mais jovens, não possuímos. Embora ele ocupe lugar de destaque no mundo acadêmico, estou convencido de que só não ocupa posição mais elevada em razão de seus escrúpulos, sempre associados à timidez; sim, porque ele merecia o que há de mais elevado e exige a máxima responsabilidade. Mas tenho também um terceiro irmão, que é tão somente infeliz e nada mais; é apenas o que a lembrança de seus primeiros anos logra preservar. Está num hospício. Será que eu deveria ter dito isso assim, abertamente, diante da senhora? Por certo, se está sentada aí e me ouve com toda a atenção, é porque a senhora tem interesse em saber tudo, toda a verdade ou então nada, não é mesmo? E, se, como agora, assente, isso quer dizer que já a conheço razoavelmente bem ao ousar supor que a senhora é, ao mesmo tempo, uma mulher corajosa e de coração bom. Ouça, pois. Esse irmão infeliz era sem dúvida, posso dizê-lo com serenidade, o ideal de um homem jovem e belo; e talentos ele tinha, embora fossem antes apropriados ao século XVIII, galante e gracioso, do que a nossa época, com suas exigências mais áridas e duras. Permita que eu silencie sobre sua infelicidade, porque, em primeiro lugar, eu lhe arruinaria o humor e, em segundo, terceiro ou sexto, que seja, não convém desdobrar as pregas da infelicidade, retirar delas seu caráter solene, todo o pesar belo e velado que só existe quando se silenciam essas coisas. Desse meu modo sereno e em seus traços gerais, apresentei, pois, à senhora, meus irmãos, e chegou a vez de falar de uma moça, uma professora primária solitária, enterrada numa aldeota de telhados de palha: minha irmã Hedwig. A senhora gostaria de conhecê-la? Com toda a sua sensibilidade, a senhora se alegraria com ela. Não há neste mundo criatura mais orgulhosa que essa minha irmã. Ocioso, morei três meses inteiros com ela no campo; ela chorou quando cheguei e se riu de mim quando, com a mala na mão, quis me despedir dela com ternura. Mandou-me embora e, ao mesmo tempo, me deu um beijo. Disse-me que, por mim, sentia apenas um desprezo sutil e inevitável, mas disse-o de uma maneira tão bonita que me julguei como se acariciado por suas palavras. Imagine a senhora que ela me aguentou em sua casa, quando lá cheguei como um mendigo, e mais atrevido que um vagabundo insolente, que só se lembrou da irmã porque pensou: 'Você pode ficar lá até se reerguer'. Mas vivemos três meses juntos como num alegre jardim prazeroso, repleto de ramadas. Impossível esquecer uma coisa assim. Quando eu saía para passear na floresta e, preguiçoso, não sabia se me coçava no queixo ou atrás das orelhas, sonhava com ela, só com ela, como a pessoa a um só tempo mais próxima e mais distante de mim. Era-me distante em razão de meu respeito, e próxima, pelo amor que sentia por ela. E tão orgulhosa, veja a senhora, que jamais me permitiu sentir quão mesquinho eu devia lhe parecer. Alegrou-se apenas ao me ver bem e aninhado em sua casa. Isso perdurou até o último minuto, quando ela simplesmente me arrebatou da boca a despedida, pressentindo que eu só diria palavras tolas e ofensivas. Quando, tendo partido, olhei para trás do alto da colina, vi sua mão acenando para mim, tão amistosa e com tanta simplicidade como se eu estivesse tão somente a caminho do sapateiro mais próximo, de onde voltaria em uma hora. E, no entanto, ela sabia que ficaria só, abandonada, e diante da tarefa de se desacostumar da companhia, o que, afinal, não deixava de ser tarefa a demandar algum trabalho interior. À noitinha, quando nos sentávamos juntos, recontávamos nossa vida e ouvíamos de novo o farfalhar da infância, murmurando como o vestido de nossa mãe se arrastando pelo chão, quando ela vinha ao encontro dos filhos. Minha mãe e minha irmã Hedwig sempre formam em minha cabeça uma imagem intimamente ligada e entrelaçada. Quando a mãe adoeceu,

Hedwig cuidou e tratou dela como quem cuida de uma criança pequena. Imagine a senhora: uma criança vê sua mãe se tornar criança e se transforma em mãe da própria mãe. Que estranho deslocamento dos sentimentos. Minha mãe era uma mulher muito respeitada, e o grande respeito que em geral tinham por ela era puro, vinha do coração. Ela sempre transmitia aos outros uma impressão campestre e elegante ao mesmo tempo. Muito humilde, mas reservada também, sabia abrandar toda desobediência e todo desamor. A expressão em seu rosto era a um só tempo um pedido e uma ordem. Como as damas de nossa cidade a rodeavam, e, quando ela saía a passear, quantos cavalheiros tiravam o chapéu diante dela! Depois, quando ficou doente, acabou esquecida e se tornou objeto de preocupação e vergonha. As pessoas de fato se envergonham de um parente enfermo e ficam quase furiosas quando se lembram daquele passado em que o viam saudável e inspirando respeito a todos a sua volta. Pouco antes de sua morte, eu tinha então catorze anos, ela, um dia, pôs-se a me escrever uma carta: 'Meu filho amado!'. Mas pensa a senhora que, com sua caligrafia extravagante e esbelta, ela foi além dessa saudação inicial? Não, sorriu cansada e desvairada, murmurou alguma coisa e se viu obrigada a afastar a pena. Lá estava ela, lá estava a carta que começara a escrever ao filho, a pena, o sol brilhando lá fora, e eu vi aquilo tudo. Então, certa noite, Hedwig bateu à porta do meu quarto: disse-me que me levantasse porque a mãe tinha morrido! Um fino raio de luz chegou até mim pela fresta da porta, enquanto eu pulava da cama. Quando moça, minha mãe era infeliz, assim como dura era sua situação. Tinha vindo da montanha distante para a cidade, para a casa da irmã, minha tia, onde trabalhava quase como serviçal. Quando criança, percorria um longo caminho forrado de neve funda até a escola, e suas tarefas escolares, ela as fazia num quartinho, à luz de um miserável toco de vela, e aquilo lhe doía nos olhos, porque ela mal conseguia enxergar as letras no livro. Seus pais não foram bons para ela, que cedo conheceu a melancolia e, ainda jovem, apoiou-se certo dia no parapeito da ponte, pensando se não seria melhor atirar-se no rio, lá embaixo. Devem tê-la negligenciado, mandando-a de um lado para outro e, portanto, maltratando-a. Quando, ainda menino, ouvi falar daquela sua juventude terrível, a raiva subiu-me ao rosto, tremi de indignação e, a partir daí, passei a odiar as desconhecidas figuras de meus avós. Para nós, crianças, nossa mãe, quando ainda saudável, era uma entidade quase majestática a nos inspirar temor e intimidar; quando adoeceu da cabeça, sentíamos pena dela. Foi um salto impressionante precisar passar da reverência temerosa e misteriosa à compaixão. O que havia entre uma coisa e outra — a ternura e a intimidade com ela — não nos foi dado conhecer. E assim foi que nossa compaixão se misturou fortemente a um indizível pesar por aquilo que jamais pudéramos sentir, o que nos levou, na verdade, a sentir por ela compaixão ainda mais profunda. Todas as má-criações e irreverências me voltaram à cabeça, juntamente com a voz de minha mãe, que punia já à distância, de tal maneira que, comparado à admoestação, o castigo físico e real que se seguia era de uma doçura risível. Ela era capaz de falar num tom de voz tal que, de imediato, fazia com que nos arrependêssemos da falta cometida e desejássemos o mais rápido possível vê-la não mais furiosamente ressentida, e sim apaziguada. Sua brandura tinha para nós algo de maravilhoso, era uma dádiva, porque raras vezes a experimentávamos. Era muito irritadiça nossa mãe, sempre melindrosa em demasia. De nosso pai, não tínhamos medo nem sequer comparável; nosso único receio era o de que ele dissesse ou fizesse algo capaz de despertar a ira da mulher. Diante dela, ele era impotente, uma natureza menos afeita ao comportamento enérgico que ao deixar-se estar em paz. Era tido como companhia animada, mas nunca foi o homem certo para grandes empreitadas. Hoje, tem oitenta anos e, quando morrer, uma parte da história da cidade morrerá com ele; os antigos vão balançar a cabeça mais céticos e cansados quando já não virem o velho indo atrás de seus afazeres, o que ele ainda faz e com pernas assaz vigorosas. Na juventude, foi um rapaz bastante rebelde, a quem a cidade foi polindo aos poucos mas também seduzindo à boa vida. Os pais, tanto a mãe como o pai, tinham vindo de rudes e pacatas regiões montanhosas, e para uma cidade que, por suas liberalidade e alegria de viver, já gozava na época, em todo o país, de um misto de boa e má reputação. A indústria florescia qual uma planta viçosa, permitindo uma vida leve e tranquila; ganhava-se muito, gastava-se muito. Cinco ou seis dias de trabalho por semana caracterizavam uma pessoa dedicada. O operário passava dias deitado à beira ensolarada do rio e ali pescava, quando não ia fazer coisa pior. Quando precisava de dinheiro para seguir vivendo, voltava a trabalhar por dois ou três dias e ganhava tanto que podia novamente se dedicar ao ócio. O artífice ganhava o seu à custa do operário, uma vez que, quando os pobres têm dinheiro, ele decerto não há de faltar aos abastados. Da noite para o dia, a cidade parecia ter recebido dez mil novos moradores, que acorriam dos campos ao redor para os edifícios ocupados e habitados tão logo adquiriam, de fora, o aspecto de prédios acabados, independentemente de, por dentro, exibirem a quantidade que fosse de umidade e sujeira. As empresas de construção viviam uma época de suntuosidade; bastava que seguissem construindo, e elas o faziam tão desmazeladamente quanto possível. Os donos de fábricas andavam a cavalo, e suas damas, em caleças, ao passo que a velha nobreza urbana torcia o nariz para aquilo. Nas festividades, a cidade se destacava como nenhuma outra, exibindo tudo que tinha à disposição, a fim de se deixar louvar por toda parte como a cidade que melhor promovia festas. Sob tais circunstâncias, os comerciantes não tinham do que reclamar, tampouco os escolares; faziam-no apenas uns poucos perspicazes, aos quais, no entanto, faltava a coragem para ir em frente por aquele solo oscilante e salpicado de rosas do prazer e da superficialidade. Foi nesse panorama que se inseriram meus pais — minha mãe, com sua sensível irritabilidade e seu senso da elegância simples, e meu pai, com seu talento para se adaptar a tudo que existe. Para as crianças, todo lugar é atraente e encantador, mas aquele que nos recebeu parecia, por sua própria localização, ter sido feito para quem gostava de brincar em esconderijos como rochas, cavernas, beiras de rio, prados, baixios, barrancos e encostas de florestas. Desfrutamos de toda aquela região brincando e inventando brincadeiras, até terminarmos a escola. Quando minha mãe morreu, mandaram-me para um banco, onde ingressei como aprendiz. No primeiro ano, meu comportamento foi excelente, pois toda novidade com que deparava neste mundo me inspirava temor e me intimidava. No segundo, era aprendiz-modelo, mas, no terceiro ano de aprendizado, o diretor mandou-me solenemente para o inferno e só me manteve por misericórdia e consideração para com meu pai, a quem conhecia bem fazia anos. Eu perdera a vontade de trabalhar e era insolente com os superiores, que não considerava aptos a me dar ordens. Abrigava agora algo de incompreensível. Lembro-me de que tudo, cada peça de mobília, cada objeto, cada palavra, doía em mim. Tornara-me tão arredio que estava na hora de me mandarem embora, e assim foi feito. Para se verem livres de mim, procuraram uma colocação numa cidade distante, porque não havia o que fazer comigo. Parti, pois. Mas agora não quero mais lembrar o passado, sobre o qual tampouco desejo falar. É uma coisa maravilhosa ter escapado da primeira juventude, porque ela nem sempre é bela, encantadora e leve, e sim, muitas vezes, é mais difícil e preocupante que a vida de muitos velhos. Quanto mais se vive, mais suave se torna a vida.

Quem teve uma juventude impetuosa preferirá, mais tarde, raras vezes ou nunca mais se comportar impetuosamente. Quando penso no que nós, crianças, uma após a outra, precisamos atravessar, superando equívocos e sensações bruscas, velozes; quando penso que todas as crianças deste mundo têm de passar por isso, por tantos perigos precoces, não me apresso em louvar a infância como algo doce, mas o faço assim mesmo, porque ela nos propicia, afinal, uma lembrança preciosa. Como é muitas vezes difícil para os pais serem bons e protetores para seus filhos. E ser comportada e obediente é, para a maioria das crianças, apenas uma frase vazia e superficial. A senhora sabe disso melhor que ninguém, porque é mulher. No que me concerne, sou até hoje a mais incapaz das criaturas. Não possuo nem mesmo um terno para vestir, um terno que pudesse transmitir a impressão de que pus ordem na minha vida. A senhora não vê nada em mim que aponte para alguma escolha específica. Encontro-me ainda e sempre na soleira da vida, bato na porta repetidas vezes — o que, aliás, faço sem grande ímpeto — e me ponho ansiosamente a escutar para ver se alguém vem abrir o ferrolho. Um ferrolho assim é pesado, e ninguém quer vir atender, se tem a sensação de que quem bate lá fora é um mendigo. Não sou senão alguém que ouve e espera, o que faço à perfeição, porque aprendi a sonhar enquanto espero. Essas coisas caminham de mãos dadas, nos fazem bem, e conservamos a decência. Se falhei ao escolher um ofício, essa é uma pergunta que não me faço mais, somente um jovem se pergunta tal coisa: um homem, não. Qualquer que fosse o ofício, teria chegado exatamente onde estou. Que me importa isso! Tenho consciência de minhas virtudes e fraquezas, e cuido para não me gabar nem das primeiras nem das últimas. Ofereço a quem quiser meu saber, meus pensamentos, meus feitos e meu amor, caso alguém saiba o que fazer com eles. Se esse alguém aponta o dedo e acena, haverá gente que capengará em direção ao chamado; eu não: eu corro, a senhora pode ver, salto como o vento que uiva, tropeço, piso em todas as minhas lembranças sem dar atenção a elas, apenas para poder correr ainda mais desimpedido. O mundo todo dispara comigo, a totalidade da vida! Assim é que é bonito. Só assim! Nada no mundo é meu, mas não anseio por coisa nenhuma. Já não conheço anseio nenhum. Quando ainda sentia um anseio específico, as pessoas me eram indiferentes, me atrapalhavam e eu, por vezes, as abominava; agora eu as amo, porque preciso delas e porque me ofereço a elas, para que me usem. É para isso que estamos aqui. Se alguém chega e diz para mim: 'Você aí! Venha! Preciso de você. Tenho trabalho a lhe oferecer!', essa pessoa me faz feliz. Aí eu sei o que é felicidade! A felicidade e a dor se transformaram completamente, tornaram-se mais nítidas, mais visíveis, explicaram-se para mim, permitindo, no amor e no tormento, que eu lhes faça a corte e tente conquistá-las. Quando ofereço meus serviços a alguém, sempre menciono meus irmãos e sugiro que, se eles se mostraram pessoas úteis, se mostraram alegria ao trabalhar, talvez eu também ainda tenha algum uso, o que sempre me faz rir. Não tenho medo de acabar um dia tomando forma definitiva, mas gostaria de me formar por completo o mais tarde possível. E o melhor é que isso aconteça por si só, sem nenhuma intenção. Por enquanto, mandei fazer para mim um par de botas grandes e grosseiras, para poder pisar com mais firmeza e mostrar às pessoas, já com meus passos, que sou alguém que quer alguma coisa e que, provavelmente, de alguma coisa é capaz. Ser testado é para mim um prazer! Não conheço prazer mais elevado. O fato de no momento eu ser pobre significa o quê? Não significa nada, é apenas uma manchinha na composição exterior que pode ser remediada com duas ou três pinceladas enérgicas. Para uma pessoa saudável, constitui no máximo um embaraço, talvez uma preocupação, jamais motivo de inquietude. A senhora ri. Não? Está me dizendo que não riu? Seria uma pena, porque seu riso é uma coisa bela. Passei algum tempo pensando em me tornar soldado, mas já não faço fé nessa ideia romântica. Por que não permanecer onde se está? Não hei de ter aqui mesmo oportunidade de sucumbir, se é essa oportunidade que desejo? Aqui, posso encontrar pretexto mais digno para pôr em risco minha saúde, minhas forças e minha alegria de viver. Em primeiro lugar, estou feliz com a saúde que tenho, com o prazer de fazer uso à vontade de minhas pernas e braços; depois, estou feliz também com meu espírito, que ainda e sempre me parece bastante desperto; e, por fim, com a animadora consciência de que, no mundo, sou uma pessoa profundamente endividada, que tem todos os motivos para enfim respirar bem fundo e se lançar a conquistar o amor dos outros. Gosto de ser um devedor! Se tivesse de dizer a mim mesmo que fui alvo de uma ofensa, isso me seria aflitivo. Teria, então, de mergulhar em embotamento, desafeto e amargura. Não, a situação é bem outra, é esplêndida, e não poderia ser mais esplêndida para um homem em formação: fui eu, sim, eu, que ofendi o mundo. Ele se apresenta diante de mim como uma mãe furiosa e ultrajada, com seu semblante maravilhoso, pelo qual sou apaixonado: o semblante maternal da Terra que demanda castigo! Vou pagar de volta tudo que negligenciei, desperdicei, sonhei, deixei passar ou perpetrei. Satisfarei os ofendidos e, uma bela noite, vou contar a meus irmãos numa conversa familiar como foi que fiz, como logrei manter minha cabeça tão erguida. Pode ser que leve anos ainda, mas, para mim, um trabalho é tanto mais encantador quanto mais longa e severamente ele cobra de nossas forças. Pronto, agora a senhora me conhece um pouco."

A dama o beijou.

"Não", disse ela. "O senhor não vai sucumbir. Se isso acontecesse, seria uma pena, uma pena para o senhor. Não se permita jamais tornar a proferir contra si mesmo um veredito tão pecador e criminoso. O senhor atribui a si próprio pouco valor, e valor demais aos outros. Quero preservá-lo de ser tão rigoroso consigo. Sabe o que lhe falta? O senhor precisa voltar a viver bem por um tempo. Precisa aprender a sussurrar num ouvido e a retribuir ternuras. Do contrário, ficará tenro demais. Quero lhe ensinar, quero ensinar ao senhor tudo isso que lhe falta. Vamos sair para a noite de inverno, rumo à floresta fremente. Tenho tanto a lhe dizer. Sou sua pobre e feliz prisioneira, o senhor sabia? Nem uma única palavra, chega de palavras. Venha apenas."

ESTA OBRA FOI COMPOSTA PELO GRUPO DE CRIAÇÃO
EM ELECTRA E IMPRESSA PELA BARTIRA EM OFSETE SOBRE
PAPEL PÓLEN SOFT DA SUZANO PAPEL E CELULOSE PARA A
EDITORA SCHWARCZ EM 2017

A marca FSC® é a garantia de que a madeira utilizada na fabricação do papel deste livro provém de florestas que foram gerenciadas de maneira ambientalmente correta, socialmente justa e economicamente viável, além de outras fontes de origem controlada.